À ce garçon qui, un jour,
alors que je rencontrais sa classe, m'a avoué que
son truc à lui, c'était les Lego, et qui pensait
être le seul de son collège à s'y intéresser encore.
Je ne me souviens plus de ton nom.
Mais je me souviens de toi, et de ta tête lorsque
je t'ai dit que je connaissais des adultes qui
avaient des sous-sols entiers dédiés à leur passion
– la même que la tienne, évidemment.

À Louanne, dont l'énergie, l'apparence
et les pas sautillants de ballerine ont nourri
le personnage de Lila.

« Laissons-nous aimer comme on cligne des yeux
dans le plein soleil. »

Balmino, « Si vous saviez »

LEVER DE RIDEAU

Le monde est petit.

Tout petit.

Il y a presque un siècle, un écrivain hongrois a imaginé dans l'une de ses nouvelles qu'une personne sur la planète peut être reliée à n'importe quelle autre par une chaîne de six relations individuelles. La « théorie des six degrés de séparation », il a appelé ça. Imaginez un instant, imaginez-vous, en train de tenir la main d'un proche ou même d'une vague connaissance qui elle-même tient la main d'un de ses amis que vous n'avez jamais croisé, et ainsi de suite jusqu'à former une chaîne de six personnes. On pourrait relier l'humanité entière, comme ça, à partir de vous. Quels que soient la famille ou le pays dans lesquels on est né, quel que soit le métier que l'on exerce, quels que soient nos rêves, nos peurs, nos fantasmes, que l'on passe notre vie sans bouger de notre village natal ou que l'on parcoure le monde, chacun d'entre nous peut être connecté à n'importe qui en six petites étapes, de personne à personne.

Alors bien sûr, cet écrivain hongrois – Frigyes Karinthy, si vous voulez tout savoir – n'avait pas les moyens techniques de prouver sa jolie théorie en 1929. Et puis je ne suis pas sûr que ça l'intéressait. C'était un poète, comme moi, et les poètes préfèrent souvent le labyrinthe mouvant des rêveries à l'exactitude des données.

Seulement depuis, Internet est apparu, avec sa cohorte de réseaux sociaux. Et tout cela, le degré de relation entre les gens, ce qui nous entrelace et nous sépare, est devenu quantifiable. Même si beaucoup d'êtres humains n'ont pas accès à Internet, il semblerait que le maillage que nous formons ensemble à la surface de la Terre soit plus dense encore que ce qu'avait imaginé ce cher Frigyes. Trois à cinq personnes suffiraient pour nous connecter au plus inconnu des inconnus. Dingue, non ?

Et puis parfois, de nouvelles connexions se créent, qui raccourcissent soudain ces chaînes de relations, court-circuitant les intermédiaires. Des rencontres improbables qui peuvent bouleverser des vies entières. Hasard, destin, accident, chance, signe, nœud d'énergie, alignement de planètes… Appelez ça comme vous voulez.

Moi, j'appelle ça *magie*.

Et quand vous saurez vous aussi, quand je vous aurai raconté ce qu'ils ont vécu, peut-être serez-vous d'accord avec moi.

Lumière.

ACTE I

TITOUAN

– En haut ! crie Lix.

Titouan se retourne, vise la fille sur le balcon de la maison, tire une salve.

– Je l'ai eue.

Il grimpe, l'achève à bout portant. Déjà, Lix s'éloigne des habitations. Titouan saute et la suit, à l'affût. Ils dévalent une étendue d'herbe, passent devant une cahute abandonnée.

– Attention, devant toi !

Les balles fusent. Titouan a le temps d'apercevoir deux hommes armés avant de rouler derrière la cahute, touché. Il se redresse pourtant et arrose à son tour l'un de leurs ennemis jusqu'à ce que celui-ci s'écroule. Titouan ramasse l'équipement du mort, récupère un fusil plus performant que le sien. Lix l'attend, colosse tout en muscles dont le physique jure avec la voix claire. Lui aussi a troqué son arme pour une autre. Ils s'élancent ensemble, contournent un énorme rocher.

– Y a des mecs en face de nous sur la colline, prévient Lix.

Ils se cachent derrière un arbre, construisent à toute allure une palissade rudimentaire. Une grenade explose juste devant. Titouan sort son fusil de précision, fait un pas à découvert, colle son œil à la lunette. Le mec sur la colline tire à la même seconde que lui.

– Merde ! Je suis mort !

– Je te ranime.

– Fais gaffe au sniper.

Bientôt, Titouan se redresse. Leur palissade est à moitié détruite. Deux filles surgissent derrière eux. Ils se retournent, tirent.

Le décor de l'île disparaît de l'écran de Titouan.

– Bordel de chiotte, gronde Lix dans son micro. On n'a pas le cul sorti des ronces, moi j'te le dis !

Titouan sourit. Il n'a jamais rencontré Lix en vrai. Tout ce qu'il sait de sa vie, c'est qu'ils ont à peu près le même âge, qu'ils vivent tous les deux en Bretagne, que Lix fait du théâtre et vit seul avec son père. Mais à force de jouer en ligne ensemble, il a l'impression de bien le connaître, parce qu'ils se parlent chaque jour. Et puis il y a tout ce qui filtre entre les mots. Les intonations, les soupirs qui lui échappent, les cris de joie lorsqu'ils gagnent, les jurons étranges lorsqu'ils perdent… Aux premières paroles que Lix prononce lorsqu'il débarque, Titouan devine son état d'esprit du jour.

– On en refait une ? propose-t-il.

– Je peux pas. J'ai pas encore révisé mon DS d'histoire.

– Tu t'en fous, vas-y au talent…

– Nan, sérieux, insiste Lix. Grosse journée demain. J'arrête pour ce soir.

– Petit joueur !

– Eh, y a des gens qui ont une vie !

– Genre… Bonne soirée, mec.

– Bonne soirée.

Ils se déconnectent. Titouan retire son casque, ferme son ordinateur. Un instant, il écoute le bourdonnement familier de la maison – musique électro de son frère aîné de l'autre côté du couloir, sautillement de sa petite sœur dans la chambre adjacente, radio allumée au rez-de-chaussée, vrombissement intermittent d'un mixeur. Puis il repousse sa couette, attrape des pièces de Lego qui traînent par terre, reprend la construction de l'arbre qu'il est en train d'ériger au pied de son lit.

Concentré, il étend une branche en maintenant l'équilibre de l'ensemble. Son arbre, Titouan le voit déjà dans sa tête. C'est ce qu'il aime, avec les Lego. Faire jaillir les images hors de lui, créer un monde à partir de petits bouts de plastique interchangeables qui, entre ses mains, deviennent uniques. Les étagères de sa chambre sont pleines de personnages étranges et d'éléments inspirés du jeu dans lequel Titouan rejoint Lix chaque jour. Des créations qu'il défera bientôt, qui se fondront dans de nouvelles. Ses copains du lycée ont arrêté depuis des années. Ceux avec qui il partageait sa passion se sont mis à Minecraft à la place. Lui, non.

– À table ! crie sa mère du bas de l'escalier.

Titouan ne bouge pas. Il poursuit son œuvre avec une patience infinie.

Un grattement de souris s'élève derrière l'arbre. Lila apparaît entre les branches, longues mèches blond-blanc, justaucorps bleu et pantalon de jogging.

– Tu viens ? demande la sœur de Titouan d'une petite voix.

– Tu sais bien que non, chaton.

Elle déglutit. Acquiesce.

– Ça va encore pas être marrant, souffle-t-elle comme un reproche.

Sa silhouette gracile se fond dans l'ombre du couloir. Une poignée de minutes s'écoule avant qu'Eliott sorte à son tour de sa chambre. Il aperçoit Titouan dans l'entrebâillement de la porte.

– Tu fais chier, grogne-t-il seulement avant de marteler les marches avec la délicatesse d'un diplodocus.

En bas, une discussion s'engage. Le volume monte à chaque phrase.

– Titouan, à table ! crie son père.

Des pas résonnent bientôt dans l'escalier. La porte s'ouvre à la volée.

– Bon, Titouan, tu arrêtes tes conneries maintenant, tu viens manger.

– Non.

– Les vacances sont terminées, tu as lycée demain. Il va bien falloir que tu sortes d'ici.

– Je t'ai dit que je n'irais pas.

– C'est pas comme si tu avais le choix. Tu es mineur, à ce que je sache, et je suis ton père. Tu iras au lycée demain.

Titouan ne répond pas. Il observe son père à travers les branches de Lego. Il lui fait un peu pitié, rouge et crispé, à s'efforcer de paraître sévère. Sa mère s'approche. Elle pose une main sur le bras de son mari pour le calmer, murmure quelques mots à son oreille. Les épaules de son père s'affaissent.

– C'est pas contre vous, leur répète Titouan pour la dixième fois.

Ses parents ont tout essayé, depuis trois jours.

Les longues conversations posées, les menaces de punition, les craintes pour sa santé…

Mais rien ne fera plier Titouan.

Il a pris sa décision.

Il ne sortira plus de sa chambre.

LUCE

Allongée entre ses draps, Luce fixe les chiffres lumineux de son réveil.

7:59

Ça fait une heure qu'elle attend que les minutes s'écoulent. Elle ne veut pas se lever trop tôt. Parce qu'alors, la journée sera plus longue encore. Le pire, c'est l'après-midi. Une fois qu'elle a fait ses courses, qu'elle a déjeuné, qu'elle a lavé son assiette, l'a essuyée, l'a remise à sa place dans le placard, Luce se retrouve seule dans le silence de cette maison trop grande. Elle n'a l'énergie de rien. Même ouvrir un livre est au-dessus de ses forces. Parfois, elle allume la télévision, écoute le bruit du monde. Mais c'est tout ce que c'est. Du bruit, des paroles vides sans échange possible. Ça la lasse vite.

8:00

Luce repousse la couverture, se redresse – son coude sur le matelas, une grimace, une impulsion pour s'asseoir. Ses pieds trouvent les pantoufles sur le tapis. Elle sonde son corps fatigué, cherche quelles douleurs l'accompagneront jusqu'au soir. Enfin, elle se lève et gagne la salle de bains.

Luce s'arrête entre le lavabo beige et les toilettes assorties, avise la douche. Elle rassemble son courage. Elle n'en a plus beaucoup, ça lui prend un moment.

Avec des gestes précautionneux, elle passe sa chemise de nuit par-dessus sa tête, retire sa culotte, les suspend derrière la porte. Le miroir lui renvoie un reflet flou où elle devine des plis, des saillances osseuses et des muscles ramollis. Luce est toujours surprise lorsqu'elle s'aperçoit. Dans sa tête, son image s'est figée à cinquante ans. Bien sûr, son corps a continué de vieillir. Ce qu'elle voit dans le miroir s'est décalé peu à peu de la manière dont elle s'imagine.

Le jet d'eau chaude masse ses épaules, réveille sa peau, détend ses raideurs. Elle s'assied sur le siège en plastique, se savonne. Gestes automatiques. Il y a tant d'endroits qu'elle n'atteint plus. Tant d'endroits qui n'ont pas été touchés depuis une éternité, pas même par ses propres mains. Tant d'endroits déjà morts.

Luce baisse les yeux. Le niveau d'eau trouble monte dans le bac à ses pieds. La bonde est devenue paresseuse, il faudrait la déboucher, mais c'était toujours Lucien qui s'occupait de ce genre de problème. Et rien qu'à l'idée de se mettre à genoux, Luce renonce.

Elle sort de la douche, s'enroule dans une sortie-de-bain usée.

Un deuxième peignoir, rayé de vert et de gris, est accroché à la patère. Luce l'effleure. Elle n'a jamais réussi à l'enlever. Tout le reste, les habits de la commode, les papiers inutiles, le matériel informatique, les rasoirs et les lotions, elle s'en est débarrassée. Pas ce vêtement. Elle ignore pourquoi, mais l'idée qu'il ne soit plus à sa place, suspendu à côté du radiateur, est insupportable.

Alors qu'elle retrouve les ombres de la chambre, Luce réalise soudain qu'on est lundi.

Qu'on est *ce* lundi.

Ça la secoue fort en dedans, un séisme intime, et les larmes qui montent, lui brûlent les yeux. Elle doit s'asseoir à nouveau, reprendre son souffle.

Il y a deux ans aujourd'hui que Luce a perdu Lucien.

ARMAND

Armand verse du jus d'orange dans un verre, le pose sur la table à côté de toasts beurrés et enduits de miel. Sa fille apparaît à la porte de la cuisine, tee-shirt blanc froissé, pantalon de pyjama à carreaux, cheveux mi-longs en pétard.

– Bien dormi, grenouille ?

Elle grogne une vague réponse, engloutit le premier toast sans prendre le temps de s'asseoir. Les brumes du sommeil s'écartent sous ses paupières encore gonflées.

– Ça fait plus de dix ans que je suis capable de me préparer mon petit déj, papa.

– J'espère bien ! Mais ça me fait plaisir.

Alix lève les yeux au ciel, attrape le deuxième toast.

– Assieds-toi un peu, propose Armand.

– Pas le temps.

– T'as toujours été trop pressée…

Père et fille échangent un sourire. Armand s'approche du grille-pain.

– T'en veux d'autres ?

– Ça va. Merci.

Elle boit d'un trait le jus d'orange et file se préparer. Armand termine son café, passe dans le salon, examine les partitions qu'il a reçues la veille par la poste. Le *Concerto pour violon en* sol *mineur* de Max Bruch, et sa *Fantaisie écossaise*. Il les a déjà – Bruch est l'un de ses compositeurs préférés –, mais pas dans cette édition ancienne qu'il a payée une petite fortune à un collectionneur américain. Il parcourt les pages. Les mélodies se déploient dans sa tête et ses doigts pressent des cordes imaginaires sans même qu'il s'en rende compte. Un sourire satisfait allonge ses lèvres. C'est sa seule extravagance. Son instrument, ses partitions, et Alix. Le reste importe peu.

– J'y vais !

Dans le vestibule, Alix balance son sac à dos sur l'épaule, ouvre la porte d'entrée. Armand vérifie d'un coup d'œil qu'elle n'aura pas froid. Le printemps est jeune, malgré le soleil qui inonde la rue.

– Tu as encore des sous sur ta carte de self ?

– Ouais ouais.

Elle dépose une bise rapide sur sa joue. Il touche son épaule, la retient.

– Tu te souviens quand tu voulais absolument que j'embrasse Madame Plume avant que je t'emmène à l'école ?

– J'avais cinq ans, papa.

Elle virevolte, ses boucles d'oreilles colorées capturent l'éclat d'un rayon de soleil.

– J'aimais bien, murmure-t-il pour lui-même.

Armand regarde la silhouette de sa fille s'éloigner vers le lycée, son pas synchronisé avec le tempo de la musique qui bat dans ses écouteurs. Lorsqu'elle disparaît à l'angle, il consulte sa montre. Son premier cours de la journée commence dans deux heures. Juste le temps de préparer son déjeuner, le dîner d'Alix, et de filer jusqu'au conservatoire.

ALIX

Cours d'histoire et livres jonchent la table du CDI. Alix saute le déjeuner, comme souvent quand elle a une interro en début d'après-midi. Son père hurlerait s'il le savait. Non, il ne hurlerait pas. L'inquiétude plisserait son front. Il lui poserait des questions, avec sa fausse voix calme, comme un paravent à sa panique intérieure. Alors que bon, ça va, tout le monde le fait au lycée. Toutes les filles, du moins. Ce n'est pas comme si son corps n'avait aucune réserve.

Et puis c'est ça ou elle foire son devoir, parce que, hier soir, elle a craqué, elle s'est reconnectée pour jouer avec Titouan. Ça lui a vidé la tête. Mais ça ne l'a pas vraiment remplie…

– Je peux m'asseoir ? Y a plus de place.

Cheveux bleu électrique, teint d'ivoire, collants filés sous une minijupe noire. C'est Philippine, une fille de sa classe. Elles ne sont pas amies. Alix n'a jamais été douée pour l'amitié, comme si tout le monde avait le mode d'emploi sauf elle. Il ne lui viendrait pas à l'idée d'évoquer des sujets personnels avec Philippine. Mais elles travaillent bien ensemble, elles se mettent souvent en binôme et elles passent les pauses assises dans le couloir devant la salle où se déroulera le cours suivant.

Alix dégage une partie de la table, replonge le nez dans ses cours.

Elle a toujours été efficace dans ses révisions. Elle ne fait pas de fiches ou de trucs du genre. Pas besoin. Si on écoute vraiment les profs, on devine ce qu'ils trouvent important. C'est ça qu'il faut apprendre. Elle mémorise aussi deux ou trois schémas, dont elle tirera parti au maximum, quelle que soit la question. Et le tour est joué.

Le bac, ça ne l'inquiète pas vraiment. Elle l'aura. Elle ne se laisse pas le choix. Parce que c'est le sésame pour que sa vie commence enfin.

Paris. Le théâtre.

Rien que d'y penser, son cœur accélère. Son stylo glisse sur les carreaux d'une feuille. Elle ne réfléchit pas, laisse s'écouler les phrases. Son esprit rebondit de point en virgule, limpide.

Accroche-toi à tes rêves et fonce. Ne lâche pas. Remonte mille fois la montagne s'il le faut, puisque tu es si sûre que c'est de l'autre côté que tu dois aller. Peut-être que ce sera de l'autre côté de l'autre côté, derrière la montagne qui se trouve derrière la montagne. Qu'importe. Ne lâche pas, c'est là-bas que poussent tes rêves, sur le fil de l'horizon. Tu as peur ? Alors crie, hurle, chante à tue-tête. Va chercher cette gorgée d'air qui te manque. Ce feu qui te dévore, qui court dans tes veines, tu le sens ? Cette énergie qui couve en toi, cette impatience dans chacun de tes gestes ? Bien sûr que tu le sens. Accepte ce feu. Fais-en ton moteur.

Alix relit. Elle aime bien. Elle dissimule son texte sous un cours avant que Philippine le voie.

Des fragments comme celui-là, elle en a des centaines. Elle en écrit depuis toujours, sans les montrer à personne.

Elle tente de revenir à ses leçons d'histoire. Son esprit dérive vers le cours de théâtre de ce soir. Fin juin, ils joueront la pièce sur laquelle ils travaillent depuis novembre. *La Cerisaie*, de Tchekhov. C'est l'histoire d'une maison en Russie qui est vendue aux enchères pour éponger les dettes des propriétaires, et de cette famille qui doit l'abandonner. Alix joue Anya, l'une des filles de la maison. L'auteur voulait écrire une farce, sauf qu'il s'est un peu planté, parce que c'est surtout très triste. Enfin, après tout, on rit bien des clowns blancs…

Mais surtout, elle prépare l'audition du conservatoire d'arrondissement parisien où elle aimerait étudier l'an prochain. Si elle rate, elle en tentera d'autres en septembre. Seulement, c'est ce conservatoire-là qu'elle veut. Il a une super réputation. Et puis elle a fait un stage avec la prof l'été dernier, c'était génial ! Elle a eu l'impression de découvrir une nouvelle dimension. Comme si son monde devenait un peu plus grand.

Elle travaille les scènes pour les auditions depuis plusieurs mois. Elle doit aussi imaginer un parcours libre. Comme son nom l'indique, cette performance peut prendre n'importe quelle forme. Chant, danse, musique, peinture en live, mime, marionnettes… Du moment que c'est personnel. Gabrielle, sa prof depuis quatre ans, dit que c'est une manière de se présenter. De dire : « Voilà, ça, c'est moi. » Il reste deux mois à Alix pour trouver et monter son parcours libre. Et plus elle y pense, moins elle sait ce qu'elle va faire. Elle n'a aucune idée. Autant dire qu'elle commence à flipper.

Alix ressort le texte qu'elle vient d'écrire. Pourquoi pas ça, après tout ?

Non.

Pas assez… pas assez.

Elle veut frapper un grand coup. Être inoubliable.

Une manière de me présenter. Qui je suis ? Qui je suis vraiment ?

Une sonnerie sort Alix de ses pensées. Plus qu'une petite heure avant l'interro. Elle écarte ses rêves de théâtre, se concentre sur la guerre d'Algérie.

ARMAND

Armand accueille sa cinquième élève de l'après-midi, la laisse sortir son violon.

Un trombоniste passe devant la fenêtre, son instrument sur le dos, puis une enfant et sa mère, en retard pour le cours d'éveil musical. Tous tournent brièvement la tête vers lui en gravissant les trois marches du perron et disparaissent à l'intérieur du conservatoire par la lourde porte de bois.

Armand aime l'emplacement de sa salle, qui s'avance hors de la grande bâtisse bourgeoise. C'est son côté commère. Il observe les allées et venues de ses collègues, échange quelques mots avec eux par la fenêtre. Rien ne lui échappe.

– Rappelle-moi ce que je t'avais donné à travailler pendant les vacances, Laura ?

– Le Mozart et une étude.

– Commence par l'étude.

L'adolescente coince son violon sous son menton, inspire. Un chapelet de notes aiguës s'élève dans la pièce.

– Allonge ! indique-t-il en lui faisant signe de ne pas s'arrêter.

Gabrielle apparaît de l'autre côté de la vitre, drapée dans un long manteau de velours. Elle s'arrête pour terminer sa cigarette, le salue d'un coup d'œil ironique. Il soutient son regard, l'interroge en silence, curieux de savoir ce qui l'amuse.

– Clara, articule-t-elle.

Il se mord l'intérieur de la bouche pour ne pas sourire. Après une réunion la veille des vacances, Armand est parti au bras de la nouvelle prof de chant, Clara. Sa réputation de tombeur est devenue une blague récurrente, depuis dix ans que Gabrielle et lui se connaissent. Il sait qu'elle le soumettra à la question quand ils auront l'occasion d'échanger quelques mots entre deux portes.

D'une main, il mime une bouche scellée. Les yeux de Gabrielle roulent vers le ciel. Elle écrase sa cigarette dans le cendrier avec un sourire de défi. On-verra-bien-si-je-n'arrive-pas-à-te-faire-parler. Puis elle s'éloigne dans le parc en direction de l'auditorium.

– Détache davantage les notes dans cette descente, indique Armand à son élève.

Il attrape son propre instrument, lui montre. Elle reprend.

– Mieux !

GABRIELLE

Dans l'auditorium du conservatoire.

ALIX. – Salut !

GABRIELLE. – Bonjour. Tu as passé de bonnes vacances ?

ALIX. – Tranquilles.

GABRIELLE. – Tu connais ton texte.

ALIX. – Normalement.

GABRIELLE, *sévère*. – Normalement ?

ALIX. – Bah, tu sais…

L'adolescente balance son sac contre un mur, retire sa veste.
Gabrielle dissimule un sourire tandis que les autres élèves entrent peu à peu.

GABRIELLE. – Dix-huit heures deux. Fermeture des portes !

SIMON. – Il manque Timothée et Margaux.

GABRIELLE. – Timothée est malade, Margaux n'avait qu'à être à l'heure.
Allez, ferme cette porte.

Simon s'exécute.

GABRIELLE. – Bon, les loulous, il nous reste deux petits mois
avant la représentation.
Et pour ceux qui passent des concours, il va falloir mettre les bouchées doubles.
Simon, Alix, Lola,
je sais que vous avez vos majeurs du bac à préparer
mais,
si ce n'est pas déjà fait,
il est grand temps de finaliser votre planning de révision en *incluant* les répétitions de groupe
ET
les répétitions individuelles.
Et je veux voir vos parcours libres AU PLUS VITE.
Vous transmettrez le message à Timothée.
Ok?

Des coups timides retentissent à la porte. Le visage lunaire de Margaux apparaît dans l'entrebâillement.

GABRIELLE. – Tu restes dehors.

MARGAUX. – C'est la faute de mon père, il a oublié de…

GABRIELLE. – Je ne veux pas le savoir. Tu connais les règles de ce cours.
Dehors.

Margaux sort. Les élèves échangent des regards consternés.

GABRIELLE. – Vous trouvez que j'exagère ?
Dans la vie, tout est une question d'engagement.
Dans quoi êtes-vous prêts à mettre votre énergie
et votre temps ?
Si ce n'est pas le théâtre, vous n'êtes pas au bon endroit.
Faire de la garderie ne m'intéresse pas.
Je suis exigeante
parce que je crois en vous.
(Bref silence.)
Alix, je veux te voir sur le plateau.
Quelle scène passes-tu ? *Huis clos* ou *Antigone* ?

ALIX. – *Huis clos*.

GABRIELLE. – Tout le monde en piste pour l'échauffement, puis on voit ça.

ALIX

Alix bondit des gradins et saute sur le plateau de l'auditorium avec les autres élèves dans une explosion de chaussettes multicolores. Une boule frémissante de trac lui noue le ventre, comme chaque fois qu'elle va jouer, s'exposer aux regards. Elle adore ça.

Tous se mettent à marcher, guidés par la voix de Gabrielle.

– Prenez l'espace. Il n'y a personne dans le coin, pourquoi il n'y a personne ? (Alix fait un pas de côté pour combler le vide.) Regard périphérique, visage neutre… Adaptez-vous aux autres. Respirez. Détendez-vous, relâchez les épaules…

L'échauffement se poursuit. Après une série d'exercices familiers, les élèves regagnent les gradins, laissant Alix seule en scène. Gabrielle s'installe à sa table habituelle, sort son cahier, son stylo. Alix enfile la paire de sandales à talons qu'elle a achetée exprès pour jouer ce monologue. Son père a grimacé en la voyant s'entraîner à les porter dans la maison pendant les vacances – comme si ce n'était pas digne d'elle, trop girly, trop femme fatale, trop loin de la petite fille idéale qu'il voudrait qu'elle reste. Alors elle les a portées deux fois plus, juste pour l'agacer.

Alix écarte son père de ses pensées. Il n'est pas loin, dans sa salle de violon à l'autre bout du parc, mais il n'est pas ici et ne la verra pas jouer cette scène destinée aux concours. Elle est dégagée de son jugement qui l'enferme dans une image étroite.

Elle jette un bref coup d'œil aux élèves qui la fixent. Plus que leur amitié, elle désire leur respect. Leur admiration, peut-être. Se voir devenir autre dans leurs regards. Mais le seul regard qui compte vraiment est celui de Gabrielle. Elle la connaît depuis si longtemps que c'est presque un toujours – cette époque où elle passait des heures à dessiner dans un coin de la salle de son père le mercredi après-midi en attendant qu'il termine sa journée. Il y a quatre ans qu'Alix a intégré le cours de Gabrielle. Quatre ans qu'elle travaille d'arrache-pied pour mériter ses compliments.

Alix arrange ses cheveux, se place au fond de la salle, se concentre. Avance. Pas vacillants sur talons hauts, maîtrisés et vulnérables.

– « Eh bien, lequel de vous deux oserait m'appeler son eau vive ? On ne vous trompe pas, vous autres, vous savez que je suis une ordure. »

Elle déroule les phrases, les sent passer à travers elle, fuser vers les gradins. Gabrielle l'arrête à la moitié du monologue.

– Je ne sais pas à qui tu t'adresses, Alix. Vous êtes censés être trois en scène, même si les autres ne parlent pas. Où imagines-tu Garcin ? Et Inès ? Tenez, Simon et Lola, allez-y, jouez leurs rôles. Recommence. Regarde-les, explique-leur ce que tu vois.

Alix reprend au début. Deux fois, trois fois. Semaine après semaine, elle a l'impression de rajouter des strates à son interprétation. Avec l'aide de Gabrielle, elle éclaire ce monologue par touches, comme un tableau pointilliste.

– Ok pour aujourd'hui, Alix. Tu as senti la différence ? Tu dois faire exister tes interlocuteurs, même si les spectateurs ne les voient pas. Et puis ton personnage est mort, garde ça en tête. Qu'est-ce que ça fait de ne plus pouvoir agir sur les gens ? Qu'est-ce que ça fait d'être mort ? Peut-être qu'elle préférerait ne plus voir les vivants qui poursuivent leur vie sans elle ? Cherche ça dans ton corps, une sorte de refus, même si elle ne peut pas y échapper.

Alix rejoint les gradins, griffonne des notes dans son carnet pour ne rien oublier. Lola et Simon enchaînent avec une scène de Molière, puis tous travaillent le dernier acte de leur spectacle de fin d'année.

– Dix minutes de pause ! décrète Gabrielle en voyant leur concentration décliner.

Les élèves sortent dans le parc. Le soir tombe doucement sur les arbres et la mare. Margaux est assise dans l'herbe. Alix s'approche pour lui faire la bise. Gabrielle allume une clope.

– Quand est-ce que tu arrêtes de fumer ? gronde Alix en s'installant à côté d'elle.

– Quand tu arrêteras de me poser la question, j'y songerai peut-être.

– C'est parce qu'on ne veut pas te perdre ! minaude Lola.

– Oh, mais ne vous inquiétez pas. Le jour de ma mort, vous serez loin dans vos vies, les loulous, et on ne se sera sûrement pas parlé depuis des années !

– Ah nan, proteste Lola, moi, je resterai toujours en contact !

Gabrielle secoue la tête, philosophe. L'idée de ne plus les revoir ne semble pas la peiner. Alix sent une main s'engouffrer dans sa poitrine, tordre son cœur. Quitter cet auditorium qui a été son refuge pendant des années sera difficile. Quitter Gabrielle... Un arrachement. L'indifférence amusée dont elle fait preuve résonne comme un abandon dans la clarté poudreuse de cette fin d'après-midi. Pourtant, Alix sait qu'officiellement, elle sera bientôt adulte. Cette idée est tellement abstraite. Elle ne gagnera pas sa vie avant des années. Alors, qu'est-ce que c'est, être adulte ? Ne plus avoir besoin des autres ? Ne plus avoir besoin de la validation des autres ? Partir de là où on a grandi ? Voter, conduire, faire sa propre lessive ? Une date sur le calendrier, un anniversaire, juste un jour de plus et hop, le grand saut ? Un peu tout ça, ou rien de tout ça peut-être. Être adulte, Alix ne sait pas ce que c'est. Et elle a souvent l'impression que les adultes eux-mêmes l'ignorent.

Alix se raccroche aux silhouettes des percussionnistes qui répètent derrière de grandes portes vitrées. L'un d'eux lui décoche un sourire. Ils se croisent souvent ici, mais ils ne se sont jamais adressé la parole.

– Le blond, ou le brun ? glisse Gabrielle à son oreille.

– Les deux, répond Alix.

– T'as raison ! Pourquoi rêver petit ?

– La brune n'est pas mal non plus.

Gabrielle sourit. Ne commente pas.

– Allez, tout le monde, dit-elle en se levant, on y retourne ! (Elle fait un signe à Margaux.) Toi aussi, ma grande.

Alix se redresse, colle aux pas de Gabrielle.

– C'était bien, ta scène, lui dit celle-ci. On n'est pas loin.

Surprenant le voile de fierté qui épouse un instant le visage de sa prof, Alix se sent mieux.

– Merci.

TITOUAN

Titouan croise les bras sur sa couette. Un conseil de guerre se tient dans sa chambre. Ses parents ont apporté deux tabourets dont ils n'ont pas l'air de vouloir décoller.

– On a dit au lycée que tu étais malade, prévient son père, mais ça ne va pas pouvoir durer éternellement, tu t'en rends bien compte ?

– Regardez le bon côté des choses, ironise Titouan. Vous n'aurez jamais à vous inquiéter de l'heure à laquelle je rentre de soirée ou de ce que j'y fume.

– Parce que tu crois que ça, ça ne nous inquiète pas ? demande sa mère. On ne comprend pas, Titouan. Ça fait six mois que tes notes dégringolent, et maintenant, tu refuses carrément de sortir ? Il s'est passé quelque chose au lycée pour que tu ne veuilles pas y retourner ?

– Non.

Deux soupirs ponctuent sa réponse. À l'évidence, ses parents s'imaginent que Titouan ment. Ce n'est pas le cas. Il ne s'est rien passé de spécial. Aucune goutte d'eau n'a fait déborder le vase de sa sociabilité. C'est juste qu'il observe le monde depuis quinze ans et demi, il expérimente, il digère, il analyse. Il y a quelques jours, il est arrivé au bout de ses réflexions, et sa conclusion, c'est qu'il est mieux dans son lit.

Dehors, tout l'agresse. Les obligations, les cadres, les horaires auxquels il doit se soumettre, les conventions sociales auxquelles il doit se conformer, les attentes des autres qui le paralysent, les profs qui paniquent lorsqu'il dit qu'il ne sait pas ce qu'il veut faire de sa vie, qu'il a juste envie de la vivre, qu'il n'a pas envie de choisir maintenant, de se projeter en termes de métier, d'études, de stratégie, qu'il refuse cet entonnoir brandi devant lui et dans lequel on lui demande de s'engouffrer un peu plus chaque jour… Ici, au moins, il construit un univers qui lui correspond, hors du temps. Il définit ses propres règles du jeu. Il a son ordi, son portable, des milliers d'interlocuteurs au bout des doigts, des aventures virtuelles plus vraies que nature. Il a le moelleux de son matelas, la chaleur du radiateur. Il a ses Lego. Quelle raison aurait-il de quitter ce cocon ?

– Je veux juste qu'on me laisse tranquille, lâche-t-il dans un souffle.

– Ça n'arrivera pas, lui affirme sa mère. On est tes parents. On ne te laissera pas t'isoler comme ça sans réagir.

Titouan se tait. Il voit bien que sa décision les fait souffrir, les effraie, mais il ne sait pas comment leur expliquer. Quoi qu'il dise, ça ne les rassurera pas. Ce n'est pas leur faute. Comme parents, franchement, ils sont bien. Mais lui, il n'a pas demandé à exister, et ce monde éclopé, Titouan ne veut pas vivre dedans.

Par exemple, il voit des milliers de lycéens défiler dans les rues pour forcer les politiques à agir contre le réchauffement climatique. Mais il est déjà là, le réchauffement. Ce mois de février, il a fait quinze degrés pendant trois semaines. Les hommes et les femmes politiques se contentent de mettre des rustines sur le problème au lieu de changer la chambre à air. Parce que, honnêtement, qui est prêt à renoncer à son confort pour que le monde aille mieux ? Qui est prêt à vivre sans son téléphone portable, son écran plat et son ordinateur, dont les composants polluent des pays entiers ? Qui est prêt à arrêter de prendre l'avion, à partir en vacances à trois cents kilomètres au lieu de trois mille ? Qui est prêt à payer plus cher pour un jean qui sera fabriqué plus près de chez nous et avec moins de produits chimiques ? Qui, quand tant de gens n'arrivent déjà pas à vivre décemment avec leur salaire ? Pas grand monde. Les plus riches profitent. Les plus pauvres n'ont pas les moyens de faire ce genre de choix – à part pour l'avion qu'ils ne prennent pas. Et entre les deux, on fait des compromis. De petits arrangements avec notre conscience qui ne changeront pas grand-chose. Ou pas assez. Ceux qui s'agrippent au pouvoir l'ont bien compris. Personne ne sera élu sur un programme pareil. Même les copains de Titouan, qui s'époumonent dans les manifestations la main vissée à leur portable, ne l'accepteraient pas.

– Titouan, on te parle ! s'agace son père.

Ne pas le regarder. Attendre qu'il se lasse.

Et en effet, après un quart d'heure de ce silence buté, ses parents s'en vont. Ils contournent l'arbre de Lego, tirent la porte derrière eux. Leurs murmures s'éloignent dans le couloir.

Titouan abaisse le store que sa mère a relevé en entrant. Une douce pénombre retombe autour de lui. Il allume la torche de son téléphone, fait jouer son faisceau sur les constructions qui parsèment sa chambre. Des dizaines de personnages et de décors apparaissent puis s'évanouissent tandis qu'il balaie les étagères. Des vaisseaux spatiaux, une baleine dans le creux d'une vague, un château abandonné envahi par la végétation, une girafe et son girafon, une guerrière médiévale, un fusil d'assaut… Absorbé, il tisse entre eux des liens de lumière, fait dialoguer leurs formes. La nuit s'étend peu à peu au-dehors. Il perçoit à peine les voix de sa famille qui dîne au rez-de-chaussée.

Un grattement à la porte le sort de ses songes. Lila trotte à son chevet, juchée sur ses demi-pointes.

– J'ai récupéré du pain et des cookies pour toi, chuchote-t-elle.

– Merci, puce.

C'est la dernière trouvaille de ses parents. L'affamer jusqu'à ce qu'il sorte de son antre. Lila, solidaire, lui apporte en douce de quoi tenir. Pour l'eau, il a un lavabo dans un angle de la chambre. C'est concernant ses besoins que c'est le plus compliqué. Il n'a pas trouvé de solution. Alors, il traverse le couloir jusqu'aux toilettes pendant la journée, lorsque la maison est vidée de ses occupants. Cette concession lui coûte. Il aurait aimé être débarrassé de ce genre de nécessité physique en même temps que des contraintes d'horaires et du reste.

Lila s'assied en tailleur par terre, lève vers lui son museau de souris.

– Ils s'en veulent d'avoir accepté de partir en vacances sans toi.

Titouan croque dans un cookie. Il a convaincu ses parents de partir dans les Vosges avec Lila et de le laisser ici, sous prétexte de réviser ses cours. Son frère aîné était censé garder un œil sur lui tout en travaillant pour le bac, mais Eliott a passé les quinze jours avec ses potes, ici ou dehors. À peine s'il vérifiait de temps en temps que Titouan était encore vivant. Titouan, ça lui convenait. Les premiers jours, il est parti marcher seul dans la ville, anonyme, sans adresser la parole à quiconque. Et puis il n'a plus eu envie.

Le cinquième jour, il s'est habillé pour aller acheter du jus d'orange. Il s'est approché de la porte. C'était comme si une force invisible le repoussait. Il n'a même pas posé la main sur la poignée. Il a fait demi-tour, est remonté dans sa chambre, s'est glissé sous sa couette qui retenait encore la tiédeur de la nuit. Et il s'est à nouveau laissé happer par le sommeil.

Lorsqu'il s'est réveillé, il faisait noir. Son téléphone annonçait trois heures du matin. Il est descendu dans la cuisine, s'est improvisé un en-cas à base de fromage, de pain et de miel. Il a eu l'impression d'être seul au monde, d'un coup. Il s'est senti bien. Soulagé, sans trop savoir pourquoi.

Après ça, Titouan a poursuivi ses vacances à l'intérieur. La maison, qu'il avait presque pour lui seul tant son frère disparaissait souvent, est devenue un navire en pleine mer, une île déserte coupée du reste du monde. Une bulle.

Alors vendredi, quand ses parents sont rentrés avec Lila, Titouan a battu en retraite dans sa chambre. C'est là qu'il a pris sa décision. Il n'en sortirait plus.

Est-ce que ça aurait changé quelque chose de partir en vacances avec eux ? Non. Ça aurait retardé l'échéance, peut-être. Et encore.

– Tu sais, puce, je vais bien. Je ne suis pas anormal. Je ne sors plus, c'est tout.

Entre les longues mèches pâles de Lila, deux yeux mobiles l'observent. Titouan se dit qu'il n'imagine pas un millième de ce qui traverse les pensées de sa sœur. Elle ne s'exprime pas beaucoup, Lila. Sauf quand elle danse.

– D'accord, dit-elle après quelques secondes. Bonne nuit.

– Bonne nuit…

Elle dépose un bisou sur la joue de Titouan et s'échappe sans un bruit.

Il attrape son ordinateur, se connecte, sourit. Lix est en ligne.

ALIX

Alix traverse la cuisine, ouvre le frigo.

Un post-it est collé sur une boîte hermétique en verre. « Bon app, grenouille ! », agrémenté d'un smiley qui fait un clin d'œil. Alix esquisse un sourire. Elle jette le post-it, attrape la boîte, la place dans le micro-ondes. À l'intérieur, elle découvre de la viande et du chou-fleur à la sauce Béchamel. Si ça n'avait tenu qu'à elle, elle se serait fait une plâtée de pâtes au fromage. Ou elle aurait sorti une pizza du congélateur.

Parfois, elle hésite à jeter ce que son père prépare les jours où il donne cours tard dans la soirée pour manger ce qu'elle a envie. Ce n'est pas de l'ingratitude, juste… Ils ne vivent que tous les deux depuis dix-sept ans et son père a besoin de tout maîtriser, tout le temps. C'est comme s'il avait prévu les menus des dix prochaines années, les fringues qu'elle achètera, le nombre de stylos et de carnets qu'elle usera… Il s'intéresse en détail à sa vie au lycée, scrute ses résultats scolaires, veut en permanence savoir sur quoi portent ses cours. Alix a parfois l'impression d'étouffer sous toute cette attention. À part le théâtre, dont ils discutent peu, il n'y a rien qui n'appartienne qu'à elle. Et encore, son père est ami avec Gabrielle, sa prof. Elle sait qu'ils parlent d'elle. Mais le temps des cours est détaché de lui. C'est sa bouffée d'oxygène.

Partir habiter à Paris en septembre, à plusieurs centaines de kilomètres de Saint-Malo, sera aussi effrayant que libérateur. Elle devine déjà que la prévenance de son père lui manquera. Justement. Elle veut ressentir ce manque-là, elle veut l'aimer de loin pour mieux le retrouver le temps d'un week-end.

Alix sort son dîner brûlant du micro-ondes. Elle mange à même le plat en retournant dans sa chambre.

Une boîte de dialogue clignote sur l'écran de son ordinateur. Elle enfile son casque, ajuste le micro sur le côté de sa bouche.

– Hey !

– Hey ! répond la voix de Titouan. Ça va, mec ?

– Bien bien.

Lorsqu'ils ont commencé à jouer ensemble, six mois plus tôt, Titouan l'a prise pour un garçon, peut-être à cause de sa voix grave. Elle ne l'a pas détrompé et s'est habituée à accorder ses phrases au masculin lorsqu'elle coiffe son casque. Son avatar viril l'aide à ne pas se tromper. C'est comme jouer un rôle.

– Prêt pour une partie ? demande Titouan.

– Une seconde… (Elle engloutit la fin de son dîner à la vitesse de la lumière.) Go !

Bientôt, ils se retrouvent au beau milieu d'une prairie bordée d'arbres. Ils récupèrent des armes et des munitions, engagent le combat contre un autre binôme. Mais Alix n'y est pas tout à fait.

– Merde, j'ai plus de balles ! Lix ? Qu'est-ce que tu fous ?! Je me fais arroser !

Elle se précipite vers l'avatar de Titouan, construit une palissade pour les mettre à l'abri, le ranime *in extremis*.

– Pardon, je pensais à autre chose.

– À quoi ?

– À un truc qu'a dit ma prof de théâtre tout à l'heure.

Ils éliminent leurs assaillants puis descendent vers un village. La respiration de Titouan s'est calmée dans son oreillette.

– Qu'est-ce qu'elle a dit, ta prof ?

– Elle nous a demandé dans quoi on est prêts à mettre notre énergie et notre temps. Genre, si ce n'était pas le théâtre, on pouvait dégager. Et je ne m'étais jamais posé la question de cette manière, tu vois. (Elle entre dans un bâtiment, vise une femme en haut de l'escalier, tire en rafale.) J'ai visualisé un grand sac devant moi, avec mon énergie et mon temps dedans. Et je ne sais pas combien il y en a à l'intérieur – surtout le temps –, je ne sais pas quand le sac sera vide. Mais à chaque moment de ma vie, je pioche dedans. Et je choisis ce que j'en fais. Attention, derrière toi ! Tu sais, toi, pour quoi tu es prêt à engager toute ton énergie et ton temps ?

– J'ai pas vraiment de passion. J'aime construire des trucs… Toi, c'est le théâtre, donc ?

– Grave. Je prépare les concours pour des écoles où je veux étudier l'an prochain et…

– Attends… *Étudier*? Tu passes ton bac cette année? Je ne savais pas que tu étais en terminale.

L'adrénaline fuse dans les veines d'Alix. Elle se déconnecte d'un coup. Durant quelques secondes, elle reste à fixer l'écran, le cœur battant.

Elle a failli se trahir.

Il faut qu'elle fasse davantage attention. Qu'elle n'en dise pas trop. Déjà qu'ils habitent dans la même région… Il ne faudrait pas en plus que Titouan devine dans quel lycée elle va, en quelle classe elle est… Sinon il découvrira qu'elle est une fille et elle ignore comment il réagirait. Cette amitié virtuelle a pris trop de place dans son quotidien pour qu'elle risque de la perdre.

Elle envoie un message depuis son téléphone:

Ma connexion bug!!!! Je reviens quand je peux!

Avec un peu de chance, Titouan aura zappé leur conversation.

Elle attrape *Huis clos* qui traîne sur son bureau, relit la scène qu'elle travaille pour les concours. À première vue, elle a peu en commun avec le personnage d'Estelle, jeune ingénue jalouse pour qui seules les apparences comptent. Elle n'a ni sa plastique avantageuse, ni son charme, ni son caractère faussement enfantin… Et pourtant, plus les semaines passent, mieux elle accueille Estelle en elle, la laisse exister.

Alix n'est à l'aise que lorsqu'elle joue un rôle. C'est le seul moment où elle se sent libre d'être elle-même. Parce qu'on est beaucoup plus que ce qu'on montre aux autres. Bien plus que ce qu'on imagine nous-même. En dedans, on est des milliers de possibilités, Alix en est persuadée. On peut être n'importe qui, accomplir n'importe quoi, réagir de centaines de manières différentes aux situations que l'on vit. Il suffit d'oser. D'essayer. C'est ce qu'elle exprime sur scène, et ce qu'elle ne parvient pas à incarner au-dehors. Les personnages et les mots que les auteurs lui confient sont des prétextes parfaits. En mettant un masque, elle l'enlève. Elle s'autorise à.

Est-ce que sa vie serait différente si elle trouvait le courage de laisser exister au-dehors toutes ces facettes de sa personnalité ? Est-ce qu'elle arriverait à nouer des amitiés durables ?

Elle n'en sait rien.

Elle a trop peur d'être encore rejetée pour essayer.

La silhouette énergique de sa prof de théâtre flotte entre ses pensées. Gabrielle n'a pas peur, elle. Elle projette tout ce qu'elle est à la face du monde, comme si elle se fichait du jugement des autres.

Alix l'admire tellement pour ça.

GABRIELLE

Sur le palier de l'appartement de Gabrielle.

ROMÉO. – Surprise…
Je sais, tu détestes les surprises. J'avais envie de te voir.

GABRIELLE, *l'embrasse.* – Entre.
Je te préviens, je suis fatiguée, j'ai besoin d'être seule.

ROMÉO. – Quel accueil.

GABRIELLE, *en souriant.* – Tu ne diras pas
que je ne t'avais pas
prévenu
quant à mon caractère de merde.

Elle s'allume une cigarette.

ROMÉO. – Je voulais te donner un truc.
Après je file,
promis.

GABRIELLE. – Un truc ?

Roméo. – Un cadeau.

Gabrielle, *souffle un nuage de fumée vers le plafond.* – En quel honneur ?

Roméo. – L'honneur que
malgré ton caractère exécrable
je t'aime.

Roméo lui tend une enveloppe. Gabrielle en sort une clé.

Gabrielle. – Ça ouvre une voiture ? Un coffre au trésor ? Un château ?

Roméo. – Presque.
Ma porte d'entrée.
(*Silence.*)
Tu n'es pas obligée de l'utiliser.
Mais tu peux.

Gabrielle. – D'accord.

Roméo. – Je te laisse.

Il embrasse sa joue et sort. Elle ne réagit pas, regarde la clé.

Gabrielle, *dans un souffle.* – Merci ?

LUCE

Luce se brosse les dents – gestes appliqués, mille fois répétés.

Elle n'a pas réussi à sortir aujourd'hui. Elle voulait acheter des courgettes chez le primeur et aller sur la tombe de Lucien. Mais c'est à peine si elle est parvenue à s'habiller, alors, quitter la maison lui a semblé un effort insurmontable.

Elle remplit le verre à dents, se rince la bouche. L'ampoule électrique de la salle de bains grésille au plafond. Sa lumière vacille comme si un insecte venait de trouver la mort contre son filament. Un instant, Luce craint que la lampe ne s'éteigne pour de bon. Mais elle se stabilise et lui semble même plus aveuglante qu'avant.

Luce regagne sa chambre.

Elle a fait l'erreur de s'assoupir sur le canapé dans l'après-midi. À présent, elle va peiner à s'endormir, elle le sait. Elle ajuste tout de même les rideaux, glisse ses jambes entre les draps froids, s'enfonce dans son oreiller.

Longtemps, elle contemple les taches d'humidité qui s'épanouissent au plafond.

21:30

Luce roule sur le côté, dos aux chiffres lumineux du réveil.

Si seulement il existait une machine pour s'endormir… On en invente pour tout, de nos jours. Elle hésite à prendre un médicament. Résiste. Si Luce sort la boîte de sa table de chevet, elle ne pourra s'empêcher d'en avaler plusieurs. D'en avaler trop. S'endormir une fois pour toutes.

Elle se retourne.

22:03

Dans la pénombre, elle devine le tiroir de la table de chevet, la courbe luisante de sa poignée de porcelaine. Elle l'ouvre à tâtons, fouille son contenu. Ses doigts rencontrent le carton de la boîte de somnifères et une autre forme à côté, qu'elle n'identifie pas. Luce saisit l'objet, l'examine. Sa poitrine se serre quand elle reconnaît le téléphone que Lucien lui a acheté quelques mois avant son décès. Elle résistait depuis des années, ne voulait pas vivre un fil à la patte. Lucien avait insisté pour qu'elle apprenne à s'en servir et qu'elle le garde toujours sur elle. «*Au cas où il t'arriverait quelque chose et que je ne sois pas là.*»

Des larmes s'écoulent au coin des yeux de Luce. Elle les essuie d'un revers de drap, rallume la lumière, chausse ses lunettes. Elle se rappelle maintenant avoir glissé le téléphone dans ce tiroir peu après l'enterrement de Lucien. À quoi bon posséder un appareil pour appeler à l'aide lorsqu'on n'a plus envie de vivre ? Mais sous la lueur tamisée de sa lampe de chevet, l'objet lui paraît presque magique. Comme un lien vers Lucien, à nouveau.

Durant plusieurs minutes, elle s'escrime à ressusciter l'engin, appuie sur les boutons de toutes ses forces. En vain. Le petit écran reste désespérément noir.

Elle jette un coup d'œil dans le tiroir. Son cœur s'emballe quand elle tombe sur un câble noir soigneusement enroulé. Bien sûr ! Il faut le brancher ! Luce cherche une prise libre, y enfonce la fiche, connecte le chargeur au téléphone. Quelques secondes plus tard, une petite lueur verte encourageante apparaît au-dessus de l'écran. Un mince signe de vie.

L'allumer. Comment était-ce déjà ?

Elle fourrage une nouvelle fois dans le tiroir, en sort un papier plié. Dessus, l'écriture de Lucien s'étale en caractères appliqués. C'est le mode d'emploi qu'ils ont rédigé ensemble pas à pas pour qu'elle sache comment utiliser l'appareil. Plus émue qu'elle ne saurait l'expliquer, Luce suit ses instructions à la lettre. L'écran s'illumine d'un gris-vert fantomatique.

Elle reste un instant perplexe face aux symboles dont elle ne se souvient pas. Puis elle appuie sur l'icône téléphone.

Les deux numéros enregistrés dans ses contacts s'affichent. Celui des pompiers et celui de Lucien… Elle le fixe, fascinée. C'est comme si, d'une simple pression sur une touche, elle pouvait encore le joindre. Lui parler. Elle sait que c'est une illusion, bien sûr, mais l'illusion est si douce qu'elle desserre l'étau de sa poitrine.

Luce cherche dans les notes de Lucien comment revenir au premier écran. L'icône en forme d'enveloppe éveille en elle un vague écho. En la suivant, elle redécouvre quatre messages.

Test, dit simplement le premier. Elle se rappelle avoir sursauté en sentant l'appareil vibrer dans sa main, et le rire de Lucien, tendre et moqueur.

– C'est toi ?
– C'est moi !
– Oh…

> Tu vois, ce n'est pas si compliqué ! avait-il envoyé à la fin de sa formation.

Les deux autres messages avaient été reçus quelques semaines plus tard, à cinq minutes d'intervalle :

> Ma Luciole, n'oublie pas de poster le chèque pour le plombier ! Mille baisers.
>
> (C'était juste pour voir si tu avais emporté ton téléphone…)

Luce sourit. Écrase une nouvelle larme. Lucien lui semble si vivant, soudain ; juste là, à portée de main.

Assise sur son lit défait, elle oscille, indécise. Mais la tentation est trop forte. Lettre après lettre, elle compose son message. Elle cherche comment faire un espace, décide de s'en passer, s'agace sur les touches désobéissantes. Puis, aussi fébrile qu'une jeune fille adressant pour la première fois la parole au garçon de ses rêves, elle invoque la grâce d'un impalpable dieu technologique et laisse le message s'échapper dans un maelström numérique dont elle ignore tout.

Vers Lucien, pense-t-elle comme une prière.

TITOUAN

– Yeaaaaah ! crie Lix dans le casque de Titouan.

– Bam ! répond-il sur le même ton. Comment on les a fumés…

Apercevant son frère à la porte de sa chambre, Titouan retire son casque à la hâte, manquant la réponse de Lix.

– Ça pue le fennec, là-dedans, lâche Eliott.

– C'est vrai que ta chambre sent la rose. Et tu pourrais frapper, putain…

– J'ai frappé, tête de gland.

– Qu'est-ce que tu veux ?

– Devine.

Eliott a mis sa chemise bleue, celle qui fait ressortir ses yeux et qu'il ne porte qu'en soirée. Il s'est coiffé, aussi. Enfin, il s'est décoiffé avec soin, ce qui revient au même.

– T'as un rencard un lundi soir ? s'étonne Titouan.

– Me saoule pas.

– T'es vraiment le mec le plus doué que je connaisse quand il s'agit de demander un service, Eliott. Tu sais y faire, c'est impressionnant.

Eliott se mordille l'intérieur de la lèvre inférieure, comme s'il mâchait la prochaine salve de mots avant qu'elle s'échappe. Il désigne la fenêtre.

– Je peux ?

Grâce à un poteau électrique, la chambre de Titouan est la seule pièce de l'étage par laquelle on peut entrer et sortir de la maison sans se faire griller par les parents ni se casser une cheville.

– T'es chiant. Tu reviens dans longtemps ?

– Je sais pas. Quelques heures. Tu pourras m'ouvrir ?

– Comme d'hab.

Eliott hoche la tête, puis il pousse le battant de la fenêtre, l'enjambe. Son grand corps musculeux disparaît sous le chambranle. Le même que celui de leur père, songe Titouan. Lui, il est plutôt du genre crevette, comme Lila et leur mère. Quand on les voit côte à côte, on n'imagine pas qu'ils sont de la même famille.

Titouan se lève pour refermer la fenêtre. Il aperçoit Eliott qui enfourche le scooter de Corentin, son meilleur ami depuis le collège. Ils s'éloignent dans la nuit.

– « Merci », ça t'arracherait la tronche ? murmure Titouan en replaçant le store.

Il regagne son lit, ajuste son casque.

– Désolé, mon frangin a…

– Mon père vient de rentrer, le coupe Lix. Je file.

– Ok… À la prochaine, mec !

– À la prochaine !

Titouan se laisse dériver un moment de vidéo en vidéo, en arrive à visionner des images d'une dermatologue qui extrait un énorme comédon du dos d'un vieil homme. C'est à la fois répugnant et fascinant, et il ne peut s'empêcher de regarder jusqu'au bout. Il s'aperçoit qu'il existe des centaines de vidéos de ce type, visionnées plusieurs millions de fois. Les commentaires qui s'alignent en dessous sont écrits en dizaines de langues différentes. C'est dingue. C'est ce que Titouan aime avec Internet. Tout existe. Chaque bizarrerie y trouve sa place.

Essayant de mettre fin à la spirale de liens qui l'aspire, il attrape son téléphone. Un sms est arrivé pendant qu'il jouait avec Lix. Numéro inconnu. Titouan l'ouvre.

Jaimeraisdetoutmoncoeurterejoindrecettenuit ilesttemps

Il fronce les sourcils, détache mentalement les mots. *J'aimerais de tout mon cœur te rejoindre cette nuit. Il est temps.*

Son cœur à lui a un bref sursaut. Titouan voit mal comment ce message pourrait lui être destiné. C'est une erreur, forcément. Mais son imagination s'emballe, devinant une romance en devenir. Peut-être une fille qui veut faire l'amour pour la première fois avec son copain ? Ou deux collègues dormant ce soir dans le même hôtel et qui n'osent pas se retrouver ? Des amoureux séparés par des milliers de kilomètres ?

Titouan hésite à prévenir l'auteur du message qu'il s'est trompé de numéro. S'il ne le fait pas, cette personne ne saura jamais que son crush ne l'a pas reçu. Il ou elle pensera que c'est mort, n'osera plus faire à nouveau le premier pas.

Mais ces mots accrochés les uns aux autres l'intriguent. Titouan a envie d'attendre un peu pour voir s'il aura la clé de l'énigme. Dans un ou deux jours, décide-t-il, il préviendra l'expéditeur qu'il s'agit d'un mauvais numéro.

Titouan attrape le roman ouvert sur sa table de nuit et se plonge dans sa lecture en attendant que son frère rentre de son escapade nocturne.

ARMAND

– Ça va, grenouille ? lance Armand.

– Nickel.

Sur le bureau d'Alix, il note avec satisfaction la présence du plat qu'il a préparé ce matin, vidé de son contenu. Il embrasse la joue de sa fille, s'affale dans l'énorme pouf rouge.

– Alors, ce devoir d'histoire ?

Alix quitte son bureau, s'allonge à plat ventre sur son lit, menton dans les mains. Elle lui raconte sa journée au lycée en détail. C'est leur rituel du soir. Armand rentre souvent tard mais il tient à ce moment d'échange. Alix s'y prête encore de bonne grâce, bien qu'elle soit de moins en moins bavarde au fil des années. Elle évoque le sujet du cours de philo, raconte un match de badminton avec une de ses amies et comment elles ont explosé un binôme de garçons. Armand sourit, se demande à quoi ressemblera le premier copain qu'elle lui présentera. Il imaginait que ça viendrait plus tôt. Mais même lorsqu'il lui tend des perches, Alix ne laisse rien paraître ou lui adresse un regard outré.

– Et toi ? demande-t-elle.

Son ton poli ne laisse aucun doute : elle s'en fiche. Armand attrape une chaussette sale qui traîne par terre, la lance sur sa fille qui la rattrape au vol.

– Tu pourrais au moins faire semblant de t'intéresser à ton vieux père !

– Très bien. Que s'est-il passé dans ta vie aujourd'hui, petit papounet ?

– Rien de spécial.

– Tout ça pour ça ? s'insurge Alix en renvoyant la chaussette à l'envoyeur.

– Exactement ! Je vais me faire à manger, tiens, avec quelqu'un qui apprécie davantage ma compagnie.

– Qui ça ?

– Moi-même.

Elle éclate de rire. Armand récupère les chaussettes sales et le plat vide. Avant de refermer la porte, il demande :

– Le théâtre, c'était bien ?

– C'était bien.

Elle n'en dira pas plus. Elle n'en dit jamais plus. Même lorsqu'elle était encore petite, il avait le droit d'assister aux spectacles et aux auditions, mais elle devenait muette dès qu'il l'interrogeait sur les cours et elle refusait qu'il l'aide à apprendre ses textes. Il comprend. Il était pareil avec la musique, adolescent. Il répétait dans l'intimité de sa chambre, s'énervait dès que ses parents ou ses frères l'écoutaient. Alors ça ne l'a pas étonné qu'Alix veuille faire du théâtre son métier.

Dans la cuisine, il se coupe un morceau de fromage qu'il dévore sans attendre, puis il met un bol de soupe à réchauffer, sort son téléphone, vérifie sur les sites d'actualité qu'il n'a raté aucune information importante – la découverte d'une nouvelle espèce de ver de terre ? Un politique en disgrâce ? La naissance d'un énième *royal baby* au Royaume-Uni ? Les journalistes sont tellement doués pour attirer son attention sur des sujets dont il se fiche complètement, songe-t-il en fermant son navigateur. À la place, il envoie un message à Gabrielle.

Pas eu le temps de te voir aujourd'hui. Ça va ?

Nickel, répond-elle.

Elle lui envoie une photo de sa télé. Sur l'écran, il reconnaît Julia Roberts dans une librairie. C'est une scène de *Coup de foudre à Notting Hill*, au début, quand les héros se rencontrent. Hm. Mater une comédie romantique seul chez soi est rarement bon signe.

Tu es sûre que ça va ?

Roméo m'a filé la clé de son appart.

L'inconscient.

Gabrielle fuit tout ce qui ressemble à un engagement amoureux. Ce pauvre Roméo ne réalise pas qu'il vient de condamner leur relation.

Armand apporte son bol fumant jusqu'au salon.

Mets sur pause ! ordonne-t-il.

Il attrape son ordinateur, cherche le même film en streaming, avance jusqu'à trouver l'image affichée sur l'écran de Gabrielle. À son tour, il envoie une photo.

C'est parti.

Il sourit en imaginant sa réaction.

T'es un grand malade…

Armand termine sa soupe, s'enfonce un peu plus dans le canapé. Tandis qu'il se laisse happer par le film, il a presque l'impression d'entendre Gabrielle respirer à côté de lui.

C'est comme si tu étais là.

Arrête de rêver.

Il rit. Le flirt fait partie de leur relation depuis toujours. Il y a bien eu un soir, au tout début, où… Et puis Gabrielle a coupé court. Armand, ça lui va. Les conquêtes passent, les amis restent, et Gabrielle, il préfère qu'elle reste.

Jamais, répond-il, joueur.

– Bonne nuit, papa.
Armand se redresse, sourit à Alix venue remplir sa gourde dans la cuisine.
– Fais de beaux rêves, grenouille.

ALIX

Alix regagne sa chambre et se couche.

Comme chaque soir, sa main glisse sous le matelas, en ramène une photo. Elle est abîmée, mais on distingue encore bien une jeune femme brune étendue sur un lit. Elle porte une robe claire où se détachent des plumes stylisées. À côté d'elle, un bébé, et à côté du bébé, un lapin en peluche. La femme regarde l'enfant qui regarde son doudou qui lui rend son regard. Du moins, c'est ce qu'il semble. Car si on observe plus attentivement, on voit bien que les yeux de la femme se perdent au-dessus de l'enfant, que l'enfant ne peut pas distinguer grand-chose tant la fente de ses paupières est mince, et que les billes brillantes du doudou ne font que refléter la lumière qui entre par la fenêtre. Finalement, le seul qui regarde quelque chose, c'est celui qui n'est pas sur l'image. Celui qui la prend.

Alix replace la photographie sous le matelas. Elle dépose une caresse sur la joue usée du lapin en peluche qui traîne sur sa table de chevet et éteint la lumière.

– Bonne nuit, Madame Plume, murmure-t-elle.

TITOUAN

– Debout, Titouan !

Celui-ci se retourne vers le mur et enfonce un peu plus sa tête dans l'oreiller. Sa couette se volatilise. Il se redresse d'un coup. Son père est à côté du lit, la couette par terre.

– Debout, répète-t-il.

Titouan le regarde sans comprendre. Son frère est revenu au milieu de la nuit et, après lui avoir ouvert sa fenêtre, Titouan a encore visionné deux épisodes d'une série avant de s'endormir.

– Il est… quelle heure ?

– Sept heures et demie. Si tu n'es pas habillé dans dix minutes, je t'emmène au lycée en caleçon.

– Je ne vais pas au lycée.

– Oh si, tu vas y aller. De gré ou de force. On va régler ça une bonne fois pour toutes avant mon départ.

Il quitte la chambre. Titouan reste assis sur son lit quelques secondes, comme sonné. Puis il ramasse sa couette qu'il étend sur lui et qu'il tire jusqu'au-dessus de sa tête. Il se rendort aussitôt.

Soudain, il se sent soulevé, arraché du matelas, projeté par terre. Il crie. Se recroqueville. Son père l'attrape sous les bras, le relève. Titouan se débat, mais face au mètre quatre-vingt-dix de son père, il ne fait pas le poids. Le père coince son fils contre son torse, l'entraîne vers le couloir. Titouan lutte, s'accroche au montant de sa porte, hurle de toutes ses forces. Il aperçoit Lila, son visage fin brouillé de larmes. Ça lui tord le cœur. Mais il ne se calme pas pour autant. Il est incapable de se calmer, une alarme intérieure tourbillonne dans sa tête comme un gyrophare. Il entend à peine sa mère crier :

– Marc, tu es sûr que… Arrête, tu vois bien… Ça ne sert à rien…

Une bouillie de sons qui s'écoule à la périphérie de son esprit. La porte d'entrée apparaît devant eux. La panique offre à Titouan des ressources qu'il ignorait posséder. Il vrille son corps, échappe à l'étreinte de son père, tente de se glisser sous son bras pour remonter l'escalier. En vain ; son père le ceinture, le maintient contre le mur du vestibule.

– Si tu veux mettre un pantalon, Titouan, c'est maintenant.

– Je m'en fous ! Je m'en fous ! J'irai pas !

Les yeux brûlants, il fixe son père. Il va renoncer. Il va le laisser regagner le havre de sa chambre. Il va…

– Eliott, on y va, crie leur père.

Eliott sort de la cuisine, les dépasse sans un coup d'œil pour son petit frère, sort. Il laisse la porte grande ouverte. Titouan sent l'air du dehors sur son dos nu. Il a envie de vomir.

– Allez, tente son père en désignant l'extérieur.

Le cœur de Titouan cogne si fort qu'il perçoit ses battements jusque dans ses tempes. Il ne bouge pas.

– Maman, souffle-t-il en croisant le regard de sa mère, dis-lui de me laisser…

Son père soupire, puis le soulève sans effort. Titouan crie à nouveau, se démène comme si sa vie en dépendait. Parce que sa vie en dépend. Les larmes dévalent ses joues, furieuses, impuissantes.

– Arrête ça ! gronde son père en atteignant le portail bas qui donne sur la rue.

Titouan n'arrête pas. Il redouble de violence. Il aperçoit le trottoir sous les pieds de son père, les jambes de passants qui s'éloignent à la hâte. Et soudain, la voiture. Son père le force à y pénétrer, le pousse sur la banquette arrière, claque la portière derrière lui.

Un instant, Titouan songe à ressortir, courir jusqu'à la maison. Il n'y arrive pas. Il est mieux dans l'habitacle, il respire à nouveau. Sa mère dépose vêtements propres et baskets à côté de lui. Elle veut toucher sa joue. Titouan esquive. Il remarque plusieurs visages curieux de voisins aux fenêtres.

– La honte, lâche Eliott, enfoncé dans le siège avant.

Leur père démarre. Titouan sent tout son corps se crisper tandis que la maison disparaît, effacée par un virage. Il jette un coup d'œil à ses vêtements. L'épreuve qui l'attend sera pire s'il est à moitié nu. Il s'habille. Son père l'observe dans le rétroviseur central, l'air satisfait. Bientôt, ils approchent du lycée.

– Arrête-toi, exige Eliott. Si ce taré recommence son cirque, je ne veux pas être là.

Il profite du feu rouge pour quitter la voiture et marche à grands pas vers le portail. Titouan lace lentement ses chaussures. Ses mains tremblent, il doit s'y reprendre à plusieurs fois. La voiture redémarre et se range devant l'entrée du lycée. Son père coupe le moteur, descend, ouvre la portière arrière. Attend.

– Titouan.

Son ton sonne comme une menace.

– Titouan, sors.

– J'veux pas.

– On ne fait pas toujours ce qu'on veut, tu le sais bien. Sors de là, Titouan.

– Non.

Son père s'engouffre dans l'habitacle, tornade de colère implacable. Il saisit le bras de Titouan, le tire. Titouan résiste, agrippe les sièges, s'arcboute, pousse sur tout ce qui tombe sous ses semelles. Il donne des coups – genoux, coudes, poings. Il mord. Il sent le feu de dizaines de regards braqués sur lui. Aucune importance.

– Laisse-moi, hurle-t-il. LAISSE-MOI !

Son père s'obstine, tombe avec Titouan sur le trottoir. Celui-ci se roule en boule, continue à crier tout ce qui lui traverse la tête, il insulte son père, se couvre le visage de ses mains.

– Mais calme-toi, enfin…

Au grand jour devant le personnel du lycée et les autres élèves, son père, désarçonné, n'ose plus employer la force. Titouan avale de grandes goulées d'air. Il a l'impression d'étouffer. Tout tourne. Le portail bleu, l'attroupement, la silhouette démesurée de son père, les voitures. Il ferme les yeux, paupières contractées à s'en faire mal, et s'échappe hors de ce monde insupportable.

– Titouan ? Titouan…

Ses oreilles bourdonnent. Il ouvre les yeux. Il est allongé sur la banquette arrière de la voiture, l'infirmière du lycée penchée sur lui.

– Tu as perdu connaissance, dit-elle. Tiens, mange quelque chose.

Il accepte le biscuit qu'elle lui tend, le mâche doucement.

– Reste allongé, indique-t-elle.

Elle s'éloigne de quelques pas. Il l'aperçoit qui discute avec son père sur le trottoir. Il n'y a plus qu'eux, et un surveillant que Titouan aime bien. Les élèves ont dû entrer en cours. Nul doute qu'il sera leur sujet de conversation pour quelques jours. Un malaise lui serre le ventre à cette idée. Ils ont dû le prendre pour un fou. Alors qu'il n'est pas fou. Il ne veut juste plus sortir.

Son père réapparaît dans son champ de vision, visage sur fond de ciel, penché par l'ouverture de la portière.

– Ramène-moi, murmure Titouan. S'il te plaît.

Son père acquiesce.

Il a l'air d'avoir vieilli de dix ans en une heure.

ALIX

À la fin de la pause de midi, les élèves de la classe d'Alix semblent encore plus excités que d'habitude. Ils s'agglutinent dans le couloir, les yeux rivés à leurs téléphones. Des cascades de gloussements s'échappent de leurs gorges.

– Comment c'est malaisaaaaaant!

Intriguée, Alix reste pourtant assise contre le mur. Elle ne s'est jamais sentie bien dans les groupes. Jamais été vraiment acceptée non plus. En passant au lycée, elle imaginait que ça changerait, que les élèves seraient plus matures, plus aptes à l'accepter telle qu'elle est. Ce n'est pas le cas. Les attaques sont moins frontales, les chuchotements plus discrets, on la laisse davantage tranquille. À part ça, rien n'a changé. Elle ne sait pas vraiment ce qu'on lui reproche et elle ne le comprendra certainement jamais. Elle en a pris son parti. Et puis elle ne peut pas s'empêcher de se dire que la plupart des adolescents populaires au collège ou au lycée ne feront pas grand-chose de leur vie. Ça la rassure. Elle les imagine dans dix ou quinze ans, elle comédienne reconnue, eux toujours ici, à Saint-Malo, coincés sur la ligne de départ qu'ils n'auront pas su quitter, à se remémorer le lycée comme « les meilleures années de leur vie». Elle, ses meilleures années sont devant. Forcément. Parce que celles qui se sont écoulées jusqu'ici sont moyennement réjouissantes. Et parce qu'elle va se la construire, sa vie rêvée, loin d'eux.

Philippine se laisse tomber à un mètre d'elle, arrange d'une main les cheveux bleu électrique qui encadrent son visage. Son attention dérive de la bande d'élèves à Alix.

– T'as vu la vidéo ?

– Quelle vidéo ?

Philippine lui jette un coup d'œil consterné, dégaine son téléphone, lui passe un écouteur.

– Le cousin de Lilou l'a postée ce matin, un mec a fait une crise devant son lycée, à Rennes. Il est carrément tombé dans les pommes, regarde !

Elle regarde. Un homme tente d'extraire d'une voiture un adolescent fluet qui hurle et se débat. C'est violent. Étrange. L'ado se roule par terre comme un petit garçon en plein caprice. Sauf que ça ne ressemble pas à un caprice. C'est une vraie terreur, viscérale.

– C'est ça qui les fait rire ? demande Alix.

– Ouais.

– C'est pas drôle.

Philippine hausse une épaule. Alix croit soudain entendre quelqu'un prononcer un prénom dans la vidéo.

– Attends, monte le son…

Philippine relance la vidéo, le son à fond. Cette fois, Alix entend distinctement un élève dire : « Putain, c'est Titouan ! », puis l'homme qui le fait sortir lance à son tour : « Titouan, calme-toi… »

Titouan.

Est-ce que c'est le mec avec qui elle joue online ? Est-ce que c'est son lycée ? Il vit à Rennes, après tout, mais il doit y avoir un paquet de lycées là-bas, et ce prénom est commun en Bretagne. Elle ferme les yeux, se concentre sur les cris de l'adolescent. Ça pourrait être sa voix. Il gueule si fort qu'elle n'en est pas certaine.

– On sait pourquoi il a fait cette crise ?

– J'crois pas.

– Et il a repris connaissance ?

– Comment je saurais ?

Elle rend son écouteur à Philippine, envoie un message à son compagnon de jeu.

Ça va ?

Ouais. Toi ?

Nickel. On joue ce soir ?

Yep !

Ok. À tout à l'heure.

Songeuse, Alix suit sa classe à l'intérieur de la salle que le prof vient d'ouvrir. Ça devait être un autre Titouan. La coïncidence est quand même étrange.

TITOUAN

Titouan enfile ses écouteurs.

Au rez-de-chaussée, ses parents se disputent. À cause de lui. Il voudrait avoir un de ces casques qui suppriment le bruit extérieur. Entendre un vrai silence. À défaut, il lance de la musique, un morceau planant d'un groupe islandais. Il écoute les nappes de son qui glissent les unes sur les autres. Son regard scotché au plafond, il perd toute notion du temps.

– Titouan ?

Le visage de sa mère dans l'embrasure de la porte. Elle entre, suivie comme une ombre par son père. Titouan retient un soupir. Son père devait partir ce matin en déplacement professionnel ; il a visiblement annulé. Ils s'installent à son chevet.

– On a discuté avec le mari d'une de mes collègues, dit sa mère. Il est psychologue. Il aimerait beaucoup parler avec toi. Il est prêt à venir ici, ou à t'appeler sur Skype si tu préfères. Il ne s'agit pas d'engager un travail. Il a bien précisé qu'il faudrait que ça vienne de toi et que si tu voulais vraiment voir un psychologue, il te recommanderait à un confrère. (Elle guette une réaction de

Titouan.) Mais avec ton père, on se dit que tu fais peut-être une phobie scolaire, et on n'aimerait pas que tu restes seul face à ça. Qu'est-ce que tu en dis ?

– C'est pas une phobie. C'est un choix. Respectez-le.

– Enfin, s'agace son père, tu as bien vu ce matin que ce n'est pas juste un choix.

– Ne t'énerve pas, souffle la mère de Titouan. On a dit qu'on ne s'énervait pas.

– Je ne m'énerve pas. Tu ne parviens pas à sortir, mon grand. Tu étais tellement paniqué que tu t'es évanoui.

– C'était le seul moyen pour que tu me laisses tranquille.

– Tu essaies de me faire croire que tu as *choisi* de perdre connaissance ? Titouan, c'est ridicule ! Ouvre les yeux. Tu ne veux pas voir ce qui t'arrive.

Titouan n'ouvre pas les yeux, mais il cesse d'argumenter. Se taire est devenu sa ligne de défense – de toute façon, quand il parle, ses parents ne l'écoutent pas.

– Est-ce que tu veux bien rencontrer ce psychologue, Titouan ? tente à nouveau sa mère.

Il ne répond pas, se retourne vers le mur, s'endort sans se préoccuper de savoir si ses parents ont quitté la pièce.

Plus tard, un contact léger sur son épaule le réveille. Lila. Titouan sourit à sa petite sœur qui lui tend une assiette de pâtes.

– Maman a bien voulu que tu me la montes ?

– Oui. Papa est parti à sa réunion loin.

Alors il a fini par y aller, songe Titouan, et

il sera absent jusqu'au week-end. C'est mieux comme ça. Tout est toujours plus simple quand leur père n'est pas là. Plus calme. Il prend l'assiette.

– Merci, ma puce. Je suis désolé de t'avoir fait peur ce matin.

– Ça va. Tu me montres des vidéos de danse ?

Il sourit, attrape son ordinateur.

– Tu veux quoi ?

– *Casse-Noisette*.

– Toi-même !

Un gloussement roule dans la gorge de Lila, comme un roucoulement d'oiseau. Il lance la vidéo demandée et, tandis que sa sœur sautille pour imiter les danseurs, Titouan engloutit ses pâtes. Il vérifie ses messages sur son téléphone. Il n'y en a pas eu de nouveau de la part du numéro inconnu. L'expéditeur a dû s'apercevoir de son erreur, ça ne sert plus à rien de lui répondre maintenant. Pourtant, il ne peut cesser de penser aux étranges mots attachés, comme s'ils contenaient un mystère inaccessible. Il les relit, songeur.

Jaimeraisdetoutmoncoeurterejoindrecettenuit
ilesttemps

Il rêve un moment, invente une nouvelle histoire d'amour impossible. Puis il abandonne son téléphone, saisit quelques pièces de Lego dans une boîte et poursuit l'arbre au pied de son lit.

– Au dodo, ma ballerine ! les interrompt leur mère au bout d'une demi-heure.

Lila dépose un bisou sur la joue de son frère.

– J'aime bien que tu sois tout le temps là, murmure-t-elle à son oreille avant de filer.

Leur mère récupère l'assiette vide.

– Bonne nuit, mon grand. Je t'aime.

– Je t'aime aussi. Dors bien.

Les paupières de sa mère se ferment un instant, comme si elle doutait de sa capacité à trouver le sommeil. Elle lance un long regard à Titouan, inquiet et tendre, avant de refermer la porte.

Il s'apprête à interrompre la vidéo de danse qui continue sur son écran, lorsqu'une publicité se lance. Une jeune femme au corps alangui s'étire sur un canapé. Le sexe de Titouan réagit. Une vague de dégoût le submerge aussitôt, et il s'empresse de fermer la fenêtre. Il déteste ces réactions réflexes de son corps. C'est venu petit à petit ces dernières années, jusqu'à tout envahir. Il ne comprenait plus rien, avait l'impression de ne plus se reconnaître, de devenir quelqu'un d'autre sur qui il n'avait plus aucun contrôle. À tout instant, au moindre bout de peau nue, à chaque silhouette de fille que son regard accrochait, les vraies et celles de pixels, il se sentait bouillir, durcir, devenir autre. Jusque dans ses rêves, dont il émergeait trempé. Ça lui arrive encore depuis qu'il est ici, au calme. Mais il parvient mieux à le gérer. Il y a moins de sollicitations.

Il ouvre l'interface du jeu où il doit retrouver Lix ce soir, enclenche la conversation.

– Hey, fait Lix.

– Ça va ?

– Ouais. Eh, t'as vu la vidéo du mec qui fait une crise devant son lycée ?

Lix a une voix bizarre en disant ça, plus aiguë

que d'habitude. La poitrine de Titouan se serre. Il a vu cette vidéo – pas jusqu'au bout, il n'a pas pu. Des pestes de sa classe se sont empressées de la lui envoyer alors qu'il n'était pas encore rentré chez lui. Il a supprimé tous ses comptes sur les réseaux sociaux, a bloqué les numéros des gens qui le saoulaient. Il ne remettra plus jamais les pieds au lycée.

– Hm. J'ai vu.

– C'était chez toi, non ? À Rennes ?

– Ouais.

– Tu sais qui c'est, le mec ? Il va bien ?

Bonne question.

– Aucune idée. J'le connais pas trop.

Et cette fois, il se dit que ce n'est pas tout à fait un mensonge. Il se sent comme une sorte d'extraterrestre perdu dans un monde auquel il est désespérément étranger. Et il n'a jamais autant eu cette impression qu'en visionnant les images de ce matin.

– Toi, ta journée ? demande-t-il en lançant une partie.

Pour toute réponse, Lix soupire, puis lâche :

– La routine.

Un avion les largue au-dessus d'une île. Leurs parachutes se déploient, et, tandis qu'ils atterrissent au milieu d'un village, les frustrations de la journée s'éloignent. Ici, les règles sont stables. Ils peuvent enfin se défouler et ressentir des émotions qui n'auront aucune conséquence dans la réalité. Qui ne changeront rien. Et c'est exactement ce que veut Titouan. Que plus rien ne change, jamais.

GABRIELLE

En terrasse d'un café.

GABRIELLE. – Vous allez vous revoir ?

ARMAND. – Avec Clara ? Peut-être...

GABRIELLE. – Juste en amants,
ou... ?

ARMAND. – Juste en amants. Je suis toujours très clair.

GABRIELLE. – Tu n'avais pas été très clair avec moi.

ARMAND. – Non,
mais tu l'avais été pour deux.
Et puis c'était il y a longtemps.

Ils boivent une gorgée de café.

ARMAND. – Et ton Roméo, alors ?

GABRIELLE. – Si je veux un compagnon qui est toujours d'accord avec moi
et qui boit mes paroles,
je prends un labrador…

ARMAND. – T'es dure !

GABRIELLE. – Non mais
tu sais…
Si je suis avec quelqu'un, c'est pour qu'il me pousse,
qu'il bouscule mes convictions,
qu'il me renvoie un reflet sincère.
Pas cette version idéalisée de moi que je lis dans ses yeux.
Pourquoi tu souris comme un con ?

ARMAND. – Pour rien.
C'est rassurant de constater
que certaines choses ne changent jamais.

GABRIELLE, *prenant son téléphone en main.* – Putain.

ARMAND. – Un problème ?

GABRIELLE. – Le saxophoniste.
Celui qui devait accompagner mes élèves sur scène pendant le spectacle de juin.
Il vient
de me lâcher.

ARMAND. – Ne jamais faire confiance à un saxophoniste.

Gabrielle se masse le front, tire sur sa cigarette.

ARMAND. – Il te faut absolument un saxophone ?

GABRIELLE. – Non.
Juste un instrumentiste qui n'a pas besoin d'être assis
pour jouer.

Armand la fixe en souriant.

GABRIELLE. – Non.
Non non non.
Pas toi. J'ai ta fille dans ma classe.

ARMAND. – Gab, ça fait dix ans qu'on parle de travailler ensemble,
de monter un projet…
et qu'on ne le fait pas.
C'est l'occasion.
Non ?

GABRIELLE, *le dévisage*. – Et Alix ?

ARMAND. – On sera sur la même scène.
On partagera l'aventure.
Je me ferai discret.
Ça ira.

GABRIELLE. – T'es
sûr
de
ça ?

ARMAND. – Tu me dis
quand tu as besoin de moi.
Je viens.

Silence.

GABRIELLE. – Merci.
Je t'avoue que ça m'arrange bien.
Tu peux être là
au cours de demain matin ?

ARMAND, *sourit*. – Je peux.

ALIX

Le cours de théâtre est bien entamé lorsque des coups discrets retentissent à la porte. Alix hausse les sourcils, curieuse de savoir quel malheureux va se faire incendier par Gabrielle pour les avoir dérangés. Mais c'est son père qui entre, étui de violon à l'épaule.

Alix se redresse, mal à l'aise. Qu'est-ce qu'il fait là ? Il ne donne pas de cours le samedi matin. S'il a un truc à lui dire, il peut envoyer un message au lieu de l'afficher devant tout le monde.

– Armand, entre ! lance Gabrielle.

Alix fronce les sourcils. Pourquoi est-ce que Gabrielle n'est pas étonnée qu'il se pointe ? D'habitude, elle déteste les intrusions. Et là, elle l'accueille comme si ce moment était prévu. Le clin d'œil que lui adresse son père ne la rassure pas. En elle, tout se met à bouillonner.

Qu'est-ce qu'il fait là ?

Qu'est-ce qu'il fait là ?

Gabrielle embrasse le père d'Alix sur les deux joues. Même si elle sait qu'ils sont amis depuis longtemps, elle déteste les voir si proches. Son attachement admiratif pour Gabrielle est exclusif.

– Certains d'entre vous connaissent Armand, l'un des professeurs de violon du conservatoire, et le père d'Alix. Il a la gentillesse de remplacer au pied levé notre ami saxophoniste qui m'a fait faux bond. Il va donc vous accompagner sur scène en juin pour *La Cerisaie*. Il viendra régulièrement travailler avec nous d'ici là.

Alix se décompose. Son père, dans sa bulle de théâtre ? Dans son refuge ? Dans ce seul recoin de sa vie où il ne posait pas un orteil jusqu'à aujourd'hui ? Hors de question. Elle se lève sans y penser.

– Tu vas… Il va… jouer dans la pièce ?

– Tu ne lui as pas dit ? s'étonne Gabrielle.

– Je voulais te faire la surprise, grenouille !

– Super surprise, lâche-t-elle d'une voix blanche.

Tout le monde la regarde. Gabrielle semble ennuyée.

– Il y a un problème, Alix ?

Un problème ? Un peu, ouais. Alix a envie de leur hurler qu'ici c'est chez elle, que son père n'a rien à faire là, qu'il n'a pas le droit d'envahir davantage sa vie, mais rien ne sort. Alors elle chausse ses baskets à l'arrache, attrape la bretelle de son sac à dos et dévale les gradins de l'auditorium. La voix de Gabrielle la percute juste avant qu'elle claque la porte.

– Alix !

Elle traverse le parc en courant. Par-dessus son épaule, elle aperçoit son père qui sort à son tour et s'élance pour la rattraper. Elle accélère, profite du couvert d'un arbre pour bifurquer vers la gauche. Elle contourne la grande mare aux canards et son île centrale plantée de roseaux, puis s'engouffre dans un chemin peu pratiqué entre les fourrés.

Une butte abritée se dresse devant elle. En haut, un arbre aux racines épaisses. Elle le connaît par cœur. Elle a passé tellement d'heures dans ses branches. Elle grimpe, se glisse dans le creux entre les quatre troncs, s'accroupit, invisible. Quelques minutes s'écoulent avant qu'elle entende des pas en contrebas. Son père peste. S'éloigne. Alix ne bouge pas.

Au bout d'une demi-heure, elle le voit regagner l'auditorium. Le portable dans la main d'Alix vibre de messages envoyés par Gabrielle, et bientôt par son père. Elle passe l'appareil en mode avion, le jette au fond de son sac.

C'est comme un rugissement dans ses entrailles. Des ondes d'émotion furieuses qui n'en finissent plus de vrombir. Son père a franchi une ligne inviolable. Et le pire, c'est qu'il n'a pas eu l'air de s'en rendre compte.

Elle vérifie qu'il n'y a plus personne près de l'auditorium avant de quitter sa cachette. Elle évite le haut portail du conservatoire, trop exposé, traverse à grands pas le parc vers une sortie secondaire, simple porte qui troue le mur d'enceinte. Elle hésite à rentrer à la maison, elle craint que son père ne la cherche là-bas. Elle ne veut pas le voir. Elle ne veut pas qu'il la trouve.

Elle marche vers les rues commerçantes, débouche sur une place où se tient un marché plusieurs fois par semaine. Pas aujourd'hui. Seul un camion familier est installé sur l'esplanade, son auvent déployé. Celui de Breizh Bob, le vendeur de galettes qui sillonne la ville. Les odeurs de sarrasin et de beurre font gargouiller le ventre d'Alix. Midi sonne au clocher de l'église voisine, comme une autorisation. Alix s'approche. Bob est si grand que ses cheveux grisonnants frôlent le plafond de son camion rayé de noir et de blanc. Il se penche entre les deux biligs en fonte, tend sa commande au couple qui lui fait face. Alix parcourt la liste des galettes sur le panneau de bois.

– Tu sais bien que je lis dans les pensées, lance Bob. (Elle lui décoche un regard de défi qu'il soutient par-dessus ses lunettes de soleil.) Complète champignons, et caramel au beurre salé pour le dessert. J'ai bon ?

L'exactitude de sa prévision arrache un demi-sourire à Alix. Elle hoche la tête. Bob s'active, étale la pâte à galette d'une rotation experte du poignet. Visage rectangulaire, joues tombantes, il a de faux airs de Bill Murray dans *Moonrise Kingdom*, ce film que le père d'Alix adore et qu'elle déteste. Cassant l'œuf qui se répand avec un grésillement discret, il lui jette un coup d'œil.

– Pas bavarde, aujourd'hui.

– Non.

– Ça arrive.

Elle ne sait pas s'il parle de n'être pas bavarde ou de sa galette presque terminée. Elle ne demande pas. Elle a juste faim et envie d'être seule. Breizh Bob attaque la crêpe, la laisse cuire un moment, puis dépose dessus une généreuse cuillerée de caramel qui fond doucement tandis qu'il plie la galette.

– Neuf euros, s'il te plaît.

Elle paie, récupère son déjeuner.

– Bonne journée, Bob, souffle-t-elle.

– Je te souhaite que la tienne s'améliore.

– Ça ne serait pas difficile.

– Oh, détrompe-toi. Une journée pourrie peut toujours devenir plus pourrie. Sauf si on en décide autrement.

Elle hausse les épaules. S'éloigne. S'il suffisait de décider qu'une journée s'arrange pour que ce soit le cas, ça se saurait. Elle dévore son déjeuner, descend vers la plage.

La marée est basse. Alix marche un moment sur le sable humide, remonte vers les brise-lames qui protègent la digue. Elle erre pendant des heures entre les vagues et la ville, ruminant sa colère. Elle se sent trahie. Par son père. Par Gabrielle. Par tout le monde.

Quand le soir tombe, elle hésite. Elle ne rentrera pas chez elle. Que son père flippe un peu, ça lui apprendra. Mais où dormir ? Elle pense aux copains du cours de théâtre. En dépit de leur passion commune, elle ne s'est liée intimement avec aucun. Et puis après sa crise de ce matin, elle n'a pas envie d'affronter leurs regards. Titouan, hors de question. Les cheveux bleu électrique de Philippine traversent ses pensées. C'est la seule éventualité crédible qui se présente à elle.

Alix ranime son téléphone qui se met aussitôt à bourdonner de notifications qu'elle ignore superbement. Elle compose un message pour Philippine.

Désolée de te demander ça, mais je me suis pris la tête avec mon père. Est-ce que je pourrais dormir chez toi ce soir ?

Heu ok…

Typique de Philippine. Laconique, efficace, réussissant à faire comprendre en à peine dix caractères que cette demande la saoule et qu'elle ne voit pas trop pourquoi c'est à elle qu'on l'adresse. Alix est allée bosser sur des projets en binôme deux ou trois fois chez elle depuis la seconde. Elle attrape un bus. Une demi-heure plus tard, elle presse le bouton de l'interphone. Grésillement. Alix pousse la porte de bois et entre dans le monde féerique de la famille de Philippine.

La première fois qu'elle est venue, Alix a halluciné. Elle n'imaginait pas Philippine aussi riche. Le jardin qui entoure la maison est entretenu avec soin par sa mère. Un trampoline élégant trône au milieu des balancelles et des transats. Philippine l'attend sous le porche qui mène à l'entrée, lui tape la bise.

– T'as pas d'autres affaires ?

– Non.

– Bah, entre.

Le salon semble sorti d'un catalogue de décoration, et la cuisine qu'Alix aperçoit dans l'enfilade est exactement le genre sur lequel son père bave, avec un îlot central, un bar noir design et des éclairages travaillés.

Philippine l'entraîne dans les escaliers. Au premier étage, une porte ouvre sur la suite parentale, l'autre sur la chambre de la sœur aînée de Philippine – les rares fois où Alix a croisé celle-ci, elle a eu l'impression qu'elle la détestait.

Elles continuent leur ascension. Alix ne peut s'empêcher de remarquer les interphones disposés à chaque palier et de trouver ça méchamment cool. Au deuxième étage, l'antre de Philippine : une pièce immense qui évoquerait tout à fait un boudoir des siècles passés, si ce n'étaient les posters de rock gothique et de mangas punaisés aux murs. Philippine se laisse tomber à plat ventre sur son lit moelleux, observe Alix entre ses mèches bleues. Celle-ci dépose son sac par terre.

– Tes parents ne sont pas là ?

– Ils font de la voile avec ma sœur. Ils ne vont pas tarder à rentrer.

Parce que, bien sûr, la famille de Philippine possède un magnifique voilier qui passe l'hiver dans leur jardin et qu'ils remettent à l'eau aux beaux jours.

– Tu fais pas de voile, toi ?

Philippine grimace.

– Tu me vois en ciré avec des Crocs aux pieds, sérieux ? Et puis je tiens à mon teint de cadavre. (Un sourire s'accroche à la commissure de ses lèvres, contamine celles d'Alix.) C'est ton téléphone qui fait ce vacarme ? Ou un sex-toy ?

Alix rit, sort son téléphone pour l'éteindre. Son regard accroche le dernier message de Gabrielle.

J'aimerais qu'on discute.
Envoie-moi une adresse, et je viens.

Elle déglutit. Gabrielle a sûrement viré son père du spectacle et veut le lui annoncer. Alix hésite. Finit par lui fournir l'adresse de Philippine.

Je suis là dans une demi-heure.

Cette réaction rapide fait plaisir à Alix. Ce n'est pas vraiment la faute de Gabrielle, tout ça, tempère-t-elle. Elle ne pouvait pas deviner. C'est son père qui a déconné. C'est lui, l'intrus.

– Tu fais quoi ? demande-t-elle à Philippine qui, allongée sur son lit, martèle le clavier d'un ordinateur portable recouvert d'autocollants.

– J'écris.

– Quoi ?

– Un roman.

– Il parle de quoi ?

Philippine coule un regard par-dessus son écran, scrute Alix d'un air impénétrable.

– Ça parle d'une serial killeuse cannibale qui tue des sosies de chanteurs célèbres.

L'espace d'une seconde, Alix se demande si elle a bien fait de se réfugier ici.

– Cool, lâche-t-elle d'un air dégagé. Elle les tue comment ?

– Au couteau. Éviscération rituelle avec des symboles de sang et tout.

– Et après, elle… mange ses victimes ?

– Les yeux seulement.

– Dégueu.

– Ouais.

– Ça a l'air bien.

Elles échangent un sourire.

ARMAND

Armand tourne en rond dans le salon.

Il a cherché Alix à travers toute la ville, ce midi. À deux heures, il a dû retourner au conservatoire donner cours. Il a annulé les derniers. Impossible de se concentrer sur quoi que ce soit tant qu'il n'a pas de nouvelles de sa fille.

Qu'est-ce qui lui a pris de partir comme ça ? Il revoit le visage blême d'Alix quand elle s'est levée dans les gradins de l'auditorium, son incrédulité, sa colère. Il ne comprend pas la violence de sa réaction. Il se faisait une joie d'être sur scène avec elle, de partager ce moment intense ensemble avant son départ de la maison…

Non, s'il est honnête, ce n'est pas ce qui l'a poussé à proposer son aide à Gabrielle.

Il n'a pas pensé à Alix. Il a pensé à lui, pour une fois. Il n'a pas réfléchi et, à présent, il s'en mord les doigts.

Armand monte dans la chambre de sa fille, s'assied sur le lit, effleure le lapin avachi sur la table de chevet. Madame Plume. Alix l'a traînée partout. Trois fois, elle l'a perdue. Trois fois, Armand l'a rachetée en secret, l'a abîmée et tachée pour que la petite ne remarque pas la différence, a fait semblant de la retrouver pour mettre fin au drame intersidéral de son absence.

Sonnerie.

Je sais où elle est. J'y vais. Je t'appelle après.

Soulagement. Infime. Armand veut serrer Alix dans ses bras, s'assurer qu'elle va bien. Fébrile, il répond à Gabrielle, exige des précisions qu'elle ne lui donne pas. Alors il attend, malaxant un peu trop fort Madame Plume entre ses mains.

GABRIELLE

Dans la rue, devant la maison de Philippine.

Alix. – Je ne rentre pas à la maison.

Gabrielle. – D'accord.

Alix. – Je ne parle pas que de ce soir.

Gabrielle. – Où tu vis, ce n'est pas mon problème.
C'est le tien
et celui de ton père.
Mon problème
à moi,
c'est que tu réussisses tes auditions.

Alix. – Papa va vraiment jouer dans la pièce de fin d'année ?

Gabrielle. – Oui.

Alix. – Gab, tu ne peux pas me faire ça !

Gabrielle. – J'y ai réfléchi
depuis ce matin.

Et j'ai décidé que
si, je pouvais te faire ça.
Ce serait trop facile de le virer.

Alix. – C'est mon cours de théâtre,
pas le sien !
Je ne reviendrai pas s'il est là !

Gabrielle. – Tu veux devenir professionnelle ?
Apprends à travailler dans n'importe quelles conditions.

Alix, *furieuse*. – C'est…

Gabrielle. – Laisse-moi finir !
On joue parfois avec des partenaires qu'on n'aime pas,
au sein de distributions qui
ne nous conviennent pas.
Et on le fait quand même.
Parce que c'est notre
métier.

Alix. – C'est pas pareil !
C'est mon père !

Gabrielle, *doucement*. – Il sera sur scène,
ce n'est pas négociable.
Me fusiller du regard n'y changera rien.
Prouve-moi que tu as la
maturité
pour faire ce métier.
Je t'attends en cours lundi soir.

Alix. – Je te déteste, putain.
Je vous déteste tous les deux.

Gabrielle. – Je comprends.

Alix. – Tu comprends rien !
De toute façon tu t'en fous
de ce que je ressens !

Gabrielle. – Tu sais bien que c'est faux.
Aimer quelqu'un,
ça ne veut pas dire
tout lui passer.
Parfois, c'est même exactement
l'inverse.

Alix, *au bord des larmes.* – N'importe quoi…
Comment tu as pu accepter qu'il…

Gabrielle. – À lundi, Alix.

Gabrielle rentre dans sa voiture et vérifie qu'Alix retourne dans la maison. Elle appuie son front contre le volant.

Gabrielle. – Merde.

TITOUAN

Titouan repousse son ordinateur. Aucun signe de Lix ce soir, il n'est pas en ligne et ne lui répond pas. En revanche, les étranges sms du numéro inconnu ont repris. Cette fois, Titouan a aussitôt voulu prévenir l'expéditeur qu'il se trompait de destinataire, mais les deux premiers messages, reçus à quelques minutes d'écart, l'ont stoppé net.

Jenepeuxpluscontinuersanstoi

maviesestarreteeaveclatienne

Depuis, les messages s'enchaînent toutes les dix minutes. Ils semblent ne pas attendre de réponse. C'est un monologue, une déclaration à sens unique. Tétanisé, Titouan ne sait pas comment réagir. Il s'agit bien d'une histoire d'amour, mais plus tragique que ce qu'il avait imaginé. L'expéditeur parle à un mort.

jailimpressionquechaquejourestunjourdetrop

tumemanquestellement,monlu.

Il note l'apparition de ponctuation. Relit la fin. Monlu ? Mon Lu ? Bizarre. Est-ce que ça ne serait pas une crétine de sa classe qui le fait marcher ? Non, ça ne tient pas. Aucun lycéen n'écrirait comme ça sans espaces.

atoutdesuite

Titouan serre le téléphone dans sa main, glacé. Son cœur accélère tandis que le silence se prolonge. La personne qui envoie ces messages est en train de se tuer. Cette certitude se fiche dans sa poitrine, balle à fragmentation qui l'émiette en dedans. Sans réfléchir davantage, il compose une réponse.

LUCE

Dans l'ombre de sa chambre à coucher, Luce fixe les mots qui viennent d'apparaître sur le rectangle gris-vert de l'écran.

Trois mots.

Je suis là.

Elle porte une main à sa bouche, retient un cri. C'est impossible. Impossible. Ou bien… ?

Tremblante, elle demande :

Lucien?

Elle s'y reprend à plusieurs fois, s'agace de sa maladresse. Envoie. L'attente est brève, la réponse lui parvient avec un bip strident.

Oui. Tu n'as pas l'air d'aller bien…

Les mains de Luce se recroquevillent autour du téléphone. Elle le presse contre elle. L'air lui manque. Des larmes dévalent ses joues – ses rides, des ruisseaux. Elle ne va pas bien, non. Ça fait tellement longtemps qu'elle ne va pas bien.

– Mon Lu, murmure-t-elle. Mon Lu…

D'un geste malhabile, elle repousse la boîte de médicaments qui rejoint ses pantoufles sur la descente de lit.

ENTRACTE

Qui a décidé
un jour
en regardant le cosmos
que certaines étoiles allaient ensemble ?
Qu'assemblées,
elles dessinaient des géants,
des centaures,
des demi-dieux ?
C'est un miroir
que ces personnes ont vu dans le ciel nocturne.
C'est nous que les constellations relient.
Nous qui, connectés les uns aux autres,
devenons des géants,
des centaures,
des demi-dieux.

ACTE II

ALIX

Alix se laisse porter jusqu'à la fin du week-end par le rythme apaisant de la famille de Philippine. Petit déjeuner tardif, anime sur l'ordinateur, déjeuner délicieux, après-midi paresseux entre le jardin, la véranda et la chambre… Les parents de Philippine ne s'inquiètent pas de sa présence, au contraire, ils accueillent Alix comme si elle passait chaque week-end chez eux depuis des années. Seule sa sœur aînée lui jette parfois des regards soupçonneux par-dessus son magazine. Philippine et elle sont aussi différentes que possible et semblent s'adorer. Son hostilité est-elle de la jalousie ?

Vers dix-huit heures, la mère de Philippine – « appelle-moi Isabelle » – passe son nez doré de soleil dans l'embrasure de la porte.

– Tu dînes avec nous avant de rentrer chez toi ? demande-t-elle avec douceur.

Le ventre d'Alix se noue. Elle échange un coup d'œil avec Philippine, puis lâche :

– D'accord. Merci.

– Parfait. On mange dans une heure, les filles.

Isabelle s'éclipse. Alix pose sur la couette du lit le manga qu'elle lisait avant l'interruption d'Isabelle. Philippine l'imite. La regarde.

– Tu vas faire quoi ?

– J'sais pas.

Alix n'a aucune envie de rentrer chez elle, aucune envie de voir son père, aucune envie d'être confrontée à la tristesse dans ses yeux. La colère est trop vive, la trahison de leur accord tacite trop douloureuse. Elle ne le supporterait pas.

– Au pire, propose Philippine, tu fais semblant de partir, et je te rouvre en douce.

Alix dissimule sa surprise. Ces vingt-quatre heures côte à côte ont créé entre elles une complicité nouvelle, mais Philippine paraissait pressée d'être seule à nouveau. Alix s'apprête à accepter. Puis elle s'imagine le lendemain matin, à se faufiler dehors sans être vue, et le lendemain soir, à ne pas savoir où dormir. Rester ici ne ferait que repousser le problème. Sans compter que les parents de Philippine ont été adorables, elle se voit mal trahir leur confiance. Alix fait tourner son téléphone dans sa main.

– Je vais appeler ma mère.

Philippine écarquille les yeux.

– Ta mère ? T'as une mère ?

– Comme tout le monde.

– Je veux dire… Je croyais qu'elle était morte.

– Non. Elle est partie quelques mois après ma naissance.

– La vache. Et elle vit où ?

Alix soupire. Elle n'a pas vu sa mère de toute son enfance. Elle recevait des cartes postales pour Noël ou son anniversaire, envoyées du sud de la France, de Paris, ou d'un peu partout en Europe. Mille fois, Alix s'est imaginé lorsqu'elle serait grande, sauter dans un train ou dans un avion, traquer la mystérieuse expéditrice de carte en carte jusqu'à la retrouver. Et il y a deux ans, sa mère est revenue vivre à quelques kilomètres de Saint-Malo, soi-disant pour se rapprocher d'Alix. Sur le moment, celle-ci était ravie. Sauf qu'en la rencontrant, elle a eu l'impression d'être face à une inconnue avec qui elle ne partageait rien, pas même une vague ressemblance. Aucune connexion, aucune évidence, et une incapacité totale à formuler les questions qui se bousculaient dans sa tête. Depuis, Alix l'évite.

– Elle habite à Cancale.

Une demi-heure de bus, dix minutes de marche. Rien d'insurmontable.

– Tu l'appelles, alors ?

– Ouais.

Alix sort sur le palier, son téléphone à la main. Sur un coup de tête, elle supprime le fil de discussion avec son père, tous les messages échangés cette année, et ceux envoyés ce week-end, qu'elle refuse de lire. Ça lui fait du bien. Elle cherche le numéro de sa mère. Au moment de lancer l'appel, elle hésite. Elle ne lui a pas parlé depuis des mois. Qu'est-ce qu'elle va lui dire ? Comment lui expliquer la situation ? Alix bat en retraite dans la chambre de Philippine.

– Elle ne répond pas. Je lui envoie un message.

Ce qu'elle ne fait pas. Elle va y aller, et elle verra bien. Ce sera plus simple en face à face.

À la place, elle rassure Titouan qui s'inquiète de son silence.

Tout va bien, je ne suis pas chez moi mais je récupère mon ordi dès que possible. J'en peux plus de ne pas jouer !

TITOUAN

Une vibration réveille Titouan. Des nouvelles de Lix. Il sourit en lisant son message, s'étire. 18:30. En l'espace de quelques jours, il s'est complètement décalé. Il dort la journée, vit la nuit, lorsque le monde semble n'appartenir qu'à lui.

Il écoute la maison. Il est devenu expert pour déterminer la position de chaque membre de sa famille. À l'instant, ses parents sont dans le salon avec Lila. Quant à Eliott, il n'est certainement pas là, ou bien il imposerait à tous ses goûts musicaux douteux.

Titouan s'assied au bord du lit. Puis, d'un pas léger, il traverse la pièce, se soulage dans le lavabo d'angle. Il commence à vraiment puer. Il le sent. Mais il a la flemme de faire sa toilette, alors il se contente de troquer son caleçon sale contre un propre et d'enfiler un tee-shirt avant de regagner le creux de son matelas.

Il fait défiler les quelques messages qu'il a échangés avec son inconnue la veille.

commentest-cepossible?

Je ne sais pas…

tumemanquestellement.
c'estdifficilecesdernierstemps.
deplusenplus.

Qu'est-ce qui est difficile ?

tout,memesortirseule.

Ça va aller. Je vais m'occuper de toi. Ne fais pas de bêtise, d'accord ?

Daccord.

Seule. Cet accord au féminin lui offre la confirmation de ce qu'il devinait. La personne de l'autre côté de l'écran est une femme. Mais si Titouan veut se faire passer pour son compagnon disparu, il doit en apprendre davantage sur eux. Comment s'appellent-ils ? Où et quand se sont-ils rencontrés ? Quel métier exerçaient-ils ? Depuis combien de temps Lucien est-il mort ? Comment ? Quel âge a sa femme ? Où vit-elle ? À chaque message, Titouan risque une maladresse qui le trahira et mettra fin à leurs échanges.

Est-ce que cette femme croit vraiment parler à un mort ?

Peu importe. Soit elle y croit, soit elle a tellement envie d'y croire qu'elle accepte le mensonge tant que Titouan reste crédible.

« *c'estdifficilecesdernierstemps.* »

Titouan prend une grande inspiration. Pourquoi le sort de cette femme lui importe-t-il ? Il ne saurait l'expliquer. Peut-être parce qu'il sent l'amour immense qui la liait à son mari, et que jouer le rôle de celui-ci, c'est s'inclure dans cet amour ? Et puis les messages sont arrivés sur son téléphone à lui. Le hasard. D'habitude, Titouan déteste le hasard. Seulement, celui-ci, il le contrôle à peu près. Une discussion à distance, par appareils interposés, sans s'exposer personnellement… Il est dans son élément. Alors pour une fois, il se saisit du hasard et le retourne. Il sera la voix d'un mort pour aider cette femme à vivre encore. Après tout, choisir de ne plus sortir de sa chambre est déjà une forme de mort sociale, il n'est donc pas si loin de la vérité…

Le truc, c'est que le deuil, il n'y connaît rien. Il n'a jamais perdu quelqu'un de proche. Titouan attrape son ordinateur, lance une recherche « Comment aider quelqu'un en deuil ? », épluche les premiers résultats qui expliquent quoi faire et quoi éviter.

Il comprend vite qu'il n'y a pas de mode d'emploi. Chaque deuil est différent, chacun doit s'en sortir à sa manière. Super.

Il décide de prendre le problème par un autre angle. Nouvelle recherche : « De quoi a-t-on besoin pour être heureux ? »

Titouan se laisse dériver de page en page. Les photos lumineuses qui illustrent les articles lui semblent souvent ridicules. Le contenu, lui, l'intéresse, même s'il lève à peu près deux cents fois les yeux au ciel devant la niaiserie de certaines phrases.

Après une bonne demi-heure, il liste les points qui reviennent le plus. Pour être heureux, d'abord, il faut ne pas s'inquiéter pour la base : manger à sa faim, respirer, dormir suffisamment, avoir un toit au-dessus de sa tête, ne pas craindre pour sa sécurité. Ensuite, être en bonne santé semble un facteur important. Et avoir une vie sexuelle.

Bon ça, Titouan n'est pas très compétent, n'a pas envie d'être compétent. Il laisse de côté. Puis viennent des facteurs moins terre à terre, comme être aimé, créer des liens, être entouré, prendre soin des autres, être reconnu et valorisé dans son métier, faire des projets, s'engager pour des causes qui nous tiennent à cœur…

Il relit les messages.

Qu'est-ce qui est difficile ?

tout,memesortirseule.

Seule. Titouan sent que ce mot est important. En attendant d'en savoir davantage sur elle, c'est un élément sur lequel il peut travailler. Il repense à tout ce qu'il vient de lire et compose un nouveau message. Il s'y reprend à plusieurs fois. Et, satisfait, il l'envoie à son inconnue.

LUCE

Luce fixe le téléphone posé sur la lourde table du salon. Aujourd'hui, elle n'a cessé de vérifier l'écran de l'appareil, fébrile, comme elle vérifiait plusieurs fois par jour le contenu de la boîte aux lettres du temps où Lucien effectuait son service militaire, un demi-siècle plus tôt. Pas de nouvelles. Ça lui semble presque normal. Cet échange avec son aimé, c'est le genre de magie qui ne peut pas survenir en plein jour. Il lui faut l'écrin de la nuit pour se déployer. Ou au moins la transparence fragile du crépuscule. Et justement, de l'autre côté de la fenêtre, le soleil sombre lentement entre les façades des immeubles.

Bip strident. Sursaut.

> Je sais que tu souffres
> beaucoup, tu n'es
> certainement pas
> d'humeur pour ça, mais…
> accepterais-tu de jouer à
> un jeu avec moi ?

Un sourire clandestin redresse les lèvres de Luce.

queljeu?

De temps en temps, je te donne une mission à effectuer. Si tu y arrives, tu as le droit de me poser une question le soir. Une seule…

Les doigts de Luce pressent le plastique mou des touches.

daccord.

Premier défi : demain, je veux que tu sortes et que tu discutes avec deux personnes différentes. Pas juste bonjour-au-revoir, hein. De vraies conversations.

De vraies conversations. Elle n'est plus vraiment sûre de savoir comment s'y prendre. Dans les premiers mois après la mort de Lucien, des voisins l'ont soutenue, et un ou deux anciens collègues. Puis coups de fil et visites se sont espacés, jusqu'à se tarir tout à fait.

Le téléphone sonne à nouveau dans sa main.

Tu pourrais commencer par demander à quelqu'un comment faire des espaces sur ton téléphone. Par exemple.

Cette fois, Luce sourit franchement.

défiaccepté.àdemain.

ALIX

Alix marche sur le bord de la route qui mène à la maison isolée de sa mère. Elle n'y est venue qu'une fois, et de jour, mais le trajet s'est imprimé dans son esprit. D'une main, elle serre la bretelle de son sac à dos. De l'autre, elle pointe la torche de son téléphone devant elle pour voir où se posent ses pieds et se rendre visible des voitures qui passent en trombe sur la nationale.

Si ça se trouve, sa mère n'est pas chez elle. Elle est toujours en vadrouille d'un bout à l'autre de l'Europe afin de dénicher de nouveaux artistes peintres ou des plasticiens à exposer dans la galerie où elle travaille.

Alix lève la tête. La nuit est d'un bleu d'encre, semée d'étoiles dont les frissons lointains semblent l'encourager.

Après cinq cents mètres, une route secondaire s'ouvre sur sa droite. Un panneau annonce des gîtes. Alix tourne, dépasse la grappe de maisons de pierre, s'enfonce entre les arbres. Elle s'arrête devant un portillon de bois au bout de la route cabossée. Une voiture est garée sur les graviers. Et là-bas, au fond du jardin, deux fenêtres brillent, voilées de rideaux prune. Alix prend une grande inspiration. Pousse le portillon.

Quelques îlots de granit incrustés dans l'herbe forment un chemin jusqu'à la porte d'entrée. Une ampoule illumine automatiquement le porche à son approche. À l'intérieur, des pas résonnent. Impossible de reculer. Alix s'apprête à sonner, lorsque la porte s'ouvre. La longue silhouette de sa mère apparaît en contre-jour, ses cheveux bruns relevés en chignon.

– Alix ?

– Salut, Manda.

Sans préavis, les bras de sa mère s'enroulent autour d'Alix, la serrent contre elle dans un nuage de jasmin.

– Entre, ne reste pas là, souffle-t-elle avec un grand sourire.

Alix suit Mandalina dans l'entrée, puis dans le salon. Un instant, son regard s'attarde sur la taille de guêpe de sa mère, accentuée par la coupe de son jean. Elle n'aura jamais la même sans s'affamer. Donc elle n'aura jamais la même.

– Assieds-toi. Qu'est-ce que tu fais là ? Il y a un problème ? Tu as décoloré tes cheveux… Ça te va bien.

Nouveau sourire, qui fend d'un blanc éclatant la peau mate du visage de Mandalina et rejaillit dans ses grands yeux de miel. Elles ne se ressemblent pas. Ni dans le corps, ni dans les traits. À se demander si cette femme est bien sa mère – Alix s'est posé la question un bon millier de fois. Elle laisse son sac au pied du canapé, retire son blouson, s'assied.

– Ça va. Je me suis pris la tête avec papa.

Alix balaie la pièce du regard. Des œuvres d'art sont accrochées aux murs et posées sur des meubles au design irréprochable. Pourtant, l'ensemble n'a rien de froid. Au contraire. C'est confortable. Insouciant. Joyeux.

– Ton père sait que tu es ici?

– Non. Ne lui dis pas, ajoute-t-elle précipitamment en voyant sa mère chercher son portable.

– Je tiens à la vie, Alix.

– Attends un peu. Tu le préviendras tout à l'heure. D'accord?

Mandalina la dévisage. Acquiesce. Elle s'enroule dans un grand châle pourpre rehaussé de fils dorés. Y a-t-il un seul objet ici qui ne soit pas sublime? C'est presque intimidant, tant de beauté.

– Tu veux me raconter ce qui s'est passé?

– Non.

– Tu veux parler d'autre chose?

De tellement de trucs, songe Alix. Des raisons pour lesquelles Mandalina ne s'est jamais intéressée à elle enfant, de ce qui l'a poussée à laisser Alix seule avec son père alors qu'elle n'avait que quelques semaines, de pourquoi sa mère est revenue s'installer il y a deux ans dans cette maison paumée au milieu des champs, de l'histoire de ses parents, s'ils ont été amoureux ou si c'était juste une aventure, si elle aime au moins un peu sa fille, de cette colère qui gronde dans le ventre d'Alix dès qu'elle pense à tout ça...

À la place, elle demande:

– Ça se passe bien, ton boulot?

– Super. Je suis rentrée de Barcelone il y a trois jours, j'ai rencontré une artiste peintre qui va bientôt exposer chez nous à Rennes. Regarde... (Elle cherche des photos sur son téléphone, tend l'appareil à Alix, qui les parcourt.) Tu aimes?

Les tableaux sont des explosions de couleurs vives aux formes tortueuses. Des traits noirs ou blancs déchirent les toiles.

– C'est… vivant.

– Tout à fait ! approuve Mandalina. Et attends de les voir en vrai ; son travail ne peut laisser personne indifférent ! J'allais me faire une infusion. Tu en veux ? (Alix acquiesce.) Je suis tellement contente de te voir.

– Moi aussi.

Alix suit des yeux sa mère qui s'échappe d'un pas virevoltant. Avec son châle, elle ressemble à un papillon. Alix jette un coup d'œil à son sweat et se sent terriblement banale.

Lorsque Mandalina revient avec une théière fumante, Alix prend son courage à deux mains.

– Je peux dormir ici ?

– Ce soir ?

– Quelques jours.

– Tu es chez toi, Alix. Je vais te préparer la chambre d'amis. Tu peux rester autant que tu veux. Mais pas sans mettre ton père au courant.

– Ok, cède-t-elle du bout des lèvres.

Alix attrape une tasse, la remplit, souffle sur sa tisane. Elle regarde les petites rides qui se forment à la surface tandis que Mandalina pianote sur son téléphone. Elle rejoue intérieurement les dernières phrases de sa mère comme s'il s'agissait d'une réplique de théâtre. En silence, elle note la contradiction profonde entre « Tu es chez toi » et « Je vais te préparer la chambre d'amis » – elle n'est pas une amie, elle est sa fille, et si elle était chez elle, elle aurait une chambre. Sa chambre. Elle n'a jamais eu de place dans la vie de Mandalina, même depuis son retour dans la région. Mais peut-être qu'elle peut s'en creuser une ? Alix en a envie, soudain. Terriblement. Après tout, c'est elle qui a fui les tentatives de reconnexion de sa mère ces dernières années.

– Tu n'as pas d'affaires ? réalise soudain Mandalina.

– Non, il faut que je passe en chercher à la maison.

– Ça peut attendre. On fera du shopping demain, je te récupère au lycée et hop ! Tu termines à quelle heure ?

Demain. Lundi. Le soir du théâtre.

L'hésitation d'Alix ne dure qu'une demi-seconde.

– Seize heures. Je termine à seize heures.

LUCE

8:00

Pour la première fois depuis longtemps, Luce a une raison de se lever. Elle se prépare avec entrain, ignorant les douleurs qui escortent chaque mouvement. Elle ouvre une fenêtre, étudie le ciel, enfile un imperméable bleu pastel. Elle retire tout ce qu'elle peut de son sac à main. Même allégé au maximum, elle sait qu'après quelques minutes sa sangle lui cisaillera l'épaule. Elle déteste être vieille. Elle déteste se sentir fragile.

Luce s'approche de la porte. Sortir est chaque fois une épreuve. Le repli s'est mis en place progressivement après qu'elle a pris sa retraite. Elle n'avait plus d'échappatoire, plus de respiration. Sans le fulgurant refuge qui avait dicté son existence entière, la société des hommes lui était hostile. Étouffante. Durant les dernières années de leur vie commune, Lucien est devenu son roc, son paravent contre la violence du dehors. Et sans lui, le monde a retrouvé ses piquants.

Aujourd'hui cependant, elle sent sa présence à ses côtés. Et puis elle a une mission à accomplir. Alors, vérifiant que le téléphone est bien dans son sac à main, Luce quitte la maison.

Elle marche dans la rue, ouverte aux interactions.

La seule personne qu'elle croise est un homme en costume gris qui avance à toute allure sur le trottoir opposé. Il va quelque part. Au travail, certainement. Luce n'essaie même pas d'aller à sa rencontre.

Tournant à l'angle, elle aperçoit une silhouette familière. Sa petite voisine est appuyée au portail d'une maison blanche, coupe afro digne des années soixante-dix, sac à l'épaule, regard braqué sur l'écran de son téléphone. Luce s'approche.

– Bonjour… (Elle gratte les limons de sa mémoire pour retrouver son prénom.) Tess. C'est bien ça ?

– C'est ça. Bonjour, madame Paradis.

Tess est venue plusieurs fois avec sa mère juste après la mort de Lucien, lui apporter à manger ou des commissions. Elle a grandi, depuis, une vraie jeune fille. Il est toujours si étrange de constater que, pour le reste du monde, la vie continue. Rassérénant, aussi. La route de Luce est terminée, mais d'autres prennent le relais. Ce n'est pas parce qu'elle ne veut plus vivre qu'elle veut que tout meure avec elle, au contraire.

– Tu vas au lycée ?

– Oui, j'attends une copine.

Son ton est aussi aimable qu'impatient. Luce ne veut pas déranger. Elle s'apprête à reprendre son chemin, lorsqu'elle se souvient de la suggestion de Lucien la veille.

– Je peux te poser une question, Tess ? J'ai un problème avec mon téléphone et…

– Montrez-moi.

Elle tend déjà la main. Luce sort l'appareil de son sac, le lui donne.

– Ah, c'est un vieux téléphone…
– Je suis une vieille dame…
– C'est trop bizarre, ces trucs.
– Les vieilles dames ?
Tess relève la tête et la dévisage, interloquée. Deux sourires complices glissent sur leurs lèvres.
– C'est quoi, votre problème ?
– Je ne sais pas comment faire les espaces quand j'écris un message.
– Vous écrivez des messages, vous ? s'amuse Tess. Voyons voir…
Elle pianote sur les touches, étudie l'écran.
– Pfff, c'est préhistorique, commente-t-elle.
La concentration plisse ses sourcils. Ce n'est pas un froncement, à peine une tension, une inflexion de leur arc rehaussé au crayon brun. C'est dingue comme les adolescentes s'inquiètent de leurs sourcils, ces dernières années. On dirait qu'elles veulent toutes avoir le même visage. Mais Luce doit avouer que, sur Tess, le résultat est d'une délicatesse émouvante.
Soudain, ses traits s'éclairent.
– J'ai trouvé ! Il faut faire comme ça, regardez…
Elle lui montre.
– Ah oui, c'est tout bête, constate Luce.
– Ben oui…
Bim, prends ça, la vieille. Bonne joueuse, Luce la remercie.
– Au revoir, Tess.
– Au revoir, madame Paradis.
Luce s'éloigne d'une dizaine de mètres, puis elle tape un message et l'envoie avant de reprendre son chemin.

Et de un !

Elle avise l'arrêt de bus, presque surprise de le trouver là. Elle a pris cette ligne des dizaines de fois avec Lucien lorsqu'ils allaient se promener dans le centre-ville et au parc du Thabor. Jamais depuis.

Un bus approche. Luce le regarde décharger trois passagers et repartir. Le véhicule parcourt deux mètres. S'immobilise de nouveau. Sa porte avant s'ouvre. Luce s'aperçoit qu'elle a levé le bras, comme pour demander au chauffeur de l'attendre. C'est pour elle qu'il a rouvert la porte. Elle se hâte, grimpe, s'excuse, achète un ticket. S'assied sur le premier siège libre.

Effrayée, elle voit les rues défiler de l'autre côté des longues fenêtres. Elle avait oublié comme cette ville est grande. Il lui semble que tout a changé, depuis deux ans. Les maisons, les boutiques, les restaurants lui sont étrangers. Elle veut faire demi-tour, regagner le quartier qu'elle connaît. Mais le bus poursuit sa course qu'elle ne trouve pas la force d'interrompre.

En arrivant dans le centre, Luce se lève – vieil automatisme. Le vrombissement des bouchons matinaux la happe. Devant elle, la grille du parc du Thabor et, au-delà, de grands arbres qui jettent leur branches vers le ciel gris. Elle entre comme on fuit, gravit les marches de granit, grimpe une allée. Ses pas la mènent jusqu'à la volière. Luce s'assied sur un banc, reprend son souffle.

Elle est épuisée.

Lucien lui manque.

Il y a tellement de gens qui lui manquent.

En regardant les perruches multicolores qui s'ébattent sous le grillage de la volière, Luce songe que notre courage à vivre doit être en partie proportionnel au nombre de personnes qui nous aiment. Et elle n'a plus personne.

GABRIELLE

Gabrielle monte les marches du perron du conservatoire, aperçoit Armand par la fenêtre. Il la rejoint dehors.

ARMAND. – Hey.

GABRIELLE. – Hey.
Alix est rentrée ?

ARMAND. – Elle est chez sa mère.

GABRIELLE. – Ah.

ARMAND. – Ouais.

Long silence. Armand jette un coup d'œil à son élève qui l'attend dans la salle.

GABRIELLE. – Je ne suis pas la personne
la mieux placée
pour discuter des relations parents-enfants,
tu sais.

ARMAND. – Hm.
Tu es là tôt.

GABRIELLE. – Je tournais en rond chez moi.
Je me suis dit que je travaillerais mieux
ici.

ARMAND. – Écoute,
vu le contexte,
il vaut mieux que je n'accompagne
pas
tes élèves sur scène.

GABRIELLE. – Tu crois que ça changera quelque chose?
Pour Alix?

ARMAND. – Je vois mal comment ça pourrait être pire.

GABRIELLE. – Tu manques d'imagination.

ARMAND, *soupire*. – Gab,
je ne suis pas en état pour ton cynisme.

Gabrielle pose une main sur l'épaule d'Armand, elle l'attire contre elle.

GABRIELLE. – Excuse-moi.

Ils s'enlacent puis se séparent.

ARMAND. – Je lui dirai ce soir avant ton cours.
Il retourne dans le conservatoire.

GABRIELLE, *dans un souffle*. – Si elle vient.

Gabrielle s'assied dos à la fenêtre et allume une cigarette.
Le violon reprend derrière elle.

ALIX

– C'est elle ? demande Philippine.

Alix acquiesce. Mandalina, à demi assise contre la portière de sa voiture, arbore une longue robe crème et des lunettes de soleil démesurées. Elle ressemble à une actrice incognito. Et Alix, qui a porté une de ses chemises satinées toute la journée, a presque l'impression d'en être une aussi. Mandalina aperçoit à son tour Alix et lève le bras dans leur direction avec un grand sourire. Philippine l'examine.

– Tu ne lui ressembles pas.

– Sans blague. À demain !

Alix file. À quelques pas de sa mère, elle ralentit. Est-ce qu'elle doit lui faire la bise alors qu'elles se sont déjà vues ce matin ? Est-ce que Mandalina va la prendre dans ses bras ? Devant tout le lycée ? Elles n'ont aucune habitude, aucun automatisme. Tout est à créer. Mais en attendant, Alix a une sensation de flottement malaisante.

Mandalina balaie ses hésitations.

– En route ! lance-t-elle en contournant la voiture pour se mettre au volant.

Alix se glisse sur le siège passager, étreint son sac à dos. La voiture démarre.

– Tu as fait quoi aujourd'hui ?

– J'ai travaillé de la maison. Des artistes à contacter, des contrats à finaliser pour des expositions, des prestataires à appeler pour un vernissage et du transport de toiles… Bref, des e-mails, des coups de fil, et de l'administratif barbant ! C'est pas la partie que je préfère, mais c'est nécessaire, et j'aime organiser. (Alix hoche la tête comme si elle voyait parfaitement en quoi consistait le travail de sa mère.) Shopping, alors ?

– Est-ce qu'on peut d'abord récupérer mon ordi ? J'en ai besoin, et papa est encore au conservatoire, il ne sera pas là.

– Comme tu veux. Ça a été, toi, ta journée ?

– Normal.

– Normal, répète Mandalina d'un ton amusé.

Elle conduit jusqu'à la maison sans demander de direction, se gare dans la rue. Un instant, son regard détaille la façade, monte jusqu'aux fenêtres du premier étage. *Elle a habité là*, réalise soudain Alix. Avant sa naissance, cette maison était celle de ses parents. De ses *deux* parents.

– Je t'attends, dit Mandalina.

Alix sort de la voiture, traverse, extrait ses clés de son sac à dos. En abaissant la poignée, elle prie pour que son père soit en effet absent. Fermé. Ouf. Elle déverrouille et entre.

Dans le vestibule, elle s'arrête. Le silence l'oppresse. Les meubles l'oppressent. Les manteaux suspendus, les chaussures en vrac le long du mur, le rayon de lumière qui vient du salon, la porte entrouverte de la cuisine… Il y a trois jours, c'était chez elle. Mais sa vie a basculé bien plus brutalement qu'elle ne l'avait anticipé en quittant le cours de théâtre samedi. Bien plus brutalement, même, qu'elle ne l'imaginait un instant plus tôt. C'est seulement maintenant qu'elle s'en rend compte. En refusant que son père empiète sur sa bulle de théâtre, elle a fait un pas définitif vers sa vie d'après lui. Elle l'aime, de cela elle n'a aucun doute. Seulement, s'éloigner est vital. Viscéral. Et pas dans trois mois lorsqu'elle avait prévu de partir à Paris, pas même dans un mois et demi lorsque les examens seront passés. Tout de suite. Saisie par cette urgence qu'elle ne s'explique pas tout à fait, elle avale quatre à quatre les marches de l'escalier.

Dans sa chambre, elle range son ordinateur portable dans sa sacoche. Même au milieu de cette pièce elle n'est plus à sa place. C'est une chambre d'enfant, à peine déguisée par l'adolescence d'un voile rageur. À la hâte, elle attrape quelques fringues, ce dont elle a besoin pour ses cours, son chargeur de téléphone, des produits de toilette, sa trousse à maquillage, ses baskets préférées, les textes des scènes de théâtre qu'elle travaille pour les concours. Elle fourre le tout dans un sac de voyage. Son regard accroche la silhouette avachie de Madame Plume sur la table de chevet. Non, elle aussi appartient à l'enfance, comme la photo dissimulée sous son matelas. Elles resteront là. Alix zippe le sac, balance la sacoche de l'ordi en travers de son torse et dévale jusqu'au rez-de-chaussée.

La porte d'entrée claque dans son dos. Elle la verrouille à double tour – comme son père lui reprochait toujours de ne pas faire. Et, d'un geste solennel, elle jette son trousseau dans la boîte aux lettres. C'est un peu dramatique, elle le sent bien.

Mais après tout, elle est comédienne. Le drama, ça la connaît.

– Tout ça ? s'étonne Mandalina en la voyant revenir avec son gros sac.

– Mes affaires pour les cours et quelques fringues.

– Ok. Mets-les dans le coffre.

Elle démarre aussitôt qu'Alix a regagné son siège, comme si, pour elle aussi, s'éloigner de cette maison était urgent.

Elles gagnent une zone commerciale. Et tandis qu'elles pénètrent dans un magasin, Alix songe qu'au conservatoire, le cours de théâtre doit être en train de commencer. Elle a un petit pincement au cœur, qu'elle chasse aussitôt. Elle n'a plus besoin de Gabrielle pour réussir les concours. Elle travaillera seule, répétera après les cours avec ses partenaires de jeu. Elle va faire de son mieux. Elle va tout déchirer. Point.

– Qu'est-ce que tu penses de ça ? demande Mandalina en brandissant une courte robe verte à motifs de citrons.

Ce n'est pas ce qu'elle aurait choisi. Ça lui plaît. Elle aime ce que le regard de sa mère perçoit d'elle – une fille qui porterait une robe à imprimé citrons.

– Pourquoi pas !

ARMAND

Armand fait les cent pas devant l'auditorium du conservatoire. La plupart des élèves comédiens sont arrivés. Il jette un coup d'œil à Gabrielle. Elle fume, assise contre la baie vitrée de la salle des percussions. Elle consulte sa montre. Écrase sa clope.

– C'est l'heure, annonce-t-elle tandis qu'il passe à sa hauteur.

Armand fixe l'allée espérant voir la silhouette d'Alix dépasser l'angle de la grande bâtisse bourgeoise qui forme le corps principal du conservatoire. Mais c'est un autre élève qui apparaît et se hâte en direction de l'auditorium.

Armand déglutit. Son ventre est un sac de nœuds.

Elle ne viendra pas.

– Je dois commencer, dit Gabrielle en se levant.

Armand acquiesce. Consulte son téléphone. Aucune nouvelle d'Alix, aucune nouvelle de Mandalina. Tandis que Gabrielle entre pour commencer son cours, un instinct viscéral s'empare de lui. Il file vers sa salle, récupère son violon, saute dans sa voiture.

Il conduit vite. Trop vite. Ça ne lui ressemble pas. Mais sans Alix, il ne se ressemble plus.

Il se gare devant la maison, entre. Alix n'est pas là. Pourtant, il aurait juré…

Armand grimpe dans la chambre de sa fille. La porte est grande ouverte. Il se rappelle l'avoir repoussée le matin même, la laissant entrebâillée d'une fissure de lumière. Le cœur battant, il balaie la pièce du regard. Le bureau est vidé de ce qui l'encombrait ce matin. Ordinateur, cours, livres, tout a disparu.

La vision de Madame Plume sur la table de chevet le rassure – si Alix était partie pour de bon, elle ne l'aurait pas laissée. Il cherche un moment si d'autres objets manquent à l'appel. Il n'en est pas certain. Alors il redescend, erre d'une pièce à l'autre.

Il s'arrête dans l'encadrement de la porte de la cuisine. Le chambranle de bois blanc est échelonné de traits et d'âges qu'il effleure du bout des doigts.

8 ans.

9 ans.

10 ans.

Leur rituel à chaque anniversaire d'Alix. Ça avait cessé de l'amuser lorsqu'elle avait atteint, à quinze ans, la même taille qu'Armand. Il se souvient de son sourire de victoire, ce jour-là. Elle l'avait rattrapé. Depuis, elle l'avait même dépassé de quelques centimètres, mais son trait à lui, sobrement annoté d'un «*papa*» penché, restait le plus haut perché.

Armand soupire. Il retourne dans l'entrée, ouvre la boîte aux lettres pour relever le courrier. Un trousseau de clés tombe sur le sol avec fracas. Armand retient son souffle en reconnaissant le gros smiley jaune en mousse passé dans l'anneau. Il reste là plusieurs minutes, figé, comme si le moindre mouvement allait réduire en poussière son cœur brisé. Ce n'est pas une image. La sensation est physique. Des craquelures au creux de sa poitrine, qui s'étendent, le lézardent. Il la connaît, cette douleur. Il a l'impression de revivre le même cauchemar à dix-sept ans d'écart. L'amour de sa vie parti sans laisser d'adresse.

Mais Mandalina lui avait abandonné un autre être à aimer. Un être qui avait tellement besoin de lui qu'il s'y était consacré entièrement, sans prendre le temps de panser ses blessures.

Alors que sans Alix, il se retrouve seul.

Inutile.

Et c'est insoutenable.

Armand ne ramasse pas les clés, ne referme pas la boîte aux lettres. Il pivote lentement, attrape l'étui de son violon, l'ouvre sur le canapé du salon. Glisse son instrument sous son menton.

Et, paupières closes, il se met à jouer.

LUCE

Un groupe d'adolescents joue de la guitare sur la pelouse du parc. Luce les écoute. Pour eux, comme pour tous ceux qui sont passés devant la volière depuis qu'elle s'est assise là ce matin, elle est une vieille sur un banc. Si elle disparaissait emportée par un coup de vent, ils le remarqueraient à peine.

Luce ferme les yeux, convoque les fantômes massés derrière ses paupières, les imagine à ses côtés. Illusion douce-amère.

– Madame ?

Un homme s'est approché dans la lumière rasante. Il porte un costume vert sombre et une casquette désuète malgré son jeune âge.

– Oui ?

– Le parc ferme dans une demi-heure.

– Oh ! Quelle heure est-il ?

– Vingt heures, madame.

Vingt heures ? Pas étonnant que le soleil soit passé sous les nuages ! Luce se lève, paniquée à l'idée qu'il n'y ait plus de bus. La tête lui tourne aussitôt. L'employé du parc la rattrape.

– Tout va bien, madame ?

– Juste un vertige, s'excuse-t-elle.

– Laissez-moi vous raccompagner jusqu'à l'entrée.

Elle acquiesce, trop faible pour protester. Il prend son bras avec douceur et marche avec elle sans montrer d'impatience face à sa lenteur. Des gouttes de pluie se mettent à tomber.

– Vous êtes vraiment pâle, s'inquiète-t-il. Ça vous arrive souvent, ce genre de malaise ?

– C'est juste… Ce n'est rien. Je crois que j'ai sauté le déjeuner.

L'employé n'insiste pas. Mais en arrivant à la grille du Thabor, au lieu de la laisser partir vers l'arrêt de bus, il garde son bras et l'entraîne vers une camionnette arborant les lignes noires et blanches du drapeau breton. Un grand échalas aux cheveux gris en bataille est en train d'en refermer l'auvent.

– Bob, lance l'employé du parc, une galette pour madame, c'est encore possible ?

L'échalas se retourne, plante ses yeux délavés dans ceux de Luce.

– Je vous connais. Jambon-fromage-tomate, c'est bien ça ?

– Pa… pardon ?

– Vous m'achetiez des galettes chaque mercredi en sortant du parc avec votre époux. Ça fait longtemps que je ne vous ai pas vue.

Luce le dévisage, puis glisse un coup d'œil vers la porte avant de la camionnette. *Breizh Bob*. C'est vrai, ça lui revient maintenant, Lucien aimait ces galettes. Elle hésite. Elle a des courgettes chez elle qui vont se perdre si elle ne les cuisine pas aujourd'hui.

– Je vous laisse aux bons soins de Bob,

madame, dit l'employé du parc. Ne la laisse pas repartir sans qu'elle ait mangé, ajoute-t-il pour le crêpier.

Celui-ci attrape un tabouret dans son camion, le déplie à l'abri de l'auvent, aide Luce à s'asseoir dessus. Puis il passe derrière ses biligs. Elle lève les yeux tandis qu'il s'active. Au loin, le seul coin bleu du ciel est rayé d'une traînée blanche laissée par un avion. Luce la regarde se déliter peu à peu.

– Et voilà, dit Bob en apportant sa galette quelques minutes plus tard.

Les odeurs de beurre, de froment et de tomate font gronder le ventre de Luce. Elle mâche longuement chaque bouchée.

– Une autre ? propose Bob. C'est la maison qui offre.

– C'est gentil. Ça ira.

Elle se relève.

– Vous allez dans quelle direction ?

– Au nord, vers les Gayeulles.

– Je ne vais pas loin. Je vous emmène ?

– Oh non, je ne voudrais pas…

– J'étais en train de fermer quand vous êtes arrivée. Les affaires sont rarement bonnes sous la pluie ! Et je vais au même endroit que vous. Montez.

– Oh ben, alors, je… C'est gentil…

Il l'aide à se jucher sur le siège passager. Pendant qu'il ferme l'auvent de la camionnette, Luce détaille le tableau de bord. D'autres s'y superposent dans sa tête, pleins de voyants, de poussoirs et d'instruments. Bob la sort de sa rêverie en claquant sa portière. Luce se souvient enfin de la mission confiée hier par Lucien. Elle doit avoir une deuxième conversation. Une *vraie* conversation.

– Vous vivez à Rennes depuis longtemps ? demande-t-elle tandis qu'ils s'insèrent dans la circulation.

– Je suis né dans le coin ! répond Bob. Je n'en ai jamais bougé. Depuis quinze ans que j'ai ce camion, je suis chaque semaine à Rennes et chaque week-end à Saint-Malo. Sauf pendant le mois de janvier.

– Le mois de janvier ?

– Vacances au soleil ! Polynésie. J'ai un faible pour les Marquises…

Des images de l'archipel remontent de la mémoire de Luce, les îles comme émiettées au milieu de l'océan, les barques colorées sur l'eau turquoise, la végétation exubérante, les tatouages magnifiques sur les peaux brunes, les orages implacables.

– La terre des hommes, souffle-t-elle. C'est comme ça que les habitants des Marquises appellent leurs îles.

– Vous connaissez ?

Luce hoche la tête en silence. Sur le pare-brise, la pluie forcit alors qu'ils approchent du quartier de Luce. Bob gonfle et dégonfle ses bajoues d'un air fataliste en poussant les essuie-glaces au maximum. Elle lui indique le chemin jusqu'à sa rue.

– C'était bien vu, l'imperméable, observe Bob en se rangeant le long du trottoir.

– Je pensais que ça tomberait plus tôt dans la journée.

– La météo n'avait pas prévu de pluie, pourtant… Vous avez plus de flair qu'un vieux marin !

Il plisse les yeux bizarrement, comme s'il tentait de faire un clin d'œil sans y parvenir. Luce sourit.

– Merci de m'avoir raccompagnée, Bob. Passez une bonne soirée.

– Vous aussi. Prenez soin de vous, Luce.

En rentrant, elle va aussitôt se coucher. Cette journée l'a épuisée. Elle n'avait pas anticipé à quel point le défi que lui a lancé Lucien serait difficile. Ni tous les fragments du passé que son escapade réveillerait.

Elle ferme ses volets, tire ses rideaux, se glisse entre les draps.

Mission accomplie, envoie-t-elle.

Puis :

Je suis allée au Thabor. C'était dur d'y être sans toi, mon Lucien.

Elle fixe un moment l'écran dans l'espoir d'une réponse, le rallumant lorsqu'il s'éteint. Une pointe d'agacement monte en elle. À quoi Lucien est-il si occupé là-haut qu'il ne peut prendre quelques secondes pour lui écrire ?

À cette pensée, sa rationalité reprend le dessus. Lucien est mort, elle le sait, même s'il est doux d'imaginer que c'est lui à l'autre bout du fil. Avec qui parle-t-elle, alors ?

Est-ce important ?

Pas vraiment.

Un peu quand même.

Repoussant la fatigue qui alourdit son corps, elle explore l'appareil pour tromper l'attente, entre dans des menus inconnus, fait défiler les options. Revient à l'accueil. Une envie la traverse. Elle veut savoir, trancher entre la magie de la technologie qui lui permet de converser avec Lucien ou l'hypothèse raisonnable d'un usurpateur se faisant passer pour lui. Le cœur de Luce semble s'ébrouer dans sa poitrine.

Et si…

TITOUAN

Titouan se réveille dans la pénombre de sa chambre.

Il frotte les saletés au coin de ses yeux, attrape son téléphone. 21:30. Les messages de son inconnue le font sourire. Il relit le dernier :

> Je suis allée au Thabor.

Titouan se redresse. Le Thabor, pour lui, c'est un grand parc dans le centre de sa ville. Serait-il possible que son inconnue vive elle aussi à Rennes ?

Il lance une recherche sur le mot, fouille Internet pour découvrir si d'autres lieux s'appellent ainsi. Avec la même orthographe, il trouve le mont Thabor en Israël, un massif situé à la frontière entre la France et l'Italie, une chapelle au Québec, et le parc rennais. Quatre endroits où une partie des habitants au moins parlent français. Une chance sur quatre, donc… Ce serait dingue, quand même !

Soudain, le téléphone de Titouan se met à vibrer avec obstination. Il reconnaît sur l'écran le numéro de son inconnue. Panique. S'il décroche, la jeunesse de sa voix va le trahir. S'il ne décroche pas, elle va tomber sur l'annonce débile de sa messagerie, ce qui sera pire encore. Il a chaud, d'un coup. Il fixe l'appareil sans réussir à se décider. D'un instant à l'autre, l'inconnue va basculer sur sa messagerie. La solution lui apparaît *in extremis*. Titouan décroche, et raccroche aussitôt. Puis, tendu, il cherche où modifier son message d'accueil, le remplace par un simple bip impersonnel.

L'inconnue rappelle. Titouan attend la fin de la sonnerie, pétrifié. Pourvu que ça ait fonctionné…

Une nouvelle vibration lui annonce un message vocal qu'il s'empresse d'écouter.

« Lu… Lucien ? (Cliquetis. Raclement de gorge.) Lucien, tu es là ? (Long silence. Bip.) »

Titouan retient son souffle. Il relance le message plusieurs fois. D'abord, il songe que son inconnue est vraiment vieille. Il l'imaginait adulte, mais pas aussi âgée. Et sans prévenir, des larmes affluent au bord des cils de Titouan. Il y a un espoir immense dans cette voix brisée. Pour la première fois, il envisage vraiment son inconnue comme une personne. Ce n'est pas un jeu. Il y a quelqu'un de l'autre côté de l'écran. Un véritable être humain avec des rêves et des chagrins, des souvenirs, des regrets. Il a envie d'être Lucien pour elle, de lui offrir ce réconfort-là. Seulement, en a-t-il le droit ? Qui est-il pour endosser une autre identité ? Pour défier la mort ainsi ? Après tout, si cette femme veut en finir, c'est son droit. Et puis, est-il capable de donner le change ? Il ne sait rien de leur vie. Que se passera-t-il le jour où, malgré sa prudence, il fera une erreur ? Elle découvrira qu'il a menti. Et elle sera plus triste encore.

– Titouan, tu es réveillé ?

– Ouais.

Sa mère entre, un plateau à la main. Une odeur de pain grillé atteint les narines de Titouan avant qu'il n'en distingue le contenu. Son ventre gargouille.

– Tu as faim ?

Il hoche la tête, pose sur ses genoux le plateau qu'elle lui tend.

– Merci.

– De rien. Tu te souviens que…

– Je me souviens.

Ses parents le tannent depuis des jours, ils tiennent à ce que Titouan discute avec ce psy, un ami de sa mère. Il a fini par accepter pour qu'ils le laissent tranquille. C'est prévu ce soir. Titouan n'a pas l'intention de dire quoi que ce soit, de toute manière, alors ce sera court.

Il mord dans une tartine.

– Tu allumes ton ordinateur pour être prêt ? tente sa mère.

Il ne réagit pas, continue de mâcher en silence. Qu'elle insiste à ce point lui donne envie de ghoster le psy. À quoi ça servira, franchement ? Ce mec va lui répéter qu'il ne devrait pas rester dans sa chambre, qu'il devrait sortir, aller au lycée, voir des gens, se lever le matin au lieu de vivre la nuit… Il ne comprendra rien, comme les autres. Dans ce monde, dès qu'on est un peu différent, ça dérange.

Sa mère s'en va. Il termine sa tartine, en entame une autre, puis abandonne le plateau sur le sol. Sa faim est rassasiée. Il mange moins, depuis qu'il reste ici. Il n'a plus besoin d'autant d'énergie. Il aime cette idée – réduire peu à peu les contraintes imposées par son corps.

Avec un soupir, il ouvre son ordinateur. Il s'écoule moins d'un quart d'heure avant qu'une musique retentisse et que le nom du psy apparaisse, accompagné d'une photo d'arbre. Titouan coiffe son casque de jeu et accepte l'appel la boule au ventre, bien résolu à ne pas décrocher un mot. Quelques secondes s'écoulent avant que la connexion s'établisse.

– Bonsoir, Titouan.

Le mec sur l'écran a la cinquantaine, de courtes boucles grisonnantes et des yeux clairs dont Titouan ne parvient pas à déterminer la couleur. Il doit être assis à un bureau, parce que le mur derrière lui est recouvert d'une grande bibliothèque. Il sourit.

– Tu m'entends ?

– Hm.

– Parfait. Tes parents m'ont parlé de toi et m'ont demandé de t'appeler. Merci pour eux d'avoir répondu parce que ça va les rassurer. C'est leur angoisse qui fait que je t'appelle.

Il se tait, semble attendre une réaction, que Titouan se garde bien de lui offrir.

– Qu'est-ce que tu en penses, toi, de cette angoisse de tes parents ?

Titouan hausse les épaules par réflexe. S'en veut aussitôt, comme s'il avait laissé au psy une ouverture où s'engouffrer. Mais l'autre reste silencieux.

Ça devient envahissant, tout ce silence. Comme s'il se déversait dans sa chambre, enrobait tout, l'étouffait.

– C'est débile, lâche Titouan.

– Leur angoisse est débile ?

– Hm.

– Peut-être. Pourtant, elle est réelle, ils s'inquiètent beaucoup. Ils pensent que tu aurais besoin de te faire aider, parce que eux ne savent pas comment.

– Et genre, vous, vous savez ?

– Je ne peux pas être ton thérapeute, si c'est le sens de ta question. Ta mère est une amie.

– Ça sert à quoi alors ?

– Qu'on discute ?

– Hm.

– Ça rassure tes parents.

– Bah, rassurez-les, et voilà. Je vais bien. Je m'auto-suffis. J'arrête pas de leur dire.

Le psy regarde Titouan. Acquiesce. Son sourire a disparu, mais il ne semble pas inquiet ou ennuyé pour autant.

– Tu participes à des jeux vidéo en ligne, non ? Il ressemble à quoi, ton avatar ? (Titouan a un rictus amusé.) Ma question te fait rire ?

– On voit bien que vous n'êtes pas un gamer.

– C'est vrai. Je n'y connais rien. Il aurait demandé quoi, un gamer ?

Le regard de Titouan fuit vers les silhouettes en Lego qui parsèment sa chambre. Les parties avec Lix lui manquent. Il joue sans lui ces derniers jours. Ce n'est pas pareil.

– Moi, je suis là en tant qu'ami de tes parents, reprend le psy après un moment, mais je sens qu'il y a quelque chose chez toi qui fait que tu n'es pas bien, que tu te rends malheureux. Est-ce que tu penses que tu aurais besoin de rencontrer quelqu'un qui t'aiderait ?

– Nan.

– Je connais une psychothérapeute qui a l'habitude de travailler avec des adolescents comme toi, je pense qu'elle pourrait t'aider. Je sais qu'elle anime un groupe avec d'autres jeunes qui s'investissent beaucoup dans les jeux vidéo. Ça prend énormément de place dans leur vie et ça inquiète leurs parents comme ça inquiète les tiens.

– C'est pas les jeux vidéo, le problème ! s'énerve Titouan.

– Non ?

– C'est tout le reste !

Titouan sent que le psy a du mal à s'empêcher de sourire, comme s'il avait l'impression d'avoir remporté une victoire, et ça l'énerve encore plus. Il se renfonce dans ses coussins.

– On peut t'aider, Titouan, mais c'est toi qui as les choses en main, il n'y a que toi qui peux faire ce chemin-là. Je ne te dirai pas d'aller voir cette psychothérapeute pour rassurer tes parents. Si tu le fais, il faut que ce soit une démarche personnelle. Que tu en aies envie. Au moment où tu le sentiras, tu peux m'appeler, je te donnerai son nom.

Il laisse passer quelques secondes, puis ajoute :

– On va s'arrêter là, d'accord ? Je ne vais pas rapporter toute notre conversation à tes parents. C'est entre toi et moi. En revanche, je vais leur dire qu'on a discuté, que je t'ai parlé de ma collègue et du groupe qu'elle anime.

Il peut leur dire ce qu'il veut, Titouan s'en fiche. Il s'enfonce dans son mutisme. Le psy le salue, puis met fin à l'appel. Titouan ne bouge pas. Il regarde l'écran sans le voir.

– Je n'ai pas de problème, murmure-t-il.

ALIX

– Cette robe est parfaite sur toi ! lance Mandalina depuis le seuil de la chambre.

Alix lui sourit dans le miroir. Chaque fois qu'elle rentre d'une session shopping, elle réessaie ce qu'elle a acheté, comme pour vérifier que cette version d'elle-même entrevue dans la cabine d'essayage n'était pas l'œuvre de miroirs mensongers. Elle a mis longtemps à accepter que son corps ne ressemblerait jamais à ceux des filles des magazines. Au collège, la seule fois où elle a dit qu'elle voulait transformer sa passion pour le théâtre en métier, une bande de filles a pouffé. Alix les a entendues chuchoter dans leurs coudes.

Pas assez belle pour être actrice,
pas assez mince,
pas assez.

Même au début du lycée, Alix évitait d'en parler. Mais Gabrielle exigeait tant d'elle au conservatoire qu'elle s'est investie à fond et que les progrès ont suivi. Elle s'est mise à croire en son rêve. À ne plus pouvoir envisager une autre direction pour sa vie. Alix apprend doucement à aimer ce corps qui sera son outil de travail, à embrasser la force qui s'en dégage, à y trouver sa liberté, à oser une féminité qui n'est pas celle des filles-papillons. À rayonner.

À s'en foutre. Elle sait qu'en tant que comédienne elle sera souvent jugée sur son physique et qu'elle doit se blinder pour que ça ne l'atteigne pas. Ou pas trop.

– Merci pour tout ça, Manda.

– Ça me fait plaisir.

Elles descendent, improvisent un dîner de pâtes aux courgettes. Mandalina ne prévoit jamais rien.

– Je planifie déjà tellement dans mon boulot que le reste du temps…, s'excuse-t-elle en furetant à la recherche d'un oignon.

Alix adore ça. Ne pas savoir, et que personne d'autre ne sache pour elle. Ça fait vingt-quatre heures qu'elle est chez sa mère et le quotidien est devenu aventure. Elle a l'impression de vivre ici depuis des semaines.

Elles s'installent en tailleur sur des coussins, de part et d'autre de la table basse du salon. Un tissage étrange protège le bois du plateau, comme un tapis miniature de laine bleue, tout en longueur. Alix l'effleure en mangeant.

– C'était à ta grand-mère. Je crois que c'est elle qui l'a tissé quand elle était jeune, en Turquie.

Alix fronce les sourcils.

– En Turquie ?

– Elle y est née, y a grandi.

– Donc elle était… turque ?

– Oui. Ton père ne te l'a pas dit ?

– Il ne parle jamais de toi.

Mandalina la dévisage. Une main soutient son menton, ses doigts comme des barreaux devant ses lèvres.

– Tes arrière-grands-parents étaient tisseurs de tapis en Turquie. Leur fille, ma mère, s'est mariée avec un Français qu'elle a suivi à Marseille. C'est là que j'ai passé mon enfance.

– Ça, je savais.

– Ma mère aimait raconter que quand elle était enceinte de moi, un jour où elle faisait ses courses au marché, elle a acheté des mandarines, et au moment où l'homme lui tendait le sac, j'ai donné un grand coup de pied. C'est pour ça qu'elle m'a appelée Mandalina. Elle, elle s'appelait Avel. Ça veut dire « flamme » en turc, et ça lui allait bien. Tu aurais adoré ta grand-mère.

– Elle est morte ?

– Plus de dix ans avant ta naissance.

Alix fait un rapide calcul. Ses parents ont le même âge, quarante-cinq ans. Ça veut dire qu'ils en avaient vingt-sept quand Alix est née et que Mandalina était adolescente lorsque sa mère est morte.

– Qu'est-ce qui lui est arrivé ?

– Elle s'est suicidée.

– Que… Pourquoi ?

Du bout des ongles, Mandalina peigne à son tour le petit tapis qui recouvre le centre de la table.

– Je ne sais pas. Elle portait une tristesse en elle. Quelque chose lié à son enfance en Turquie. Elle n'en a jamais parlé. Un matin, j'avais à peu près ton âge, je l'ai embrassée, je suis partie au lycée. Lorsque je suis revenue le soir, la police était là et mon père pleurait devant la maison. Ma mère s'était pendue.

Alix croise le regard de Mandalina. Celle-ci sourit, un sourire fataliste au creux duquel Alix reconnaît cette tristesse dont elle parlait à l'instant, comme si celle de sa mère s'y était nichée.

Je viens de cette femme, songe Alix. Et de cette autre femme avant elle – Avel, la flamme. C'est la première fois qu'elle sent si fort cette filiation, comme une nouvelle racine qui s'enfonce sous ses pieds et file jusqu'à cette terre lointaine qu'elle n'a jamais foulée, jusqu'à cette blessure d'enfance mystérieuse qui a poussé sa grand-mère à passer une corde autour de son cou et à prendre sa vie. Elle se dit qu'elle ira là-bas, qu'elle suivra la racine. Pour voir où ça la mène.

– Tu es déjà allée en Turquie, toi ?

– Non.

– Tu n'en as jamais eu envie ?

– Pas vraiment.

– Et ton père ? Il est encore en vie ? Je me souviens que papa m'avait déposée chez lui à Marseille un été, juste avant que j'entre au collège. On a passé la journée ensemble. Il avait une boutique bizarre, avec plein de vieux trucs…

– Il était antiquaire, confirme Mandalina. Il est mort, depuis. Un cancer. Il est parti très vite.

– Désolée…

Mais c'est pour elle qu'Alix est désolée. Elle aurait aimé avoir une chance de le revoir, d'apprendre à le connaître.

Mandalina mange lentement, danse de la fourchette qui fourrage dans l'assiette, choisit avec soin son contenu, le porte à ses lèvres d'un vol gracieux.

Alix pourrait passer des heures à la regarder vivre, à traquer dans ses gestes et ses expressions cette ressemblance qui lui échappe. Parfois, elle capte un mouvement – une manière particulière de rejeter ses cheveux en arrière, un demi-sourire, un moulinet du poignet pour appuyer ses propos – et elle l'imite. Se l'approprie. Elle joue sa mère, comme une actrice qui doit interpréter le rôle d'un personnage historique s'inspire de vidéos ou de tableaux.

– C'est loin, tout ça, lâche Mandalina comme pour clore la conversation.

C'est loin pour elle. Pour Alix, chaque information est nouvelle. Alors elles se nichent tout près, là où ça palpite, à la lisière du cœur.

Bientôt, leurs assiettes sont vides et elles les rapportent à la cuisine.

– Tu commences à quelle heure, demain ? demande Mandalina.

– Neuf heures.

– Ok. Je t'emmène au lycée. Mais si tu veux rester ici, il faudra qu'on se renseigne sur le ramassage scolaire.

– Je peux rester ? Je veux dire, tu es sûre que ça ne te dérange pas ?

– Bien sûr que non. En revanche, je ne suis pas tout le temps là, tu sais, je vais souvent à Paris et à l'étranger.

– Je sais. Je sais. Merci.

– Bonne nuit, Alix.

– Heu, tu as un code wifi ?

Mandalina rit, désigne un post-it collé sur le frigo qu'Alix prend aussitôt en photo. Vivre à la campagne, d'accord, mais il y a un minimum…

– Bonne nuit, souffle-t-elle en s'échappant.

Alix regagne la petite chambre mansardée où Mandalina l'a installée. Elle s'y sent bien. Ses affaires de cours s'empilent sur le minuscule bureau de bois clair. Elle range ses nouveaux vêtements dans le placard, enfile un pyjama, se glisse sous sa couette avec son ordinateur. Elle jette un coup d'œil au rectangle sombre du Velux, juste au-dessus du lit. Il y a tellement plus d'étoiles ici qu'en ville…

– Hey ! lance-t-elle à Titouan en se connectant.

– Salut, le revenant ! T'avais disparu où ?

Alix sourit. Entendre à nouveau la voix de son ami lui fait du bien. Tandis que la partie charge, elle résume :

– Prise de tête avec mon père, je suis partie vivre chez ma mère.

– C'est définitif ?

– Ouais.

– Eh beh… Ça va ?

– C'est mieux comme ça.

– Cool, alors.

Sur l'écran, ils sautent de l'avion, déploient leurs parachutes. Alix imagine le sifflement du vent à ses oreilles, le soleil qui joue dans l'immense toile blanche et rouge. Elle inspire un grand coup.

– Yeeeeeha ! fait Titouan en atterrissant à côté d'une maison.

– Yeeeeha ! répond-elle en écho.

TITOUAN

Le matin s'enroule derrière le store baissé. Un réveil se déclenche dans la chambre des parents. Titouan sent le sommeil l'appeler. Pourtant, il résiste. Il a réfléchi toute la nuit à son inconnue, s'est demandé s'il devait s'excuser d'avoir joué le rôle de Lucien, ou juste cesser de lui répondre. Mais c'est trop tard pour avoir des remords. Quelque chose s'est noué entre eux qu'il est incapable de défaire. S'il ne poursuivait pas ce jeu de rôle dans lequel ils se sont engagés, Titouan aurait l'impression de l'abandonner. Alors il va continuer. Et pour ne pas se trahir, il doit absolument en apprendre plus sur elle.

Qu'elle ait tenté de l'appeler la veille au soir lui a donné une idée qu'il peaufine depuis deux heures. Reste à attendre que la maison soit vide pour mettre son plan à exécution. Après tout, il n'est plus à un mensonge près.

Il entend sa mère réveiller Lila, et frapper à la porte d'Eliott qui lâche un grognement. Titouan tape doucement contre le mur. Un grattement lui répond et, un instant plus tard, Lila se glisse dans sa chambre. Elle sautille jusqu'à son lit.

– Ça va, crevette ?

– Hon hon ! s'exclame-t-elle sans cesser ses rebonds légers.

– Dis, quand tu remontes du petit déj, tu peux m'apporter le combiné du téléphone du salon ?

– Le fixe ?

– Oui. Tu veux bien ?

– D'ac !

Elle plante un bisou sur sa joue et s'échappe, fière de sa mission. Pour que son stratagème fonctionne, Titouan ne peut pas appeler son inconnue à partir du numéro de Lucien. Alors celui du téléphone familial fera l'affaire. Peu à peu, tous les occupants de la maison gagnent le rez-de-chaussée. Titouan attend.

Lila revient avec le combiné qu'elle dégaine de sous son pull d'un air victorieux.

– T'es la meilleure ! Tope là !

Elle claque sa main tendue, puis l'attrape, avec une force qui le surprend.

– Pourquoi tu dis qu'on ne peut pas vivre dans ce monde ?

– Comment ça ?

– Je t'ai entendu parler avec les parents.

Il soupire.

– Je dis juste que, *moi*, je ne peux pas, parce que je vois ce qui ne va pas, tout le temps. Toi, t'es pas comme ça. Tu vois le joli.

Son petit nez se fronce.

– Parce que c'est joli.

– Sûrement.

Elle n'a pas conscience de tous les problèmes qui nous menacent là-dehors. Forcément, elle a huit ans. À cet âge, Titouan aussi considérait le monde comme son terrain de jeu.

– Tu vas être en retard, crevette.

– Bonne nuit, lance-t-elle, espiègle, avant de sortir sans un bruit.

Une demi-heure plus tard, la maison est à lui. Il compose le numéro de son inconnue. Son cœur cogne dans sa poitrine tandis que les sonneries retentissent. Il n'a jamais été à l'aise au téléphone, il préfère les textos. Soudain, les bips s'arrêtent et il bascule sur la messagerie. Titouan coupe la communication, rappelle. Sait-elle au moins comment décrocher ?

Un remue-ménage étrange retentit à son oreille, froissement de tissu et grommellements. Puis…

– A… allô ?

– Bonjour, je suis Rémi, de chez Orange.

Il a choisi au hasard en priant pour que son inconnue n'ait pas ouvert elle-même la ligne.

– De chez qui ?

– Votre opérateur téléphonique, madame.

– Ah…

– Je vois que le contrat est au nom d'un homme, M. Lucien…

– … Paradis.

Titouan jubile intérieurement. Il n'en laisse rien paraître, essuie sur le drap sa main moite. Il connaît la réponse à la prochaine question.

– Exactement. Est-il possible de lui parler ?

– Mon mari est décédé il y a deux ans.

– Je vois. Je suis vraiment désolé, madame Paradis, je vous présente mes condoléances. Nous allons devoir passer le contrat téléphonique à votre nom. Pouvez-vous me donner votre prénom ?

– Luce. Luce Paradis.

– L-U-C-E, épelle-t-il.

Luce et Lucien Paradis. Sérieusement ? On se croirait dans un film en noir et blanc.

– Puis-je connaître votre date de naissance ?

– 29 avril 1945.

Waouh, elle est vraiment super vieille !

– Très bien. Votre adresse de résidence… ?

– … est la même que celle que vous avez déjà pour Lucien.

Raté. Il refait une tentative.

– Vous habitez donc toujours à Rennes.

– Oui.

Bon. Pas d'adresse, mais une confirmation. Elle vit dans la même ville que Titouan, et le Thabor était bien le parc qu'il connaît. Peut-être pourra-t-il retrouver son adresse grâce à son nom ?

– J'ai tout ce qu'il me faut, merci, madame Paradis. Je vous souhaite une bonne journée.

– À vous aussi, jeune homme.

Il raccroche. Appuie ses mains sur la couette pour qu'elles cessent de trembler. Après un moment, il attrape son portable, lance une recherche au nom de Luce Paradis. Il s'attend à fouiller les replis d'Internet pour dénicher une miette d'information. Il a tort. Plusieurs milliers de résultats s'affichent sur son écran. Il parcourt les titres des premières pages. Un sifflement impressionné s'échappe de ses lèvres.

– Ah ouais…

« Les pionnières du ciel »

« Luce Paradis a ouvert la voie »

« Luce et Lucien, les fiancés de l'air »

Il suit les liens, dévore les lignes.

« Luce Paradis est née le 29 avril 1945 en pleine Libération, une semaine à peine avant la reddition de l'Allemagne, qui marquera la fin de la Seconde Guerre mondiale. Elle est née aussi le jour où les femmes, après avoir obtenu le droit de vote l'année précédente, se sont pour la première fois rendues aux urnes pour les élections municipales. Sa mère, qui s'était battue avec de nombreuses autres pour accéder à ce droit, avait glissé son bulletin dans l'urne le matin même. Est-ce ce contexte d'euphorie historique et sociale qui a ancré en elle la certitude que rien n'est impossible ? Car sa vie durant, Luce Paradis n'a laissé personne s'interposer entre elle et son rêve : voler.

» C'est son père qui transmet le virus à cette pionnière de l'aviation civile française, étant lui-même pilote amateur. Luce Paradis passe une bonne partie de son enfance sur le tarmac de l'aéroclub de Rennes et dans les cockpits d'avion. C'est là, en 1964, qu'elle rencontrera son futur mari, qui apprend à piloter avant d'effectuer son service militaire dans l'aviation. Il s'appelle Lucien. À croire que certaines rencontres sont écrites d'avance.

» Celui-ci, à la fin de son service militaire, intégrera la prestigieuse École nationale de l'aviation civile, dont il sortira diplômé en 1968, et sera aussitôt embauché par Air France. Luce ronge son frein. L'école est interdite aux femmes. Elle continue à voler, participe à des compétitions d'acrobaties aériennes où elle impressionne par son audace.

» En 1976, après que l'ENAC a enfin ouvert ses portes aux femmes, elle réussit à son tour le concours d'entrée. Elle doit brièvement interrompre ses études pour raisons personnelles. Elle obtient finalement son diplôme en 1980 et rejoint Lucien. Trois ans plus tard, âgée de trente-sept ans, elle devient l'une des premières femmes commandant de bord employées par Air France, pour qui elle pilotera durant vingt-cinq ans. »

Plusieurs photos émaillent les pages. Luce en tenue d'aviatrice posant devant un petit avion ancien. Luce et Lucien, casques à la main, marchant sur le tarmac en discutant. Une bande de femmes complices se tenant par la taille et par les épaules. Luce en uniforme d'Air France dans un cockpit imposant, les yeux plantés dans l'objectif. Titouan zoome sur chaque image, détaille les expressions, les regards. Luce n'était pas particulièrement belle. Mais il se dégage d'elle une impression de puissance, d'insouciance et de défi qui réduit tous ceux qui l'accompagnent au rang de figurants.

Il est quand même curieux qu'une telle femme, même vieille, ne sache pas se servir d'un téléphone, s'étonne-t-il. Titouan continue à éplucher les articles à son sujet. Il déniche peu d'informations nouvelles, à part qu'elle était membre de l'Association française des femmes pilotes et qu'elle s'y est beaucoup investie.

Les yeux de Titouan commencent à le piquer. Il repousse l'ordinateur, remonte la couette, ferme les paupières.

Il n'avait pas imaginé que son stratagème provoquerait un tel résultat. Il voulait juste en savoir plus sur son inconnue. Eh bien, il sait.

Luce est une héroïne.

Une *fucking* héroïne.

LUCE

Luce s'assied dans son canapé. Sans nouvelles de Lucien, la journée s'est étirée avec une lenteur désespérante. Ses jambes ronflent d'une douleur sourde après son escapade au parc du Thabor. Une fatigue de plomb tapisse ses membres, poudre son visage, enserre sa poitrine, entrave chacun de ses gestes.

Elle se souvient très précisément du jour où elle a expérimenté cette pesanteur pour la première fois. Elle avait raccroché ses ailes depuis deux ans et profitait de sa retraite avec Lucien. Ils avaient tant voyagé leur vie durant et tant été séparés par leur métier, qu'ils se retranchaient dans une existence casanière et fusionnelle. Ce jour-là, c'était son anniversaire. Lucien avait décidé de le fêter dans un restaurant italien qu'elle aimait. Plus le dîner approchait, plus Luce avait senti son corps s'alourdir, au point qu'elle avait été incapable de quitter la maison le soir venu. Lucien s'était inquiété, avait insisté pour qu'elle consulte un médecin dès le lendemain. Mais au réveil, elle se sentait tout à fait normale. Le poids s'était envolé.

Il était revenu depuis, de plus en plus souvent,

de plus en plus longtemps. Et elle avait cessé de lutter contre. Elle s'y abandonnait. Il n'y avait rien d'autre à faire.

Son téléphone vrombit dans le silence du salon. Luce se penche vers la table basse, attrape l'appareil.

Je suis fier de toi, pour hier.
Tu as droit à ta première question…

Luce réfléchit.

Comment c'est,
là où tu es ?

C'est comme un vol
sans avion et sans fin.

Luce se fige, troublée.

Es-tu prête pour ta deuxième
mission ?

Je ne me sens pas
prête à grand-chose.

Le téléphone vibre à nouveau dans sa main.

Tu as cinq jours pour te reposer
et te préparer.

Me préparer ?

Dimanche, c'est journée
portes ouvertes à l'aéroclub.
Je veux que tu y ailles, ma Luce.
C'est ta deuxième mission.

Luce fixe l'appareil, relit plusieurs fois le message. Les doutes qu'elle pouvait avoir quant à l'identité de son interlocuteur s'envolent. C'est lui. Ça ne peut qu'être lui.

Tu iras ? insiste Lucien.

J'irai.

GABRIELLE

Conservatoire de Saint-Malo. Gabrielle sort de l'auditorium avec ses élèves, aperçoit Alix et Philippine.

GABRIELLE, *à ses élèves.* – Et si l'un d'entre vous
ne sait pas ses répliques lundi,
il ou elle
peut dire au revoir au spectacle de fin d'année.
C'est clair ?

LOLA, *chuchotant.* – Il va finir par ne plus y avoir grand monde
dans ce spectacle.

GABRIELLE. – Bonjour, Alix.

ALIX. – Salut.

GABRIELLE. – On ne se connaît pas, mademoiselle…

ALIX. – Philippine.
Une copine du lycée.

GABRIELLE. – Celle chez qui tu dormais
le week-end dernier.
Bonjour,
Philippine.

PHILIPPINE. – 'jour.

GABRIELLE. – Ça se passe bien,
chez ta mère ?

ALIX. – C'est génial.

GABRIELLE. – Je suis contente pour toi.

ALIX. – Tu es prêt, Simon ?

Simon acquiesce, coule un regard gêné en direction de Gabrielle.

GABRIELLE. – Vous continuez à travailler ta scène pour les concours ?

ALIX. – Ouais.

GABRIELLE. – Tu veux toujours les passer, donc.

ALIX. – Évidemment.

Silence.

GABRIELLE. – Tu as pensé à ton parcours libre ?

ALIX. – Oui.
(À Simon et Philippine)
On y va ?

GABRIELLE. – Alix…
Tu sais que
si tu as besoin de parler,
ma porte te sera toujours
ouverte.

ALIX. – Ok.

Alix, Simon et Philippine s'éloignent. Ils s'installent sur la pelouse. Alix et Simon se mettent à répéter leur scène. Gabrielle regarde son téléphone, hésite à envoyer un message. Le fourre dans son sac.

GABRIELLE. – Pas mon problème.
Pas mon problème.
Pas
mon
problème.

ARMAND

Froissement de draps. Armand serre le corps de Clara dans ses bras. Embrasse ses cheveux. Elle s'écarte doucement. Il la laisse faire à regret.

– Tu ne peux pas sérieusement préférer les compositions de Marin Marais à celles de Bach, murmure-t-il. Je veux dire, j'aime Marin Marais, mais…

Elle sourit, un sourire qui étoile ses yeux de ridules joyeuses.

– Mon cerveau apprécie Bach. Marin Marais me fait pleurer.

– Et tu préfères pleurer.

– Pas toi ?

– Hm.

Armand roule sur le dos. C'est la deuxième fois qu'ils se voient cette semaine, toujours chez Clara. Elle est intelligente, elle possède une voix extraordinaire et un sourire à se damner, des connaissances encyclopédiques sur la musique – des chants du Moyen Âge jusqu'à Marilyn Manson en passant par le sitar indien –, et voue un amour immodéré à la période baroque. Depuis qu'elle est arrivée au conservatoire, avant les vacances de Pâques, pour remplacer une collègue qui partait en congé maternité, il se demande comment une fille pareille peut être célibataire. Il cherche un défaut de caractère. N'en trouve pas. Peut-être est-ce un choix de sa part.

– T'as faim ?

– Ouais.

– Resto ?

Elle se lève aussitôt, quitte la couette sans la moindre pudeur, la pointe de ses cheveux caressant la pointe de ses seins. Armand la suit des yeux tandis qu'elle disparaît dans la salle de bains. Il aime son corps de femme sur lui, lourd, avec du moelleux à étreindre. Pas ces corps aigus et durs de femmes plus jeunes qu'il fréquente d'ordinaire. Il a presque envie de l'attirer à nouveau au chaud de ses bras, de se perdre un peu plus dans sa peau pour oublier le reste. Mais le jet de la douche se fait entendre et il renonce à ce projet, se lève à son tour.

Ils atterrissent dans le restaurant italien, en bas de chez Clara.

– Bonjour, ma chérie, lance la serveuse en l'apercevant. Ta table est libre.

Ils s'installent dans un coin bordé d'un côté par des étagères de livres et de l'autre par la vitrine. Clara effleure la main d'Armand sur la table. Elle n'a pas l'air gênée que la serveuse qui revient avec leurs boissons surprenne ce geste d'intimité. Pourtant, à aucun moment elle n'a évoqué l'idée qu'ils deviennent un couple.

Armand boit une gorgée de vin.

– Clara, ça te va, qu'on se voie comme ça ?

– Ça me va. Toi ?

– Oui, ça me va.

Il sort son portable, vérifie que sa fille ne lui

a pas écrit, le repose à l'envers. C'est insupportable, ce silence. Et injuste. Il a empiété sur sa vie, et avec maladresse en plus, d'accord, mais il s'est excusé, et il a refusé de participer à ce foutu spectacle. Qu'est-ce qu'il peut faire de plus ?

La main d'Armand se crispe sur son verre de vin. Parfois, quand la colère s'enroule dans sa poitrine, il voudrait forcer Alix à rentrer à la maison. Seulement, elle a beau être encore mineure pour quelques semaines, elle est avec sa mère. Et elle a le droit d'être avec sa mère.

ALIX

Alix les voit arriver de loin. Deux silhouettes familières qui émergent des portes vitrées de la salle des percussions. Deux garçons chevelus, l'un brun et l'autre blond, un bouc assorti accroché à chaque menton. Ils jettent des coups d'œil dans sa direction en roulant leurs clopes. Alix continue sa scène sans réussir à faire abstraction de leur présence attentive. Elle se redresse malgré elle, veut paraître à son avantage.

– C'est bien, ça ! juge Philippine lorsque Simon atteint la dernière réplique. T'as carrément mieux chopé le personnage à la fin, on aurait dit qu'Antigone allait buter tout le monde ! Mais avec calme, tu vois, genre « *bring on the fire, I can handle it* », c'était badass.

Alix l'a senti, elle aussi, elle vient de trouver une justesse qui lui échappait encore. À une quinzaine de mètres, les percussionnistes sont assis dans l'herbe et les observent mine de rien. Alix prend soin de ne pas croiser leurs regards.

– On s'arrête là ? propose-t-elle.

– Ouais, les parents ne vont pas tarder.

– Merci, Philippine. C'était cool que tu viennes.

– Ouais, c'était cool, confirme celle-ci, songeuse.

Philippine a accepté de lui servir d'œil extérieur quand elle travaille ses scènes pour les concours. Et Alix doit avouer qu'elle s'est montrée très pertinente dans ses remarques. Ça ne vaut pas les retours de Gabrielle, bien sûr, mais c'est mieux que de compter uniquement sur son propre ressenti.

Simon claque la bise aux filles et s'éloigne. Il habite juste à côté du conservatoire. Au lieu de partir directement vers la sortie, Alix fait une boucle vers les percussionnistes pour rejoindre l'allée sablonneuse. Leurs visages se redressent lorsqu'elles passent à leur hauteur.

– Vous répétiez quoi ? demande le brun.

Il a de grands yeux noisette lumineux et un petit nez parfait. Alix n'a jamais vu de nez aussi parfait. Elle essaie de lui donner un âge. Vingt-deux ? Vingt-trois ?

– Une scène d'*Antigone*. De Brecht.

– Brecht ? s'étonne le blond. C'est pas Sophocle, *Antigone* ?

Ses doigts tambourinent sur la toile de son pantalon, comme si la musique dans sa tête ne s'interrompait jamais et que ses rythmes syncopés débordaient malgré lui.

– Il y a plusieurs versions. C'est celle de Brecht que je préfère.

– Ok… Je regarderai. Je suis Matej, au fait.

Sourire immense. Alix tombe dans le bleu. Un bleu-gris pétillant qui reflète la lumière du ciel, et elle, là, arrondie sur l'obscurité de sa pupille. Étrange miroir. Ça lui fait une drôle d'impression de se découvrir sur son œil, comme s'il était capable de la voir vraiment, tout entière.

– Alix, dit-elle.

L'autre se présente aussi. Alix l'entend à peine, comme étourdie.

– À bientôt, alors, Alix ! la salue Matej.

– À bientôt.

Elle entraîne Philippine vers le parking. Elle sent l'attention des garçons posée sur son dos, picotements brûlants et délicieux. Ne pas se retourner.

– Je crois que je vais écrire des pièces et devenir metteuse en scène ! lance Philippine en passant la grille du conservatoire. C'est comme écrire des romans, mais en mieux, parce que tu leur donnes vie…

Elle bondit soudain devant Alix et avance à reculons le long du parking, le soleil du soir nimbant ses mèches bleues.

– Hé, 'Lix, ça te dirait de faire un film ?

Alix entend à peine la question, troublée qu'elle raccourcisse ainsi son prénom. Lix, c'est le pseudo qu'elle utilise online. Personne ne l'a jamais appelée comme ça en dehors.

– Pardon ?

– Un film. Je l'écris, et on le tourne avec tes potes du théâtre ! Ça serait cool !

– Heu. Ouais… Mais après les concours, alors.

– Bah oui, cet été ! Il faut le temps que je l'écrive.

Alix secoue la tête, amusée. Philippine est tarée. Dès que ça touche à la créativité, rien ne lui semble impossible. Elle fait, sans douter de ses capacités. Alix apprécie de plus en plus ce trait de sa personnalité.

– Je ne sais pas si je serai à Saint-Malo cet été.

– Tu seras où ?

– Paris. Même si je n'ai pas mon concours, j'ai été acceptée en fac de théâtre. Il faudra que j'aille là-bas, que je trouve un appart, tout ça…

– Hm.

– Toi, tu fais quoi l'an prochain ?

– Si le putain d'algorithme qui décide de notre destin m'est favorable, je vais intégrer une prépa aux écoles d'art à Paris. Je suis encore sur liste d'attente pour les trois qui m'intéressent. Au pire, il y en a des privées que mes parents veulent bien me payer. Mais ça me ferait chier. Elles coûtent un bras.

– Paris aussi, donc. On n'aura qu'à le tourner là-bas, ton film.

– Pas con.

Alix repère la voiture de sa mère au bout du parking. Mandalina est à quelques pas, en train de discuter avec le père de Philippine. Les filles accélèrent, convaincues qu'ils parlent d'elles.

– Les voilà ! s'exclame Mandalina.

Gagné.

Les filles se saluent sans effusions et rejoignent les voitures de leurs parents respectifs. Mandalina démarre.

– J'ai un déplacement la semaine prochaine, apprend-elle à Alix sur le chemin du retour. Juste une journée, mais il faudra que je parte très tôt. Tu t'es renseignée pour le ramassage scolaire ?

– Je vais le faire, assure Alix à contrecœur.

Alix aime l'idée d'être indépendante. Seulement, elle aime encore plus que Mandalina s'occupe d'elle et réponde présente lorsqu'elle en a besoin.

Après un nouveau dîner improvisé et s'être débarrassée de ses devoirs pour le lycée, Alix se connecte, enfile son casque de jeu. Titouan lui saute presque dessus.

– Tu veux entendre un truc de ouf?

– Heu… Bonjour à toi aussi!

– Tu veux?

– Balance.

Il lui raconte une histoire étrange de sms qu'une veuve envoie à son mari décédé – sms arrivés par erreur sur son téléphone à lui –, comme il a eu la sensation qu'elle était prête à se tuer, alors il a répondu. Il enchaîne sur ce qu'il a découvert de l'identité de la vieille, pionnière de l'aviation civile. Alix écoute avec de plus en plus d'attention. Il y a assez de mystère, d'amour et d'héroïsme pour piquer sa curiosité.

– Et tu dis qu'elle habite à Rennes? Comme toi?

– Ouais!

– Rencontre-la! Sans lui dire que c'est toi au téléphone! Va à cet aéroclub demain, tu sais qu'elle y sera!

Alix sent une hésitation à l'autre bout de la ligne, comme si l'excitation de Titouan retombait d'un coup.

– Non… Je préfère… Je préfère rester à distance.

– Bah, elle ne saura pas que c'est toi. Ou sonne chez elle sous un prétexte à la con… Tu sais où elle habite?

– Elle n'est pas dans l'annuaire et je n'ai pas trouvé en ligne.

Alix réfléchit. Une adresse, ça ne doit pas être si compliqué à dénicher.

– À ta place, j'appellerais Air France en disant que je fais un exposé pour le lycée sur les premières femmes pilotes et que j'aimerais l'interviewer. Ou cette asso, là…

– Les femmes pilotes ?

– Voilà. Si elle n'a pas déménagé depuis longtemps, ils ont forcément son adresse. Parce que Air France, avant de réussir à parler à quelqu'un qui ne cherchera pas à te vendre des billets d'avion…

– T'as raison. Je vais envoyer un mail à l'association.

– C'est dingue quand même que ça arrive sur ton téléphone. Je veux dire, si elle avait enregistré le numéro de son mari, elle n'a pas pu intervertir des chiffres ou un truc du genre, c'est super bizarre.

– De fou…

Ils jouent un moment. Mais la tête d'Alix est ailleurs, saturée de bleu-gris et de frissons. Elle rêve d'un amour comme celui de Luce et Lucien, avec la passion pour le spectacle vivant à la place de l'aviation et le parc du conservatoire en guise de tarmac.

– Tu me tiendras au courant, hein ? demande-t-elle à Titouan avant de se déconnecter.

Et sur le plafond incliné de sa chambre, elle projette mille versions de sa prochaine rencontre avec Matej.

LUCE

Luce finit de se préparer, lorsqu'une sonnerie stridente retentit dans le salon. Elle décroche le combiné du vieux téléphone en bakélite beige qu'elle s'est toujours refusé à jeter.

– Allô ?

– Luce ? Luce Paradis ?

– Oui.

– C'est Catherine Voisin, de l'AFFP.

L'AFFP. L'Association française des femmes pilotes. Ça fait des années que Luce n'a plus de nouvelles de ses anciennes collègues. Elle cherche dans sa mémoire le visage de Catherine, déniche une impression de frisottis bruns et de lèvres rouge vif.

– Catherine. Comment vas-tu ?

– Bien, très bien ! Et toi ? J'ai appris pour Lucien, je suis désolée… J'aurais dû appeler à l'époque, mais j'ai eu peur de déranger, on ne s'est pas parlé depuis longtemps.

– Ça va, élude Luce.

– Écoute, je te dérange parce qu'un lycéen a contacté l'association.

Luce l'écoute un moment évoquer une histoire d'exposé scolaire et d'interview. Elle n'est pas certaine de comprendre ce que le gamin lui veut, mais il peut toujours lui écrire, oui, bien sûr.

– Je lui transmets ton adresse, alors ?

– D'accord.

Luce raccroche, étonnée par la coïncidence de recevoir ce coup de fil alors qu'elle se met en route vers l'aéroclub pour la première fois depuis une éternité. Mais elle est en retard, à présent, et elle se presse, vite vite son sac, ses clés, vite vite marcher jusqu'à l'arrêt. Elle doit prendre deux bus différents pour rejoindre sa destination. Elle a vérifié dix fois les horaires. Appréhension et excitation tremblent sous sa peau, Luce se sent comme à l'orée d'une expédition périlleuse.

S'asseyant sous l'abribus, elle grimace en silence. Quand en est-elle arrivée à ce point de pathétique ? À confondre l'aventure avec un pauvre bus alors qu'elle a sillonné tous les cieux du monde ? La porte battante s'ouvre devant elle. Luce étreint ce qui lui reste de courage et grimpe dans le premier bus.

Le changement se passe sans encombre. Juchée sur un siège, Luce regarde la route s'agrandir, la ville s'espacer de champs. Ce n'est que lorsqu'elle entre dans le village de Saint-Jacques-de-la-Lande, qui abrite l'aéroclub, qu'elle reconnaît des bâtiments – une vieille école, quelques maisons. Dans son enfance, il n'y avait rien, ici. La campagne, semée de fermes. Rennes semblait loin. Ses tentacules ont rejoint le village, et la lande n'est plus que dans le nom inscrit sur les panneaux. Déjà, lorsqu'elle a déménagé à Paris pour suivre Lucien qui partait faire ses études, les premiers lotissements poussaient en périphérie. Ils ont tout envahi.

Le bus tourne vers l'aéroport. Luce sort au milieu d'une flopée de passagers armés de bagages. Là-haut, un avion de ligne entame sa descente. Des relents de kérosène flottent dans l'air. Ça la trouble, Luce, cette familiarité capiteuse, comme un cavalier à l'approche d'une écurie ou un plongeur qui entre dans une pièce abritant du néoprène. Il y a des odeurs inimitables qui font l'effet d'une gifle lorsqu'on les retrouve. Un « tu m'as oublié » accusateur et jaloux. Luce inspire, recueille les effluves, s'appuie à une barrière pour reprendre ses esprits.

Elle regarde autour d'elle, perdue.

Du temps où elle le fréquentait, l'aéroclub a déménagé plusieurs fois autour du terrain. Depuis, tout a poussé autour, à commencer par l'aéroport commercial de Rennes, qui s'est installé au beau milieu.

– Excusez-moi… Où se trouve l'aéroclub ?

La femme en uniforme de travail désigne un bâtiment gris orné d'un logo noir et blanc, tout au bout du parking. Luce la remercie. Elle n'est pas la seule à se diriger par là, deux familles la précèdent. « Voler et faire voler », lit-elle sous le logo en approchant. Elle regarde la piste bordée d'herbe qu'elle aperçoit entre les grilles. Elle ne reconnaît rien. À une exception, qui lui serre la poitrine. Les hangars. Quatre immenses hangars gris blottis les uns contre les autres sous leurs toits de tôle. Ceux-là, elle les connaît bien. Les quatre seuls à avoir survécu aux bombardements, lui racontait son père lorsqu'elle était enfant.

Elle n'ose pas entrer, mais une mère lui tient la porte vitrée et elle ne veut pas la faire attendre pour rien, alors elle y va, elle pénètre dans les locaux modernes de l'aéroclub.

Aussitôt, elle ne se sent pas à sa place. Tout est trop lisse, trop propre, trop récent. Elle lève les yeux vers un mur peint en rouge. Son regard accroche des noms connus parmi ceux de tous les directeurs, chefs pilotes et mécaniciens qui se sont succédé ici. Une vieille photo des fondateurs du club est encadrée. Des amis de son père.

– Bonjour, madame, l'accueille une femme d'un certain âge, son sourire ceint d'un carré blond mêlé de gris. Vous venez pour la journée portes ouvertes ? Ça se passe dehors, allez-y, l'encourage-t-elle.

Luce sort sur le tarmac. De petits appareils-écoles sont exposés ainsi que deux Rafale et un hélicoptère de l'armée de terre autour desquels se pressent les visiteurs. Un moteur est allumé. Son ronflement régulier projette des ondes dans la poitrine de Luce, comme si un chat ronronnait contre elle.

Soudain, elle aperçoit une moustache grise, qui lui en rappelle une autre, brune, qu'elle a connue ici dans les années soixante. Son propriétaire a vieilli, mais c'est bien lui. Elle fuit. Elle n'a pas envie de revoir de têtes familières. Sauf celles des avions. Elle se dirige vers la bouche ouverte du premier hangar.

En entrant, elle lève les yeux sur la haute charpente métallique. La même qu'à l'époque. C'est fou. Sa gorge se noue. Au fond, portant fièrement son hélice en bois au bout du museau, se dresse le premier avion sur lequel Luce a volé. Des barrières ont été dressées pour que les visiteurs ne puissent pas toucher l'engin, même si, ici, ils ne font que passer, plus intéressés par les militaires au-dehors. Luce s'approche au plus près. L'appareil a été entièrement repeint en rouge, avec un lion jaune sur la cellule, et un autre sur le dessus de la voilure. Elle jette un coup d'œil au mécanicien en combinaison de travail bleu sombre. Il joue avec une petite fille noire aux cheveux tressés. Sa fille, certainement, surexcitée par cette journée extraordinaire.

– Bonjour, lance-t-il en s'arrêtant à côté de Luce un instant plus tard.

La petite a disparu. Luce l'aperçoit qui sort du hangar en courant.

– Vous avez encore un Stampe, murmure-t-elle. C'est… c'est fou.

– Oh, il y en a pas mal en circulation. Le pilote qui fait le plus voler celui-ci a quatre-vingts ans. Mais des jeunes s'y essaient de temps en temps. Moi, je l'aime bien.

– Vous volez ?

– Bien sûr.

– Il y a de moins en moins de mécaniciens qui volent, sourit-elle.

– C'est vrai. Je trouve ça étrange. On comprend mieux les pilotes et les problèmes qu'ils nous décrivent quand on a les deux casquettes. Vous voulez vous approcher ?

– Je peux ?

Il lui fait contourner la barrière. Luce glisse une main sur le plastron rouge, juste en dessous de l'hélice. Elle observe l'ouverture à l'avant, qui sert d'aération.

– C'est encore le moteur Renault d'origine, constate-t-elle.

– En parfait état.

Elle désigne un autre avion, moins ancien.

– Et le Piper, là ?

– Il est capricieux.

– Ils ont toujours été capricieux. Il y en a eu toute une flotte, ici, à un moment.

– Oh ! Mais vous avez volé ici ? s'enthousiasme-t-il.

– J'ai grandi ici. Mon père était mécanicien voiture. Il était passionné d'aviation, alors il donnait un coup de main à l'aéroclub en échange d'heures de vol. Je l'aidais. J'adorais ça.

L'homme se retourne, cherche sa fille des yeux.

– Il faut que je vous présente Michel, fait-il soudain, vous avez dû le croiser à l'époque, attendez…

– Non. Je… je ne veux voir personne.

Le mécanicien lève les mains, signe que ça ne le dérange pas.

– Comme vous voulez.

Luce fait le tour du Stampe, se penche pour mieux observer le cockpit. Suspendus dans un angle, des lunettes et un chapeau en cuir. Ce dernier est semblable à ceux qu'elle portait adolescente, mais quelqu'un l'a modifié pour ajouter un gros casque radio. Ça la fait rire. Le mécanicien couve Luce d'un regard intrigué.

– C'était quand, que votre père bricolait ici ?

– Après-guerre. Dans les années cinquante.

– Suivez-moi, il faut que je vous montre un truc. Je suis Noël, au fait.

– Luce.

– Luce, répète-t-il comme une confirmation.

Ils retraversent le tarmac au pas de course, slalomant entre les visiteurs. La fille de Noël attrape la main de son père au passage et se retrouve entraînée dans son sillage avec Luce. Ils pénètrent dans le club, puis dans une pièce qui sert visiblement de salle de cours. Noël s'arrête devant une photo accrochée au mur. Le cœur de Luce manque un battement. C'est son père, là, debout sur la voilure d'un Stampe, son regard planté dans celui du photographe. Et c'est elle, assise dans le siège du pilote. Elle ne doit pas avoir plus de dix ans.

– C'est vous, dit Noël.

Elle acquiesce, émue. Ses doigts effleurent le verre qui protège l'image.

– Il y en a une autre, annonce le mécanicien.

Il pointe un cadre au fond de la salle. Cette photo, Luce la connaît. C'est celle d'elle et Lucien, qui marchent sur le tarmac peu après leur rencontre. Elle sourit. Chasse les larmes d'un battement de paupières.

– C'est elle pour de vrai, s'étonne la fille de Noël.

– Oui, quand elle avait ton âge. Et là, c'est son père.

– Comme nous ! s'exclame-t-elle, ravie.

Noël caresse les tresses de la fillette. Luce se sent trop à fleur de peau pour parler, alors elle hoche la tête plusieurs fois avec un sourire brumeux.

Ils retournent dans l'immense hangar, circulent d'appareil en appareil. Luce n'a pas envie de partir. Ce toit de tôle, ce goudron saturé d'huile, ce rectangle de lumière qui mène sur le tarmac, c'est chez elle. Mais la fatigue lui tombe dessus. Les douleurs reviennent, violentes, comme pour lui faire payer le bref répit que la joie a accordé à son corps. Noël doit le sentir, parce qu'il lui soutient le coude avec douceur.

– On ne peut pas voler aujourd'hui à cause des gens. Il faudra revenir, hein. Ce gros père a besoin d'exercice, ajoute-t-il en flattant le plastron rouge du Stampe.

– Merci pour… ça.

– Quand vous voulez.

TITOUAN

Le portable de Titouan vibre contre sa jambe. Il glisse une main sous la couette, ouvre un œil. Il est à peine dix-huit heures.

– Trop tôt, grommelle-t-il.

Mais une notification indique un nouvel e-mail. Intrigué, il ouvre sa boîte. C'est une réponse de l'Association française des femmes pilotes. Titouan se frotte les yeux, se redresse.

« Bonjour,

Suite à votre demande, nous avons contacté Mme Luce Paradis. Elle est d'accord pour vous répondre par courrier postal. »

Suivent une adresse et une signature, « Catherine Voisin ».

Les brumes du sommeil désertent aussitôt l'esprit de Titouan. Il lance une recherche sur l'adresse de Luce. C'est dans le nord de la ville, un coin qu'il ne connaît pas trop. D'abord, il explore le quartier vu du ciel. Puis il plonge au niveau du sol. Il a presque l'impression de marcher dans la rue ; seuls les visages des quelques passants et des conducteurs des voitures sont floutés.

Il étudie la maison de Luce. C'est la seule façade de pierre entre des lotissements récents. Un petit jardin l'entoure, qui se déploie sûrement à l'arrière où on aperçoit les branches d'un arbre. Plusieurs rosiers en fleur montent le long de la façade. À gauche, un portail blanc pour rentrer une voiture – l'emplacement est vide.

Titouan se balade un peu, visite les alentours. C'est en revenant vers la maison de Luce qu'il remarque la silhouette d'une fille. Elle pousse la porte de la maison voisine. Quelque chose dans son allure happe son regard. L'image a dû être capturée au printemps, parce que la fille a un sac de cours pendu à l'épaule, et qu'elle porte une simple chemise en jean nouée en guise de veste.

Titouan s'approche aussi près que le logiciel le permet. La fille est tournée de trois quarts et son visage, comme celui des autres, est flouté. Mais c'est sa nuque qu'il fixe sans pouvoir s'en détacher. Elle jaillit du col de sa chemise et s'envole d'un trait jusqu'à la racine de ses cheveux crépus. Eux aussi semblent défier la pesanteur. C'est comme si une main invisible tirait cette fille vers le ciel.

Est-ce qu'elle sourit ?

Dans la tête de Titouan, elle sourit.

Sentant son intimité réagir, il coupe l'application, aussi gêné que si cette fille l'avait surpris en train de l'observer.

Il abandonne son téléphone sur la table de chevet, tente de se rendormir. La silhouette de la fille s'est imprimée sur ses rétines, éblouissante. Elle danse en rémanence derrière ses paupières. Lentement, la fille se retourne, presque jusqu'à ce qu'il aperçoive son visage. Le cœur de Titouan accélère. Puis le film s'arrête, recommence. Et chaque fois elle se dérobe.

Titouan gigote, se frotte le visage. Il hésite à se connecter pour dire à Lix que son idée a fonctionné, qu'il a trouvé l'adresse de Luce. Mais ses rêveries le rattrapent, longs bras moelleux et familiers. Titouan s'emmitoufle en lui-même. Un sourire affleure à ses lèvres. Quel besoin aurait-il de vivre au-dehors ? C'est ici, blotti sous sa couette au milieu de ses livres, de ses Lego, de ses déchets et de ses pensées, isolé du grouillement de la vie, qu'il se sent le plus vivant.

Il s'abandonne un moment au plaisir d'imaginer cet extérieur où les gens se télescopent, se pressent, se caressent. Tout lui apparaît comme ralenti, presque aquatique. Vaguement flou. Comme un visage insaisissable derrière une nuque céleste.

Est-ce qu'on peut tomber amoureux d'une nuque ?

ALIX

– Comment t'as rencontré papa ?

Mandalina boit une gorgée de thé, comme pour éviter de répondre à Alix. Elles sont installées en miroir sur le canapé du salon, une jambe repliée sur l'assise pour se faire face.

– Qu'est-ce que ton père t'a raconté ?

– Rien. Je t'ai dit, papa ne parle pas de toi.

– Je ne parle pas de lui non plus, honnêtement.

– Allez, vas-y, s'agace Alix. C'était quoi ? Un coup d'un soir ? C'est pour ça que tu t'es barrée à ma naissance ?

Elle ne sait pas pourquoi elle est agressive, soudain. Sa réaction est viscérale, hors de contrôle. Mandalina fronce ses sourcils parfaits.

– Tu es presque adulte, Alix, assène-t-elle d'une voix calme, on peut avoir une relation d'adulte à adulte sans s'énerver…

– Tu crois vraiment qu'on peut entamer une relation en ne parlant pas de tout ça ? s'étrangle Alix.

– C'est le passé, ma chérie. Laissons le passé dans le passé.

– C'est pas le passé. C'est ma vie. Toute ma vie à manquer de toi.

Elle s'est levée, droite comme un i, tremblante. Mandalina ravale un soupir. Tapote le canapé pour l'inciter à se rasseoir. Alix obéit, méfiante.

– On s'est rencontrés dans une salle de théâtre. Je venais voir une pièce avec une amie, Armand était seul. On était assis à côté. Nos mains se frôlaient sur l'accoudoir. On a passé toute la représentation à se jeter des coups d'œil. À la fin, continua-t-elle avec un sourire en coin, c'est mon amie que j'ai jetée pour aller boire un verre avec lui. Ça a commencé comme ça.

Dans une salle de théâtre, se répète Alix abasourdie. Dingue. C'est comme si elle l'avait senti, qu'elle avait investi avec passion ce point d'origine, sans même le savoir.

– La pièce, c'était quoi ?

– *Ruy Blas*, de Victor Hugo. Les acteurs étaient fous… Surprenants et fous. Je me souviens qu'on a beaucoup ri. Mais peut-être que mon euphorie était davantage liée à ce qui se tissait avec ton père qu'à la pièce elle-même, je ne sais pas.

– Et après ?

– On a bu ce verre. Ces verres. On a parlé de nos vies. On s'est embrassés. C'était passionnel, un amour fou et fulgurant qui te dessine des ailes. On a emménagé ensemble très vite, d'abord dans son appartement à Saint-Malo. Je travaillais à Rennes, je faisais les allers-retours. On se quittait le moins possible. Armand a pris le poste au conservatoire. Il a acheté la maison au bout d'un an – moi, je ne pouvais pas avoir de prêt, mon emploi n'était pas stable.

– Et après ?

– Après, il y a eu toi.

La mélancolie qui s'enroule dans sa voix cogne Alix en plein ventre, une frappe directe, à couper le souffle. Elle relève son bouclier de colère.

– Si tu ne voulais pas de moi, pourquoi t'as pas avorté ?

La main de Mandalina attrape la sienne.

– On t'a désirée, Alix. Tu n'étais pas un accident. On te voulait très fort.

– Qu'est-ce qu'il s'est passé alors ?

Nouvelle gorgée de thé. Les yeux de Mandalina fuient vers la table basse. Elle ouvre deux fois la bouche. La referme. Finalement, c'est un murmure qui s'en échappe.

– Écoute, je te retrouve à peine, tu ne veux pas juste… profiter ?

Profiter ? Elle ne comprend rien ! Alix récupère sa main d'un geste vif, se lève à nouveau.

– Je ne peux pas ! Je ne peux pas profiter ! J'arrive même pas à t'appeler maman ! Comment je pourrais profiter, putain ?

Alix court jusqu'à l'étage, claque la porte de sa chambre, enfonce son visage dans l'oreiller pour étouffer sa rage.

ARMAND

– Plus rien n'a de sens sans Alix.

– Elle serait partie faire ses études dans quelques semaines de toute manière, tu sais, observe Gabrielle en leur rapportant deux bières de la cuisine. Tiens.

Elle reprend sa place sur le canapé, une jambe repliée sous ses fesses. Armand avale deux longues gorgées.

– Je sais bien. J'avais un film précis en tête, sur la façon dont ça allait se passer, comment je l'aiderais à trouver un appart, à porter ses cartons, à emménager… Et là…

– Tu crois vraiment qu'elle t'aurait laissé faire tout ça ?

Armand hausse les épaules. Il s'en serait tenu à ce que sa fille aurait accepté, l'aurait accompagnée aussi loin que possible.

– En fait, je crois que j'espère que ça se passe mal avec sa mère pour qu'Alix me revienne. C'est horrible de dire ça ? En dix-sept ans, Mandalina n'a jamais levé le petit doigt, s'est contentée d'envoyer des cartes postales pour Noël et les anniversaires, en a loupé certains, et je me retrouvais avec une fille inconsolable quand la boîte aux lettres était vide… Elle a débarqué comme une fleur dans la région il y a deux ans. Alix a presque refusé de la voir, et honnêtement… ça m'a fait plaisir, j'avoue. Bien sûr que j'ai envie qu'Alix ait une relation avec sa mère, et puis je n'ai pas élevé Alix pour qu'elle se sente reconnaissante, mais là, d'un coup, je suis le méchant, et Manda a le beau rôle ? C'est violent.

Gabrielle ne commente pas, lui offre un silence compatissant. Des images de l'enfance d'Alix défilent à rebours dans le cerveau d'Armand, jusqu'à ses premières semaines, qu'elle a passées en couveuse sans qu'il sache si elle en sortirait vivante. Alix est née grande prématurée, deux mois et quatre jours avant le terme prévu. Il la revoit à l'hôpital, reliée aux tuyaux et aux machines qui aidaient ses poumons immatures et surveillaient son cœur. Deux mois, ça a duré. Les pires mois de sa vie.

– Elle était minuscule, souffle-t-il. Je l'ai tenue contre ma peau pendant des heures, juste là, recroquevillée sur mon torse, à épier chaque mouvement, à lui parler. À lui dire que sa maman l'aimait, même si elle n'arrivait pas à venir la voir. À lui dire que j'étais là, que j'étais tellement heureux de la connaître. Je lui chantais des airs. Et après, quand elle a enfin pu rentrer à la maison, je lui jouais du violon, parfois, tout doucement, à demi allongé sur un lit avec elle sur ma poitrine. Les premières années, j'ai passé des nuits entières à la regarder dormir, à vérifier qu'elle respirait. Et même encore après, j'ai continué à glisser une tête par la porte de sa chambre.

– Elle respire, sourit Gabrielle. Elle va bien.

– Je sais.

Mais l'angoisse de la perdre n'a jamais vraiment quitté Armand. Il plante ses yeux dans ceux de Gabrielle. Il est heureux de cette soirée improvisée, heureux de leur vieille amitié qui n'exige rien et pardonne tout.

– Tu connais Alix, dit-il. Tu la connais d'une manière différente. Qu'est-ce que je devrais faire, d'après toi ?

– Je n'ai pas d'enfants, Armand. Je n'en ai jamais voulu. Alors je me vois mal te donner des conseils sur la manière de te rabibocher avec ta fille…

– Sérieux, Gab.

Elle le dévisage un moment.

– Tu lui envoies des sms ?

– J'ai arrêté. J'ai pensé qu'elle avait besoin d'espace.

– Cette connerie de « besoin d'espace », c'est le prétexte qu'on se donne pour s'éloigner quand on est en couple et qu'on ne veut pas s'avouer que c'est terminé. C'est ta fille, Armand. Ta fille unique. Je crois qu'à ta place, je continuerais à lui écrire, même si elle ne répond pas. Juste pour maintenir le lien. Lui montrer que, de ton côté, il n'est pas brisé, que tu es son père quoi qu'il arrive. Mais encore une fois, je ne suis pas à ta place.

Armand hoche la tête.

– Tu m'as dit un truc il y a longtemps, poursuit Gabrielle d'un ton plus prudent. La seule fois où tu m'as parlé de la mère d'Alix. Tu as parlé d'un internement en hôpital psychiatrique.

– Oui. Il y a sept ans, quand j'ai vu le père de Manda à Marseille. C'est lui qui me l'a dit, qu'elle avait été internée pendant plusieurs semaines juste après m'avoir quitté.

– Il t'a dit pourquoi ?

– Elle est atteinte de troubles bipolaires. On parlait de maniaco-dépression à l'époque. Elle n'avait pas encore été diagnostiquée, elle avait déjà eu des phases d'agitation où elle se sentait la reine du monde, d'autres de mélancolie où elle plongeait dans des doutes paralysants, et apparemment, la grossesse a aggravé sa condition.

– Alix sait ?

Armand marque un temps. Que sait Alix ? Elle a posé des questions après avoir rencontré son grand-père, mais qu'a-t-elle compris des réponses qu'il a tenté de lui apporter ? Ils n'en ont pas reparlé depuis.

– Je lui ai dit que sa mère est malade et que c'est une maladie dont on ne guérit pas.

– Ce n'est pas assez.

– Elle ne m'a rien demandé depuis des années. Et quand Manda est revenue, j'ai pensé… que c'était à elle de lui répondre.

– Et si elle ne le fait pas ?

– On verra.

Ils boivent leur bière.

– Tu ne m'as jamais dit ce qu'elle vaut sur scène.

– Alix détesterait qu'on ait cette conversation, prévient Gabrielle.

– Elle n'est pas là. Dis-moi.

Gabrielle réfléchit un instant, puis lâche :

– Elle est brillante. Agaçante, butée, à fleur de peau, mais brillante, avec un vrai instinct de comédienne. Et elle a hérité du charme de son père. Ça joue.

Armand sourit, attrape la main de Gabrielle qu'il presse doucement. Voyant qu'elle ne cherche pas à la récupérer, il la garde. Ils discutent un long moment. Découvrir Alix dans le regard de Gabrielle lui plaît et lui fait du bien.

Lorsque la musique des bars en contrebas se calme, Armand se lève pour prendre congé. Il s'approche de la fenêtre qui donne sur Solidor, sa tour de pierre illuminée et ses bateaux calmes qui dansent dans le clapot de l'anse. Au fond, les lumières de Dinard scintillent. Il adore cette vue. Il avait presque la même, avant d'acheter la maison.

– Ça va un peu mieux ? demande Gabrielle.

Armand hoche la tête, referme ses bras autour d'elle, la serre contre lui.

– Merci.

Les doigts de Gabrielle remontent sa colonne vertébrale, massent les tensions le long de ses omoplates. Armand se laisse faire, tente de contrôler sa respiration qui accélère malgré lui. Lentement, ses mains glissent de la taille de Gabrielle à ses hanches avec une appréhension qu'il n'a pas ressentie depuis longtemps.

GABRIELLE

Appartement de Gabrielle, devant la fenêtre. Dehors, le halo des lampadaires.

GABRIELLE. – C'est pas une bonne idée.

ARMAND. – Non ?
D'accord.

GABRIELLE. – C'est pas une bonne idée et
j'en ai envie.

ARMAND. – J'en ai envie aussi.

GABRIELLE. – Si tu me compares une seule fois
à ce que j'étais il y a dix ans,
tu dégages de mon pieu.

ARMAND. – Tu es encore plus belle aujourd'hui.

GABRIELLE. – Mon cul.

ARMAND. – … est encore plus beau
aussi.

GABRIELLE. – Qu'est-ce que tu en sais ?

ARMAND. – Il t'arrive de me tourner le dos.

GABRIELLE. – Ton romantisme te perdra.

ARMAND. – Personne ne s'est jamais plaint.

GABRIELLE. – Peut-être parce que
tu ne leur en laisses pas le temps.

ARMAND. – Tu peux parler !
Avoue
que tu es sortie avec ce mec
juste parce qu'il s'appelle Roméo ?

Gabrielle le fait taire d'un baiser.

ENTRACTE

Je les ai tous connus, Titouan, Luce, Gabrielle, Alix, Armand…

Enfin, je les ai tous croisés. Parce que je ne suis qu'une ombre. Un sourire dans leur quotidien, un déversoir passager pour leurs états d'âme, sans aucune autre conséquence que de s'en alléger un peu en me les partageant.

Ou du moins, j'étais cette ombre, jusqu'à cet après-midi d'été qui nous a tous rassemblés dans son poing.

Mais nous n'en sommes pas là.

ACTE III

ALIX

Alix regarde Mandalina déplier la poignée de sa valise à roulettes, marcher jusqu'à la porte d'entrée, enfiler sa veste.

– Pour les dîners, il y a des restes au frigo et des pizzas au congélateur. Ok ? (Alix hoche la tête.) À mardi !

– À mardi.

Ni bisou ni câlin, un simple sourire tendre en guise de salut et la porte se referme sur Mandalina. Alix ne bouge pas. Elle écoute le coffre de la voiture qui claque, puis la portière, et le moteur qui vrombit avant de s'éloigner dans le soir.

Depuis trois semaines qu'Alix vit ici, c'est la première fois que sa mère la laisse seule plusieurs jours d'affilée. C'est l'occasion parfaite pour chercher les réponses qu'elle refuse de lui offrir. Alix attend encore un peu, s'assure que Mandalina ne revient pas récupérer un trousseau de clés ou un sac oublié. Silence. Elle est bien partie.

Alix passe au salon. Par où commencer son exploration ? Elle tourne sur elle-même, détaille la bibliothèque pleine de romans et de beaux livres, l'armoire, la malle recouverte de coussins, les tiroirs de la table basse. Ces derniers sont très accessibles. Rien de confidentiel ne devrait s'y trouver. Rien de dangereux. Alix vérifie quand même. Télécommandes, magazines d'art, boîtes de médicaments entamées, élastiques, pinces à linge… Elle abandonne les tiroirs, s'approche de la malle. Les coussins atterrissent un à un sur le sol. Alix soulève le couvercle. À l'intérieur, elle découvre une pile de tissus – draps, rideaux, serviettes de toilette… Déçue, elle remet tout en ordre.

La grande armoire de bois sombre, elle l'a déjà vue ouverte sans oser en inspecter le contenu. Alix tire les épais battants sculptés d'arabesques florales. En bas, des bouteilles d'alcool s'alignent à côté de plats et de paniers empilés. Au niveau intermédiaire, une boîte à couture côtoie une machine à coudre, des nappes et des torchons. Une collection impressionnante de verres de toutes formes et de toutes couleurs s'étale au-dessus, et en haut, presque inatteignables, des draps et des serviettes de toilette plus frais que ceux de la malle.

Rien d'intéressant dans cette pièce, juge Alix. Elle monte à l'étage, entre dans la chambre de sa mère, allume le plafonnier.

Le lit est en mezzanine, sous laquelle est organisé un dressing. Juste à côté de la porte, une grande commode bleu pétrole se dresse le long du mur et, plus loin, une coiffeuse rose poudré où sont soigneusement disposés des crèmes, des brosses à cheveux et des produits de maquillage. Alix effleure les boucles d'oreilles et les colliers suspendus à un porte-bijoux. Elle ouvre la boîte matelassée de velours qui se trouve à côté, découvre des bracelets et des bagues. Elle farfouille un moment, passe certaines pièces à son poignet, à ses doigts. Le paradis d'une petite fille. Mais elle n'est plus une petite fille, et ce n'est pas ce qui l'intéresse.

Alix examine le contenu des tiroirs de la commode. Ce ne sont que des vêtements. La lingerie l'intrigue. Peu de soutiens-gorge – Mandalina n'en porte presque jamais – mais une collection de culottes en satin et dentelle. Pourpre, aubergine, bleu nuit, vert forêt et noir forment un étrange tableau soyeux, rehaussé d'éclats de safran ou de vieux rose. Alix a presque envie d'en essayer. N'ose pas. De toute manière, elle ne rentrerait pas dedans. Elle passe ses doigts sur les collants, puis abandonne la commode.

Elle ne peut s'empêcher de s'asseoir sur le petit tabouret de la coiffeuse, de tester une crème au dos de sa main, puis une ombre à paupières cuivrée. Elle hume chaque produit, vaporise un peu de parfum dans son cou.

Elle ouvre le petit tiroir de la coiffeuse. Il est rempli à ras bord de médicaments aux noms barbares. Elle sort des notices. Régulateurs d'humeur, anxiolytiques, antipsychotiques. Psychotique. Alix déglutit. Le mot l'effraie. Un souvenir lui revient soudain. Une aire d'autoroute, une banquette désagréable qui colle à la peau de ses cuisses, l'odeur du café, l'emballage brillant d'un sandwich triangle, ses doigts jouant avec un chouchou jaune fluo, de la musique crachotée par des haut-parleurs fatigués, son père attablé en face d'elle. Trajet Marseille – Saint-Malo.

– Elle est partie à cause de moi, maman ? Parce que je n'étais pas comme elle voulait ?

– Non, grenouille. Ce n'était pas du tout à cause de toi. Elle est partie parce qu'elle n'allait pas bien. Elle était très malade. Elle avait besoin d'être seule.

– Elle va mieux maintenant ?

– Je ne sais pas. C'est une maladie qu'on a pour toute la vie. On peut prendre des médicaments pour aller mieux, alors peut-être, oui.

– Pourquoi elle ne vient pas me voir si elle va mieux ?

– Je ne sais pas. Mais ce que je sais, c'est que, où qu'elle soit, elle t'aime.

Alix contracte les mâchoires. D'une inspiration, elle repousse le souvenir dans le recoin de son cerveau où elle l'avait enfermé.

Elle aperçoit un placard sous l'appui de la fenêtre, dissimulé par un battant recouvert de papier peint. Seule la petite poignée dorée trahit son existence. Alix tire dessus.

Un frisson d'excitation remonte le long de sa colonne vertébrale.

Plusieurs boîtes d'archives rouges s'alignent sur la planche et, en dessous, des boîtes en carton et en fer dépareillées. Le genre de contenants glanés à mesure des années, où l'on enferme ce qu'on veut oublier et que l'on glisse dans un coin sans intention de les ressortir un jour. Alix s'assied en tailleur sur le parquet, filme le placard dans les moindres détails pour tout remettre en ordre plus tard, se saisit de la première boîte.

Elle est pleine de photos. Alix ne connaît pas la plupart des personnes qui y figurent, à l'exception de son grand-père marseillais qu'elle distingue ici ou là. Souvent, la mer est présente dans un coin de l'image, ou des villes ensoleillées du Sud. Alix tente de recomposer leur puzzle, de deviner les époques. Sa mère semble très entourée, sur ces clichés. Des amis, des jeunes de son âge…

Alix s'arrête sur un portrait.

Sa mère est adolescente, son visage plus rond, ses joues plus pleines qu'aujourd'hui, ses longs cheveux bruns rassemblés en queue-de-cheval. Elle porte un dos-nu. On aperçoit la fine attache blanche autour de son cou. Une robe, peut-être ? Le soleil qui la baigne ne semble pas l'importuner et ses yeux grands ouverts sont perdus sur le sol à quelques mètres de là. Elle n'a pas l'air triste. Juste ailleurs. Complètement ailleurs. Inatteignable. Et pourtant, c'est la première fois qu'Alix surprend une ressemblance entre elles, dans cette rondeur des pommettes, cette plénitude des joues, ces lèvres charnues que Mandalina a perdues depuis.

Un peu plus loin, Alix tombe sur une photo familière. Celle où sa mère est avec elle et sa peluche sur le lit, dans la chambre qu'occupe aujourd'hui son père. Ça lui fait bizarre de découvrir ici un double de cette image qui l'accompagne depuis l'enfance. C'est la seule photo d'Alix.

Et puis juste après, elle découvre un cliché de ses parents. Ils sont à demi allongés dans un transat rayé bleu et blanc, le bras d'Armand autour des épaules de Mandalina. Tous deux sont absorbés dans la contemplation d'une fleur jaune que tient son père.

Seuls au monde.

C'était avant elle. Ils font tellement jeunes…

Alix explore le contenu de chaque boîte, trouve

des objets d'enfance, des galets doux, des cartes postales, des lettres de son grand-père envoyées lorsque Mandalina faisait ses études à Paris, des tickets de cinéma et de théâtre.

Ruy Blas.

Le nom de la pièce lui saute aux yeux. La date correspond. C'est le jour de leur rencontre, celui que lui a raconté sa mère. Alix n'hésite pas, subtilise le ticket, le glisse dans la poche ventrale de son sweat.

Elle s'attaque aux boîtes d'archives, qui vomissent des papiers administratifs auxquels elle ne comprend rien. Il y a aussi des cours d'histoire de l'art, recouverts par l'écriture déliée de sa mère. Elle décode ses abréviations mystérieuses. Des dessins dans la marge l'émeuvent. Est-ce que Mandalina aurait voulu dessiner ? Peindre ? Créer au lieu de permettre à d'autres de vivre de leur art ? Elle lui demandera à son retour.

C'est tout ce que le placard a à offrir. Alix arrange son contenu comme elle l'a trouvé, puis grimpe l'escalier en colimaçon métallique au bout du couloir. Il donne sur la minuscule pièce que Mandalina appelle son atelier. Un bureau, en fait, dans une tourelle percée de trois fenêtres verticales. Un écran trône dans un angle, auquel Mandalina connecte l'ordinateur portable qu'elle a emporté avec elle en déplacement pour travailler. En dessous, presque inaccessible, une caisse en métal. Alix s'accroupit. Elle est glaciale sous ses doigts, et verrouillée. Elle furète à la recherche de la clé, en vain.

Trois gros casiers de bois superposés patientent contre le mur. Le premier est plein de matériel informatique – vieux ordinateurs, disques durs et câbles en tout genre. Dans le deuxième, Alix trouve des documents de travail et des carnets pleins de dates, d'adresses, de numéros de téléphone, de noms inconnus et de notes cryptiques.

Elle croit d'abord que le dernier casier est destiné aux feuilles vierges et aux pochettes vides, mais un désordre au-dessous l'attire. Il contient des notes sur des artistes, quelques pensées couchées sur le papier de carnets bariolés…

L'enfance est une île, l'adolescence un archipel émietté, l'âge adulte un continent.

Alix sourit. Ça lui parle, cette idée. Elle se sent éparpillée, kaléidoscope, son histoire morcelée, tellement parcellaire que seuls de rares îlots surnagent. Elle veut plonger, à présent, découvrir ce que renferment les profondeurs des flots, remonter à la surface ce qui s'y cache. Elle veut comprendre.

Alix parcourt les pages, déchiffre un texte.

Cette impression des fois d'avoir un pavé poisseux dans la gorge, qui met du poids sur tout. Et je suis là dans les couloirs du métro, et je regarde chaque personne que je croise droit dans les yeux pour essayer de capter une lueur d'intérêt. Mais il n'y en a pas. Chacun dans sa vie, qui vient de quelque part, qui va quelque part. Je suis à côté de leurs existences, engluée dans la sensation de n'être rien. Pire que rien. Parce que rien, encore, un beau vide, ça peut susciter de l'intérêt. Et j'ai envie de hurler. Je régresse. L'ado révoltée se réveille et me submerge de sa tristesse, du rejet qu'elle croyait inspirer et que, donc, elle générait. Elle se débat en moi et me hurle : « Aime-moi ! Ne me laisse pas, pas toi ! » Et moi, je ne peux pas répondre à sa demande, ça fait trop mal. Boule gigantesque dans ma gorge, une tête, sa tête, et ses longs cheveux bruns qui se vomissent de ma bouche, m'étouffent d'un trop-plein d'amour sans réponse. J'essaie de chanter, un air très doux, des notes qui guérissent sur des mots qui apaisent. Et je la berce jusqu'à ce qu'elle s'endorme.

Mandalina, avoir l'impression d'être « pire que rien » ? Alix a du mal à imaginer qu'elle ait vécu ça. Sa mère est si confiante, son sourire si large.

Plus loin, une citation de Léo Ferré écrite à l'encre grise.

« *Tu pleures quelquefois comme pleurent les bêtes*
Sans savoir le pourquoi et qui ne disent rien. »

Alix lance une recherche Google, écoute la chanson dont le texte est extrait. Elle s'intitule « Tu ne dis jamais rien ». Ça, oui, Mandalina ne dit jamais rien. Alix n'a pas arrêté de lui tendre des perches ces dernières semaines pour reparler de son départ lorsqu'elle était bébé. En vain.

Sur la dernière page d'un carnet, un mot calligraphié, ornementé de volutes élégantes. « Armandalina ». Armand et Mandalina. Deux entités qui n'en font plus qu'une. Et puis deux, à nouveau.

Tout au fond du casier, une enveloppe à la colle jaunie. Alix déplie la lettre qu'elle renferme.

Armand,

Je suis désolée de ne pas être à la hauteur, de te décevoir comme ça, mais il vaut mieux que je parte. J'ai peur de faire plus de mal que de bien à Alix. Je sais que tu ne comprends pas, tu es beaucoup trop bon et responsable pour ça. C'est mieux, je t'assure. J'ai besoin de trouver comment respirer à nouveau. Je te donnerai des nouvelles bientôt.

Je t'embrasse,

Manda

La gorge d'Alix se noue. Comment partir pouvait être « mieux » que rester ? Comment sa présence aurait-elle pu faire plus de mal à Alix que son absence ? C'est absurde.

Alix emporte la lettre, gagne son lit, la dépose sur sa couette avec le ticket de théâtre.

Le début et la fin d'une histoire.

Le premier jour et le dernier.

Entre les deux, Alix.

Alix et ses questions sans réponses.

TITOUAN

– Titouan, tu es réveillé ?

– Hm.

Sa mère pousse la porte, qui bute contre l'arbre dont la ramure englobe à présent le pied du lit. Semaine après semaine, sa chambre se transforme en labyrinthe, ses Lego en murailles. Pour atteindre son chevet, sa mère doit contourner l'arbre, s'accroupir pour franchir une arche, enjamber une réplique d'avion, se faufiler entre les avatars de Titouan et de Lix grandeur nature. Lila adore cette jungle plastique. Eliott peste lorsqu'il doit emprunter la fenêtre de son frère pour s'échapper en douce. Leur mère s'en accommode. Leur père, lui, ne vient plus du tout.

– Je fais une lessive, tu as du linge sale ? dit-elle en émergeant près de Titouan.

– Non, ça va.

Depuis quelques jours, il tente de se débrouiller seul. Le lavabo, dans l'angle opposé de sa chambre, est souvent mis à contribution. Il y fait sa toilette, sa vaisselle et, grâce à la bassine et au produit qu'il a récupéré – merci, Lila ! –, sa lessive, qu'il étend sur ses sculptures de Lego. De toute manière, il passe sa vie en caleçon et tee-shirt, alors c'est vite fait. Il n'y a que concernant la nourriture qu'il n'a pas d'autre solution que de laisser sa famille lui en apporter, et il poursuit ses rares traversées du couloir pour aller aux toilettes lorsque la maison est vide.

Titouan lève les yeux vers sa mère. Elle n'a pas bougé, observe son antre d'un œil circonspect. Elle a arrêté d'ouvrir de force sa fenêtre pour aérer ou de lui demander de ranger. Mais elle n'en pense pas moins. Soudain, elle secoue la tête, comme si elle se réveillait d'un rêve étrange, puis attrape le paquet de céréales vide qui traîne par terre, et repart dans l'autre sens à travers le dédale de Lego.

– On va dîner, dit-elle. Je te monterai une assiette.

Titouan l'entend récupérer la vaisselle propre sous le lavabo avant de quitter la pièce.

Il rouvre son fichier. Il s'est mis à prendre des notes sur Luce et Lucien… Il y a ce que la vieille dame dévoile dans ses messages, et ce qu'il glane par lui-même. Au fil des jours, il a établi une chronologie de leur vie ensemble, a réussi à recueillir quelques éléments sur l'enfance et l'adolescence de Lucien à Bordeaux et sur des lieux où ils ont passé des vacances. Il fouille les archives du Web, déniche des articles de journaux les concernant, des interviews télévisées… C'est comme un puzzle. Il a l'impression d'être dans un jeu vidéo et d'en apprendre de plus en plus sur le personnage qu'il incarne.

Le téléphone de Titouan vibre sous la couette. C'est Luce, forcément. C'est leur heure.

C'était une belle journée. Véro a vieilli,
comme moi, mais elle est fidèle
à elle-même. Punk, sous son sage
carré gris !

Véro, c'est une de ses anciennes collègues, qui travaillait à la tour de contrôle de l'aéroport de Vannes et qui est revenue à Rennes pour sa retraite. Titouan sourit. Il sent Luce de plus en plus enthousiaste face à ses propositions. Ces deux dernières semaines, elle a adhéré à une association pour lire des livres à des enfants, est allée à trois reprises prendre des cafés en centre-ville avec de vieux amis qu'elle a recontactés, a visité le musée d'Art contemporain et une exposition de photos aériennes…

J'ai l'impression que je m'étais arrêtée
et que tu remets ma vie en mouvement,
lui a-t-elle envoyé la veille.

Elle ne mentionne plus sa fatigue, semble moins déprimée. Il est temps de passer à la deuxième phase du plan de Titouan : la refaire voler.

Quand retournes-tu à
l'aéroclub ?

Je ne sais pas si
c'est ouvert en semaine…

Titouan effectue une rapide recherche avant de répondre.

C’est ouvert tous les jours. Vas-y demain… Tu n’arrêtes pas d’en parler, je sais que tu en as envie.

LUCE

Luce pénètre dans le hangar de l'aéroclub. Noël, qui bricole à l'avant du Piper, la regarde approcher en s'essuyant les mains.

– Je me demandais si j'allais vous revoir, lance le mécanicien.

– Je ne vous dérange pas ?

– Je dois faire un vol de test. Vous voulez venir ?

Luce tergiverse. Ça va trop vite, ce n'est pas conforme au film qu'elle se projette intérieurement depuis la veille. Et en même temps, Noël lui propose d'être simple passagère, non de piloter.

– Je… Vous êtes certain que ça ne vous dérange pas ?

– Absolument !

Noël pousse l'avion hors du hangar, ouvre le cockpit, invite Luce à prendre place. D'une main, il l'aide à se hisser jusqu'au siège arrière. Il effectue une dernière vérification sous le capot, puis s'installe à son tour. Tous deux enfilent leurs casques. Noël lance le moteur. À l'avant, l'hélice se met à tourner.

– Il y a combien de temps que vous n'avez pas volé ? demande la voix de Noël dans les écouteurs.

– Depuis ma retraite, il y a dix ans. Mais sur

ce genre d'avion… ça date au moins des années quatre-vingt.

Le Piper s'élance en vrombissant sur la piste de goudron. S'en arrache.

Luce s'accroche à une poignée. L'adrénaline fuse dans ses veines, un rush comme elle n'en a pas ressenti depuis une éternité. Elle regarde le champ et les hangars qui s'éloignent au-dessous.

Lorsqu'ils ont pris assez d'altitude, Noël bifurque vers le nord. Luce ferme un instant les paupières. Tout tremble en elle. À force de piloter les paquebots volants que sont les avions de ligne, elle avait oublié la jubilation d'être en prise directe avec le ciel, cahotée au moindre coup de vent.

Elle avait oublié la vibration qui te pénètre jusqu'aux os, cette impression d'entrer en résonance intime avec l'appareil.

Elle avait oublié, et elle se souvient.

Luce se laisse aller contre le dossier du siège.

– Ça va ? demande Noël.

– C'est parfait.

Elle devine le sourire du mécanicien sans le voir vraiment.

Durant vingt minutes, Luce admire le panorama qui s'offre à elle. Ils survolent les champs, un bois et quelques villages. Elle repère des aérodromes où elle a dû s'arrêter pour faire tamponner son plan de vol le jour où elle a passé son brevet de pilote. Seize ans, elle avait. Tout lui revient.

Noël effleure la côte de Saint-Malo, vire au-dessus de la ville éclaboussée de soleil avant de remettre le cap au sud.

Bientôt, Rennes est à nouveau en vue. Ils entament la descente. L'ombre du Piper grossit sur la pelouse à côté du ruban sombre de la piste. Impact. Deux légers rebonds, puis les freins se mettent en action. Noël et Luce roulent une cinquantaine de mètres et se garent entre les bâtiments de l'aéroclub.

Le silence retombe autour d'eux. Noël ouvre le cockpit, ôte son casque, se retourne.

– Alors ?

Luce n'est pas capable de parler. Elle n'aurait pas les mots. Elle regarde Noël, lui sourit. Sans insister, il sourit en retour.

Elle le laisse rentrer le Piper, balaie du regard les environs.

C'est sa vie, ce terrain d'aviation.

Elle a grandi ici, a volé pour la première fois en solo au-dessus de ces champs et de ces toits, y a rencontré Lucien. Elle peut presque sentir sa présence autour d'elle. Sa main plonge dans sa poche, caresse le téléphone. Elle aime que la fin la ramène au point de départ.

À pas tranquilles, Luce pénètre sous la charpente métallique du hangar. Ses yeux sont braqués sur le Stampe rouge qui se dresse tout au fond. Son avion. Celui de son enfance, de son brevet, de ses années de voltige. Elle s'arrête à sa tête, passe une main sur son hélice de bois clair, flatte son plastron comme elle le ferait du chanfrein d'un cheval.

Un dernier vol, en écho au premier.

Boucler la boucle.

Oui, ce serait parfait.

– Avant de te rejoindre, mon vieil amour, murmure-t-elle au vide qui se masse contre le haut toit de tôle.

ARMAND

Armand hésite à aller chercher un cinquième café à la machine pendant que son élève range son violon. Il a mal dormi. Non que ce soit nouveau, son sommeil a toujours été contrarié. Mais il a enchaîné tant d'insomnies qu'il en devient léthargique.

– À la semaine prochaine, lance l'adolescente.

– À la semaine prochaine.

Si elle se donnait les moyens, songe-t-il, cette gamine irait loin. Elle est malheureusement plus intéressée par les copines que par le violon. Il a beau tenter d'emmener ses élèves aussi loin que possible, ils ne sont égaux ni en motivation ni en envie. Armand ne peut pas parcourir le chemin à leur place. Et il risquerait d'en dégoûter la moitié s'il se montrait plus exigeant.

Son élève suivant passe devant la fenêtre de sa salle – un petit sixième en horaires aménagés. Un instant plus tard, le garçon frappe à la porte de la salle.

– Entre, installe-toi.

La silhouette de Gabrielle traverse au loin. Elle file à grands pas vers l'auditorium au fond du parc, comme chaque fois qu'elle arrive depuis qu'Armand a passé la nuit chez elle. Ils n'en ont pas reparlé. Elle fuit, répond de manière laconique à ses messages, prétend qu'elle est débordée.

Armand dégaine son téléphone, ouvre son fil de discussion avec Alix. Enfin, son fil de monologue. Qu'importe, Gabrielle a raison, un lien même à sens unique est préférable à un silence radio. Il s'y fait doucement, profite du nouveau rituel de ce message quotidien pour dire à sa fille ce qu'il a toujours gardé pour lui.

> J'ai tellement eu peur de te perdre, grenouille. Toute ta vie. Et maintenant que tu t'es éloignée de mon quotidien, j'ai l'impression que je commence à te trouver. À te voir vraiment, au-delà de cette peur. C'est bizarre, non ? Quoi qu'il arrive, tu ne me perdras pas. J'espère qu'au fond de toi tu le sais. Je t'aime. Papa.

Il envoie.

Relève le nez.

– Alors, qu'as-tu travaillé depuis la dernière fois, Théo ?

ALIX

Affalée dans un couloir du lycée, Alix attend la reprise des cours avec Philippine. Le téléphone vibre dans sa main. Son père. Un sourire passager étire ses lèvres. Au début, ça l'a agacée, qu'il s'entête comme ça à lui écrire. Et puis peu à peu, elle s'est surprise à attendre le texto du jour. Elle ne sait plus quoi en penser. Qu'est-ce qu'il cherche ? À la faire revenir à la maison ? Ça n'arrivera pas. Elle va finir l'année chez Mandalina avant de partir à Paris. Sa maison, elle va se la choisir seule, à sa manière.

Mais pour ça, il faut qu'elle réussisse l'audition du conservatoire d'arrondissement qu'elle prépare. Il lui reste un mois. Et elle n'a toujours pas trouvé ce qu'elle allait présenter en parcours libre.

– Tu ne veux pas m'écrire un truc, toi ? demande-t-elle à Philippine.

– Hein ?

– Pour mon parcours libre.

– Écrire quoi ?

– C'est censé être une manière créative de me présenter au jury. De dire : « Voilà, ça, c'est moi. »

– Et t'es qui ?

Question faussement innocente. Les yeux calés sur son écran, Philippine se mordille la lèvre inférieure pour ne pas sourire. Une façon bien personnelle de faire comprendre à Alix qu'elle ne fera pas le boulot à sa place.

– Je suis… moi.

– Mais encore ?

Des images flottent entre ses pensées, des impressions qu'elle tente de saisir avant qu'elles ne s'échappent.

– Je suis la fille de mes parents.

– C'est un début.

– Je suis… fatiguée de tous leurs secrets. Je suis… à côté de ma vie, et j'essaie de rentrer dedans.

Philippine lui jette un coup d'œil.

– C'est le moment où tu commences à prendre des notes, meuf. Ça devient pas mal.

Alix lance l'application Notes de son téléphone, écrit à toute allure ce qu'elle vient de dire, poursuit un moment. À chaque phrase, elle tente de se définir de nouveaux contours sans savoir encore ce qu'elle fera de toute cette matière.

Est-ce que tu passes travailler
au conservatoire aujourd'hui ?

C'est Matej, son percussionniste au regard bleu miroir. Ils se sont recroisés plusieurs fois au conservatoire. Alix y va dès que possible, dès qu'elle sait que son père n'est pas dans les parages. Matej et Diego sont souvent là, à travailler dans la salle des percussions vitrée ou dans l'auditorium. Et quand Alix répète dans le parc avec Philippine et Simon, ils se débrouillent pour faire une pause, viennent discuter un moment. La dernière fois, ils sont allés boire un verre dans le bar d'à côté. Un PMU un peu glauque mais calme. Matej a pris une bière, elle une grenadine, et elle lui a raconté de petits morceaux de sa vie en jouant avec les glaçons. Lui n'a pas livré grand-chose. C'est mieux. Elle peut inventer.

Matej. Alix tourne et retourne cet étrange prénom dans sa tête, le déforme, le développe… Mat. Matendresse. Matempête.

Je ne peux pas,
mon père y est,
répond-elle.

Dommage…

Une bulle de chaleur liquide se dissout dans le ventre d'Alix. Sourire irrépressible.

Mercredi aprèm ?
propose-t-elle.

Son père sera au conservatoire aussi, mais il enchaîne tellement de cours que, si elle évite de passer devant le bâtiment principal, ils ne se croiseront pas. Et puis il n'y aura pas Gabrielle. C'est plus simple.

Le prof d'histoire-géo ouvre la salle, invite Alix, Philippine et les quelques élèves déjà présents à s'installer en classe.

Je serai là ! renvoie Matej.

Cool. Biz,
Matempête.

Elle fourre son portable au fond de son sac, une boule dans la gorge, fière d'avoir osé l'appeler ainsi et terrifiée qu'il trouve ça bizarre, ou nul, ou…

– Respire, lâche Philippine, un sourire ironique accroché à la commissure de ses lèvres.

GABRIELLE

Fin d'après-midi, dans le parc du conservatoire.

ARMAND. – Gab, peut-on…

GABRIELLE. – Je suis pressée,
je dois faire les photocopies avant le début du cours.

ARMAND. – Juste une minute.

GABRIELLE, *s'arrête*. – C'est urgent ?

ARMAND. – On n'a pas reparlé de…

GABRIELLE, *repartant*. – Ce n'est pas urgent.

ARMAND. – Comment tu te sens ?

GABRIELLE. – Au top. L'apogée de mon existence.

ARMAND, *posant une main sur son bras*. – Arrête les vannes deux secondes.
Dis-moi. Comment tu te sens, vraiment ?

La pulsation effrénée qui rythme l'existence de Gabrielle s'interrompt un instant. Étrange suspension. Elle dévisage Armand, déroutée, plonge dans son regard frangé de cils épais. La question se faufile entre ses pensées, écarte toutes les autres, s'impose. Comment elle se sent ? Dépassée. Énervée contre elle-même. Fatiguée. Elle se sent comme au bord d'un précipice. Comme au bout d'un chemin qui ne l'a amenée nulle part.

Mais ce ne sont pas des aveux que Gabrielle formulerait à voix haute. Elle secoue la tête pour chasser son inconfort.

GABRIELLE. – Ça va.
Ça va.
Ce n'était rien, nous deux, juste une envie.

ARMAND. – D'accord.

GABRIELLE. – Je dois aller…

Elle montre les feuilles qu'elle porte, se remet à marcher.

ARMAND, *la suivant*. – La pièce avec tes élèves, tu en es où ?

GABRIELLE. – J'ai changé pas mal de choses pour compenser
l'absence d'Alix.
Et d'un musicien.
Je ne suis pas sûre que ça fonctionne.

ARMAND. – Tu sais, j'ai de grands élèves qui seraient ravis de participer.

GABRIELLE. – Non.

ARMAND. – Comment est-ce que je peux t'aider ?

GABRIELLE, *agacée*. – Mais tu ne peux pas, Armand.
Toutes les situations n'ont pas de solutions miracles.
Toutes les histoires ne se terminent pas en happy end.
Et je n'ai pas besoin que tu répares ma vie, elle n'est pas cassée.
Ça ira.
Je survivrai.

Armand reste sur le perron du conservatoire, devant la fenêtre de sa salle. Gabrielle pousse la porte, se retourne.

GABRIELLE. – Je me demande pourquoi je fais tout ça.
Les élèves s'en fichent,
un spectacle ou
une simple audition devant leurs parents,
c'est pareil.
J'ai envie de laisser tomber.

TITOUAN

– Je ne te laisserai pas tomber. Tu m'entends ?

Titouan garde le nez vissé à son écran. Une demi-heure que sa mère monologue, propose des plans d'attaque pour le sortir de la maison, le presse de voir cette psychologue et ce groupe de jeunes accros aux jeux vidéo dont parlait son ami. Elle l'a réveillé, carrément, alors qu'il dormait comme un bébé. Titouan a beau lui assurer qu'il va bien, ça ne sert à rien. Et dire qu'il pensait qu'elle avait accepté sa décision de rester dans sa chambre… Raté.

– Je ne te laisserai pas gâcher ta vie, dit-elle, au bord des larmes, avant de quitter la pièce.

Titouan ne relève pas. Ce genre de phrases glissent sur lui, elles n'ont plus de sens. Il regarde des vidéos en attendant que Luce lui parle ou que Lix se connecte. Il lui semble que dix secondes à peine se sont écoulées lorsque Eliott débarque. Il se contorsionne entre les constructions de plastique en grommelant, puis se laisse tomber à côté du lit. Un coude sur le matelas, il observe Titouan.

– Maman est dans un état… Je ne l'ai jamais vue comme ça.

Titouan ne commente pas, rejette en bloc les flèches de culpabilité que lui envoie son frère. Eliott insiste.

– Comment tu vois ta vie dans dix ans ? Toujours ici ? Sous ta couette ?

– Je ne vois pas ma vie dans dix ans. Je m'en fiche. À quoi ça sert ?

– Bordel, j'te comprends pas !

– C'est grave ?

– Nan. C'est juste chiant. T'as foutu un sacré bordel dans la famille. Au début, je me suis dit : « Super, ils vont s'occuper de Titouan et de ses délires, ils seront moins sur mon dos. » Tu parles. C'est pire. Ils flippent que je pète un câble aussi, ils me mettent une pression de malade pour le lycée, ils me fliquent à mort…

Titouan ferme son ordinateur, étudie le visage d'Eliott. Il est froissé, comme ceux des chiots qui ont trop de peau. Des plis de contrariété.

– Tu ne veux pas ramener une fille, propose Titouan, histoire de leur offrir un nouveau sujet de conversation ? Ou mieux : un mec ! Ça, ça leur en boucherait un coin. Ils nous lâcheraient tous les deux pour un moment.

Eliott pique un fard, détourne les yeux, se gratte le nez.

– Attends… Tu… as vraiment un mec ?

– Tu le dis aux parents, je te tue. Je ne plaisante pas. Personne ne sait.

– Évidemment que je ne vais rien leur dire !

Eliott le fixe un instant, méfiant.

– Même pour acheter ta tranquillité ?

– Mais ça va pas la tête ? Pour qui tu me prends ? C'est à toi de le dire quand tu le sentiras.

Eliott a l'air surpris. Il se détend, appuie l'arrière de sa tête contre le montant du lit. Titouan essaie de l'imaginer avec un garçon. Petit ? Grand ? Brun ? Blond ?

– Il s'appelle comment ?

Eliott hésite, puis lâche :

– Corentin.

Son visage s'illumine en prononçant le prénom de celui que Titouan prenait pour son meilleur ami depuis des années. Merde alors. Eliott, amoureux d'un mec. Et de Corentin, en plus. Corentin, qu'il va retrouver chaque fois qu'il fait le mur par la fenêtre de sa chambre. Ça, il ne l'avait pas vu venir !

La voix de leur mère retentit dans le couloir.

– À table !

Les deux frères ne disent rien. Ne bougent pas. Ils restent là, complices, dans le cocon de la chambre.

– À table ! répète leur mère.

Eliott soupire.

– Parfois, je t'envie d'envoyer chier leurs règles à la con. Mais faire comme toi, ça voudrait dire ne plus voir Corentin. Alors…

– Il pourrait venir à la maison.

– Tu parles ! Hors de question qu'on fasse quoi que ce soit ici avec les parents dans les parages…

« Faire »… Il parle de s'embrasser ? Ou est-ce qu'ils ont déjà été plus loin ?

Eliott se lève et se faufile dans la jungle de Lego. Titouan entend son pas lourd dévaler l'escalier. Il chasse ses questions sur la vie privée de son frère, rouvre son ordinateur, choisit un onglet de son navigateur qu'il ne ferme jamais. À droite, la maison de Luce apparaît, et à gauche… la fille au sac et sa nuque royale.

Les mots d'Eliott tournent dans sa tête. *Faire comme toi, ça voudrait dire ne plus voir Corentin.* Titouan, il s'en fiche que les parents soient à la maison. Il accueillerait volontiers cette fille dans son refuge. Seulement, pour ça, il faudrait qu'elle connaisse son existence. Dans un jeu vidéo, ou au Moyen Âge, il aurait pu lui jeter un sort, se débrouiller pour qu'elle boive un philtre magique, un truc du genre… Mais après tout, au Moyen Âge, les appareils qu'il tient entre ses mains auraient été considérés comme des objets magiques. Il pourrait trouver un moyen de l'attirer à lui grâce à ces technologies. Il a bien déniché l'identité de Luce. Et il y a de grandes chances que cette fille ait une vie numérique. La question est : a-t-il envie d'en apprendre davantage sur elle ? Tant qu'il ne sait rien, il peut tout imaginer. Lui inventer un prénom. Une histoire. Une famille. Un caractère.

– Salut, mec ! lance Lix dans son casque.

– Hey !

Titouan lui envoie un lien.

– C'est où ?

– Là où habite Luce. T'as vu la fille, à gauche ?

– Celle qui rentre chez elle ?

– Ouais. Elle est belle, non ?

– C'est un peu difficile à dire.

– Tu ne trouves pas qu'elle a un truc ?

– Heu… un sac ?

– T'es con ! Elle dégage quelque chose…

Le silence résonne à ses oreilles, entrecoupé de respirations légères.

– T'es vraiment bizarre, des fois, juge Lix.
– Toi aussi.
– Pas faux.

ALIX

Mardi soir, quand Mandalina rentre chez elle, Alix a tout préparé. Les pâtes à la carbonara, la mousse au chocolat, les assiettes sur la table basse du salon, ses questions en embuscade. Mandalina s'étonne qu'elle ait cuisiné, s'agenouille avec un grand sourire sur le coussin. Elle regarde Alix apporter la casserole et servir les pâtes. Elle goûte. Approuve d'un hochement de tête gourmand.

– Ça a été, les deux jours toute seule ?

– Nickel. Toi, c'était bien à Bordeaux ?

– Passionnant. J'ai rencontré un peintre dont nous allons vendre les toiles à la galerie à partir de cet été, et une autre, toute jeune, dont j'adore le travail. Elle me fait un peu penser à toi.

– Pourquoi ?

Mandalina incline la tête sur le côté, observe sa fille en réfléchissant.

– Quelque chose dans l'énergie, dit-elle enfin. Cette lumière vibrante que vous dégagez. Elle doit provenir du besoin de création…

– Toi, tu n'as jamais voulu dessiner ? Ou peindre ?

– J'ai gribouillé quand j'étais jeune… Je n'ai pas un talent suffisant pour faire carrière.

– Gabrielle dit que le talent, c'est surtout l'envie. Une envie assez puissante pour abattre les obstacles qui se dressent devant nous et pour travailler d'arrache-pied jusqu'à atteindre nos objectifs sans abandonner en chemin.

– Gabrielle, hein ?

– Ma prof de théâtre.

Mandalina acquiesce, enroule des tagliatelles autour de sa fourchette.

– Alors je n'avais probablement pas une envie assez forte. J'aime mon métier, tu sais. Je ne regrette pas.

Un instant, Alix imagine à quoi son futur ressemblerait si elle ne parvenait pas à gagner sa vie au théâtre. Elle ne visualise qu'un grand vide brumeux, un maelström insipide. Pour elle, c'est comédienne ou rien.

– Tu travaillais déjà dans une galerie quand je suis née ?

– Non. J'étais correctrice pour une maison d'édition qui faisait des beaux livres d'art, et j'écrivais en parallèle des articles pour la presse spécialisée.

– Genre, journaliste ?

– Oui. J'interviewais des artistes, je parlais d'expositions…

– Et après, quand tu es partie ? Tu as continué ?

La mastication de Mandalina se suspend. Elle dévisage Alix, qui craint soudain qu'elle se ferme et cesse de répondre.

– Un peu, lâche-t-elle dans un souffle. Et puis j'ai été embauchée par un galeriste toulousain. Ça m'a amenée à beaucoup voyager.

– Je sais. Les cartes postales.

– Bien sûr.

Sa mère a dit ça très vite, comme on s'excuse par réflexe lorsqu'on a bousculé quelqu'un. Elle se lève, emporte les assiettes vides dans la cuisine. Alix la suit, sort la mousse au chocolat du frigo en surveillant Mandalina du coin de l'œil. Elle a l'impression qu'à la prochaine question sur leur passé, sa mère va gonfler et déborder d'un coup comme le lait bouillant de la casserole. Eh bien tant pis, qu'elle déborde. Alix veut savoir. Elle plante deux longues cuillères dans le saladier de mousse, l'emporte dans le salon.

Mandalina revient une minute plus tard. Elles s'accoudent à la table basse, mangent à même le saladier – Armand ne supporterait pas, il lui faudrait présenter la mousse dans de jolis ramequins, mais Alix préfère comme ça, et ça a l'air d'amuser sa mère, qui se détend à nouveau. Leurs cuillères s'entrechoquent. Mandalina mime une bataille à l'épée, vole la mousse qu'Alix allait porter à sa bouche. Elles rient.

– Tu me diras, un jour ?

– Quoi donc, ma grande ?

– Pourquoi tu es partie.

Un masque gêné fige les traits fins de Mandalina. Elle essuie les traces de chocolat au coin de ses lèvres, prend une gorgée d'air, comme pour parler. La rejette en un long soupir.

– J'ai eu une phase dépressive très violente juste après ta naissance. On en parle beaucoup aujourd'hui, mais à l'époque, c'était… Enfin on en parlait peu. Ton père a essayé de m'aider à aller mieux. Il ne savait pas comment. Moi non plus. Je n'étais plus moi-même. J'ai eu peur de te faire du mal. Et je… je suis partie. J'ai fait mon sac et je suis partie en lui laissant une lettre. C'est la seule solution que j'ai trouvée pour rester en vie.

En Alix, tout se serre. La gorge, le ventre, les poings. Jamais Armand n'a évoqué de lettre. Il y a bien ces mots qu'elle a découverts dans les affaires de sa mère, mais elle n'a pas imaginé… Elle a cru que…

– Tu lui as laissé une lettre ?

– Oui. Tu ne savais pas ?

– Elle disait quoi ?

– Que je… que dans l'état où j'étais, je craignais de te faire du mal et qu'il valait mieux que je m'éloigne un moment.

Ça colle. La lettre découverte dimanche soir devait être une copie. Les mots tourbillonnent dans la tête d'Alix. « *Phase dépressive.* » « *J'ai fait mon sac.* » « *Rester en vie.* » Son souffle s'accélère malgré elle. Elle entame un exercice de respiration que lui a appris Gabrielle pour calmer le trac. Rien n'y fait. Le tourbillon intérieur s'amplifie. Alors elle prétend que ce n'est pas d'elle que parle Mandalina, pas son histoire qu'elle raconte, mais celle de quelqu'un d'autre. Parce que sinon, elle va se mettre à pleurer. Ou à crier. Ou les deux. C'est un rôle, voilà. Sa mère est la metteuse en scène, et elles discutent du personnage qu'Alix va jouer sur scène. Cette fiction l'aide à reprendre pied. Elle cherche sa prochaine réplique. La trouve.

Alix. – Quinze ans, c'est un long moment.

Le regard de Mandalina s'échappe vers le tapis tissé par sa grand-mère turque. Elle le lisse de ses longs doigts.

– Pour toi, évidemment, dit-elle.

– Pas pour toi ?

– C'est passé si vite.

– Quinze ans ? insiste Alix, incrédule.

Mandalina relève les yeux, dévisage sa fille comme si elle la voyait pour la première fois.

– Si vite, répète-t-elle.

Alix a envie de saisir ses épaules et de les secouer jusqu'à extraire tous les mots que sa mère retient en dedans. Toutes les réponses à ses pourquoi. Mais elle devine qu'elle n'en tirera rien de plus ce soir. Elle se redresse d'un mouvement fluide, débarrasse le plat qu'elle abandonne dans la cuisine, monte se réfugier dans sa chambre. Son téléphone vibre quand elle referme la porte. Son père.

J'aimerais qu'on se voie. Juste un moment, boire un café quelque part. Tu veux bien ?

– Non, répond-elle à l'écran.

Elle se laisse tomber au creux du matelas.

ARMAND

Alix, là, dans le parc du conservatoire ! Armand abandonne la photocopieuse, dévale le grand escalier jusqu'au rez-de-chaussée, passe la lourde porte du bâtiment qu'il contourne à la hâte.

– Alix !

Elle sursaute, s'arrête.

– Qu'est-ce que tu fais là ? gronde-t-elle lorsqu'il la rejoint.

– Je t'ai aperçue d'en haut.

Il désigne la fenêtre du secrétariat. Une volée d'enfants qui sortent d'une leçon de solfège passent en piaillant à côté d'eux. Alix les observe. Son visage, un mur.

– Tu… Ça va ? demande-t-il.

– Ouais.

– Tu as un moment ? On se voit tout à l'heure ?

Elle lui jette ce coup d'œil létal qu'elle lançait déjà à cinq ans juste avant de laisser déborder sa fureur enfantine. Et puis soudain, alors qu'il se prépare au refus, elle lâche un « ok » qui sonne comme une invitation à un duel.

– Super. Je finis dans une heure. Tu as besoin de plus de temps ?

Elle hausse les épaules, s'éloigne vers le parc.

Comme sonné, Armand regagne sa salle. L'heure s'étire, interminable. Quand son dernier élève s'en va, il rassemble ses affaires et cherche Alix. Il l'aperçoit assise sur l'herbe avec deux garçons. Matej et Diego. Il se fait violence pour ne pas les rejoindre ; Alix ne manquerait pas de prendre ça pour une intrusion, alors qu'elle a l'air si détendue à cet instant. Et puis il les aime bien, ces deux percussionnistes. Ils ont joué ensemble lors d'auditions et de concerts d'élèves. Ils sont passionnés, doués, joyeux, bosseurs. Un peu trop âgés pour traîner avec sa fille, ne peut-il s'empêcher de songer. Il rejette cette pensée. Cinq ou six ans d'écart, ce n'est pas un drame. Ça ne devrait pas être son problème, il ne faut pas qu'il s'en mêle. C'est la vie d'Alix, pas la sienne. Même s'il s'inquiète, évidemment, de ça comme du reste.

Il regagne l'avant du bâtiment, fait les cent pas. Alix débarque au bout de vingt minutes. Sans un mot, ils passent ensemble la grille du conservatoire et longent le parking. Alix a une mimique méfiante en voyant Armand s'approcher de sa voiture.

– Pas à la maison, dit-elle.

– Ok. La Caravelle ?

C'est un café tout au bout de la grande plage du Sillon, sur la digue de Rochebonne, avec de longues fenêtres qui surplombent l'immense étendue de sable à marée basse et, à marée haute, les vagues qui viennent lécher les pieds de la ville. Les dimanches d'hiver, après avoir couru et joué dans le coucher de soleil, ils montaient y boire un chocolat chaud avant de rentrer. Ce n'est pas très loin, juste assez pour justifier l'utilisation de la voiture. Et puis Armand a envie de voir la mer.

Alix se glisse sur la place passager. Il démarre, ému de l'avoir à nouveau à côté de lui – même silencieuse, même butée, même hostile. Ils se garent en haut de la cale pavée, marchent jusqu'au café, s'installent sur les grosses banquettes de cuir brun patiné. Armand regarde sa fille dérouler son foulard qu'elle pose à côté d'elle, arranger par réflexe ses cheveux.

– Un thé Earl Grey, demande-t-il au serveur.

– Un café, lâche Alix.

– Tu t'es mise au café ?

Elle ne répond pas, et lorsqu'elle trempe ses lèvres dans le breuvage amer que le serveur vient d'apporter, il fait semblant de ne pas voir qu'elle a du mal à le boire. Leurs yeux s'échappent par la fenêtre, se perdent sur les moutons blancs que soulève au large le vent à la crête des vagues. La marée est basse, elle entame à peine sa remontée. Sur le sable, le ballet de familles, de cerfs-volants et de chiens enivrés d'espace, caractéristique du mercredi après-midi. Sur l'eau, kitesurfs et planches à voile se partagent le terrain de jeux printanier. Les vieux, eux, admirent le spectacle depuis la digue.

– Pourquoi tu ne m'as jamais parlé de la lettre ? accuse Alix.

– Quelle lettre ?

– Celle que Mandalina a laissée en partant ?

– Quand tu étais petite ?

Alix ne prend même pas la peine d'acquiescer – Manda est partie une seule fois, d'un coup, comme on arrache un pansement.

– Je ne sais pas de quoi tu parles… Quelle lettre ?

Le front d'Alix s'assombrit encore. Elle ouvre son sac à dos, fouille à l'intérieur d'une pochette, en extrait une feuille pliée en trois qu'elle lui tend d'une main impérieuse. Il la prend, l'ouvre. Il reconnaît l'écriture de Manda et le premier mot le transperce. *Armand*. C'est à lui que s'adresse le pli. Il n'est pas certain de vouloir poursuivre sa lecture, soudain. Mais Alix est là qui attend, qui ordonne, qui exige. Il parcourt les lignes.

Je suis désolée de ne pas être à la hauteur, de te décevoir comme ça, mais il vaut mieux que je parte. J'ai peur de faire plus de mal que de bien à Alix. Je sais que tu ne comprends pas, tu es beaucoup trop bon et responsable pour ça. C'est mieux, je t'assure. J'ai besoin de trouver comment respirer à nouveau. Je te donnerai des nouvelles bientôt.

Je t'embrasse,

Manda

Armand passe une main sur sa bouche, frotte la barbe qui repousse sur ses joues. Il fait taire la douleur lancinante que réveille cette lettre. C'est Alix qui importe. Seulement Alix. Le reste appartient au passé.

– Où as-tu trouvé ça ?

– Dans les affaires de Mandalina. Comment as-tu pu… comment as-tu pu me cacher cette lettre toutes ces années ?

La colère d'Alix se fracasse contre lui. Rester calme. Rationnel. Il fronce les sourcils, lève une main en signe d'apaisement.

– Si tu as trouvé cette lettre chez ta mère, comment voudrais-tu que je l'aie reçue ?
– C'est une copie !
– Elle t'a dit ça ?
– Non, elle a… elle a dit qu'elle l'avait laissée en partant.
– Alix… Je ne dis pas qu'elle ne l'a pas écrite. Mais elle l'a emportée avec elle et ne me l'a pas envoyée. Je n'avais jamais lu ces mots avant aujourd'hui, je te le jure.
– Je ne te crois pas !
– Ce n'est pas une copie. On ne fait pas une copie d'un message pareil, pas dans l'état où elle était à l'époque, ça n'a pas de sens…
– Elle a dit qu'elle l'avait laissée.
– Et peut-être qu'elle en est persuadée. Seulement, ce n'est pas le cas. J'aurais préféré, crois-moi. Manda ne m'a jamais donné de nouvelles, ne m'a jamais écrit. Il n'y avait que les cartes postales pour tes anniversaires et les informations que son père a accepté de me donner au bout de sept années de silence. Rien d'autre. Je l'ai revue une fois, lorsqu'elle est revenue il y a deux ans, avant que tu la rencontres. C'est tout. Je suis désolé…

Des larmes emperlent les cils d'Alix. Il a envie de s'asseoir à côté d'elle sur la banquette, de la serrer dans ses bras. À la place, il lui tend une serviette en papier en guise de mouchoir et répète :
– Je suis désolé.

Ils se taisent un moment, regardent dehors.
– À propos de lettre, dit Armand, du courrier est arrivé pour toi. J'allais le porter chez ta mère, mais…

Elle prend l'enveloppe qu'il lui tend, déchiffre le tampon bleu qui orne l'avant. Armand sait ce que c'est, bien sûr. Alix ne le comprend qu'en sortant la feuille de l'enveloppe. Sa convocation aux dernières épreuves du bac, qui commencent dans dix jours.

– Tu te sens prête ?

– On verra bien.

Elle a toujours été bonne élève. Seulement, vu le contexte, il craint qu'elle n'ait pas la tête à ses révisions. Elle fourre la convocation dans son sac avec la lettre de Manda, rembobine le foulard autour de son cou. Se lève.

– Je suis heureux de t'avoir vue. Tu veux que je te dépose à Cancale ?

– Je vais prendre un car.

– D'accord. Je te dépose à l'arrêt ?

Elle lève les yeux au plafond pour bien lui signifier qu'il en fait trop, et elle s'en va, son sac de cours à l'épaule. La porte de la Caravelle retombe dans son dos. Armand reste là, boit son thé tiède. *Ça aurait pu se passer plus mal*, songe-t-il tandis qu'un cerf-volant jaune fonce en piqué vers les brise-lames.

Lorsque le soleil passe sous les nuages, il paie leurs consommations, descend l'éventail pavé de la cale, s'avance sur le sable humide jusqu'à avoir l'impression que la ville est loin, très loin derrière lui, noyée par le grondement des vagues. Alors seulement, il s'autorise à repenser à la lettre de Manda. Son chagrin de l'avoir perdue s'est estompé depuis longtemps. La rage qu'elle ait abandonné Alix aussi. Pourtant, alors qu'il se remémore ses mots, une colère sourde remonte dans sa gorge. Il hurle. Un long cri furieux qui effraie les goélands à ses pieds.

« *Je sais que tu ne comprends pas, tu es beaucoup trop bon et responsable pour ça.* »

– Comme si tu m'avais laissé le choix, crache-t-il à l'écume.

LUCE

Luce vire au-dessus de la longue plage qui borde Saint-Malo. La double voilure du petit Stampe rouge s'étend au-dessus et au-dessous d'elle. L'air cingle ses joues que ses lunettes et son chapeau ne protègent pas, il joue avec la toile épaisse de sa combinaison.

Elle est retournée hier à l'aérodrome. Elle n'a pas pu attendre. Noël l'a regardée traverser le tarmac avec un sourire amusé et lui a proposé de sortir le Stampe. Ils ont volé une vingtaine de minutes vers le sud. C'est lui qui pilotait.

– Demain, je vous laisse les commandes, a-t-il affirmé après l'atterrissage.

Et quand elle s'est élancée sur la piste tout à l'heure, c'était comme la première fois. L'excitation, l'adrénaline, la sensation grisante de liberté et de puissance.

Dans le ciel boursouflé de nuages et de cris d'oiseaux, les rayons rasants du soleil jouent sur la cellule de l'avion et sur le sourire de Noël qui se retourne vers elle. Il faut rentrer, elle ne veut pas atterrir de nuit. Et en même temps, c'est ce qu'elle préférait, les vols de nuit, lorsqu'elle était pilote de ligne. Elle se demande ce que ça lui ferait, dans un petit appareil comme celui-ci, de s'enfoncer dans l'obscurité étoilée. Elle sent naître en elle une envie si grande qu'elle l'effraie presque. Et lorsque, ce soir-là, Noël lui demande s'il la revoit demain, Luce secoue la tête.

– Mon vieux cœur ne tiendrait pas le coup, se justifie-t-elle.

Alors qu'à cet instant son vieux cœur serait capable d'aller à l'autre bout de la galaxie. Mais peut-être pas d'en revenir.

Luce est à peine rentrée chez elle qu'on frappe à sa porte. Sa jeune voisine est debout sur le seuil, une lettre à la main.

– Bonjour, Tess.

– Bonjour, madame Paradis ! Il y a ça qui est arrivé chez nous par erreur.

Luce prend le courrier qu'elle lui tend, reconnaît l'en-tête de la banque. Probablement un simple relevé.

– Merci. C'est gentil d'avoir pris le temps de sonner.

– Pas de problème. Vous vous en sortez avec votre téléphone ? Les messages, et tout ?

Luce croit déceler dans sa voix une ironie polie.

– Très bien. Ton explication était parfaite.

– Cool. Cool.

Elle n'a pas l'air décidée à partir.

– Tu veux entrer un moment ?

– Ok.

Luce s'absente pour préparer du thé. Lorsqu'elle revient au salon, Tess est en train d'examiner le contenu de ses étagères. L'adolescente désigne un chapeau bleu marine.

– Vous étiez aviatrice, c'est ça ?

– Pilote.

– Classe.

Elle se sert une tasse, continue de parcourir le salon de Luce en posant des questions sur sa carrière. Luce répond de bonne grâce.

– Et vos parents, ils étaient d'accord pour que vous fassiez ce métier-là ?

– Au départ, personne ne l'avait envisagé, il n'y avait pas de femmes pilotes de ligne. Et quand c'est devenu possible, j'avais l'âge de ne plus demander d'autorisation à qui que ce soit ! Mais mon père m'a toujours soutenue, oui.

– Vous avez de la chance.

Tess prend bientôt congé. Perplexe, Luce la regarde descendre le jardin et remonter vers sa maison de l'autre côté de la palissade. Que cherchait l'adolescente avec ses volées de questions ?

GABRIELLE

Sur la place de l'église près du conservatoire.

BREIZH BOB. – Crêpe chocolat-noix de coco ?

GABRIELLE. – Bonjour à toi aussi.

BREIZH BOB. – Ça fait un moment. Raconte.

GABRIELLE. – Quoi donc ?

BREIZH BOB. – D'où sortent tes cernes.

GABRIELLE. – Bim, prends ça.

Gabrielle soupire, s'accoude au comptoir du camion. Elle a l'impression que tout s'écroule autour d'elle, que ses repères se dérobent, que ce qu'elle considérait comme important l'agace ou l'ennuie. Elle ne parvient plus à se concentrer sur ses élèves et ses cours. Le dehors s'y infiltre, la distrait.

Dans son camion, Bob attend l'air de rien en préparant sa crêpe. Il a l'habitude de ses silences et de ses confidences. Ça fait des années qu'elle le croise le samedi midi, des années qu'il recueille les détails de sa vie professionnelle et affective. Elle prend une longue inspiration. Cligne des paupières.

GABRIELLE. – Je te la fais courte.
Mon projet de spectacle de fin d'année va droit dans le mur
parce que je n'ai pas de musicien pour accompagner mes élèves.
Alix s'est barrée de mon cours parce que j'ai fait l'erreur de proposer à son père d'être ce musicien,
et…

BREIZH BOB. – La petite aux cheveux décolorés ?

GABRIELLE. – C'est ça. Et j'ai couché avec Armand.

BREIZH BOB. – Armand… Armand ?

GABRIELLE. – Ouaip.
Son père.
Le violoniste.
Qui devait jouer dans mon spectacle.

BREIZH BOB. – Ah. Et c'était bien ?

GABRIELLE. – C'est pas la question.

BREIZH BOB. – C'est… une question.

GABRIELLE. – C'était bien.
C'était un peu trop bien.
Je n'arrive plus à le regarder en face.
Merde.

Breizh Bob enroule la crêpe dans un papier, se penche pour la donner à Gabrielle.

BREIZH BOB. – C'est toujours une question de perspective, tu sais.
On pourrait voir ta situation autrement.
Tu as un musicien sous le coude,
tu as des élèves doués,
dont l'une qui ne demande sûrement qu'à être convaincue de revenir,
et tu as couché avec un homme avec qui tu partages une amitié profonde,
ce qui n'est pas forcément un mauvais point de départ pour une relation amoureuse.
Les réponses sont déjà dans tes questions, ma grande…

GABRIELLE, *la bouche pleine*. – « Ma grande » ?
T'as quoi, cinq ans de plus que moi ?
Dix ?

BREIZH BOB, *avec un sourire malicieux*.
– J'ai douze ans depuis toujours, moi.
On naît tous avec un âge.
Et lorsqu'on l'atteint,
on le garde.
Il y a des gens, ils naissent, ils sont déjà vieux.
D'autres qui ne le seront jamais.
Moi, c'est douze ans.

Gabrielle. – Pourquoi douze ?

Breizh Bob. – Parce qu'on commence
à s'intéresser aux filles
mais que le monde
n'a pas encore perdu toute sa magie,
j'imagine ?

Gabrielle. – Je crois que je suis née vieille.
Mon monde n'a jamais été
magique.

Breizh Bob. – Je ne te crois pas.
Tu fais du théâtre.
C'est une forme de magie.
Tu es peut-être née vieille,
mais alors
vieille sorcière fascinante
aux cheveux de fleurs et à l'âme millénaire,
rien de moins.

Gabrielle, *amusée*. – Tu as un art des compliments très personnel.

Breizh Bob. – Et toi tu as besoin d'un câlin.
Grimpe.

Gabrielle. – Je vais puer le beurre.

Breizh Bob. – C'est la meilleure odeur du monde.

Gabrielle entre dans le camion, laisse Breizh Bob la serrer dans ses bras.

Gabrielle. – Je ne veux pas de relation amoureuse.

Breizh Bob. – Tu sais que je ne suis pas intéressé non plus.

Gabrielle. – T'es con.
Je veux dire,
avec Armand.

Breizh Bob. – Ou Roméo.
Ou qui que ce soit.

Gabrielle. – Voilà.

Breizh Bob. – Alors, une relation avec
une deuxième crêpe chocolat-coco,
peut-être ?

Gabrielle. – Ce serait parfait.

Breizh Bob. – À tes ordres…

ALIX

Alix pénètre dans le parc du conservatoire par l'entrée secondaire. Le cours de théâtre est terminé depuis deux bonnes heures, elle ne risque pas de croiser Gabrielle. Quant à son père, après leur discussion de mercredi, elle ne craint plus qu'il la surprenne ici. Elle s'en fiche. Elle ne va pas cesser de venir dans cet endroit qu'elle aime juste parce qu'il y travaille. Sans compter que Matej y passe beaucoup de temps. Matej qui lui a promis qu'il serait là cet après-midi. Matej qu'elle s'est décidée à embrasser. Ou à lui proposer de l'embrasser. Ou elle ne sait pas encore vraiment – elle a imaginé trop de versions de cette scène dans sa tête pour avoir une idée claire du déroulé.

Un tambour dans la poitrine, elle longe les baies vitrées de la salle des percussions. Le prof est en train de faire cours à un garçon. Pas de Matej en vue. Le son rond d'un marimba accueille Alix lorsqu'elle pousse la porte. Chignon brun, peau mate, bouc qui tire sur l'auburn, Diego répète dans l'entrée carrelée qui sépare la salle des percussions de l'auditorium. Il lui jette un coup d'œil et lui sourit sans s'interrompre. Lorsqu'il termine son morceau, Alix lui tend la joue.

– Ça va ?

– Super ! Matej est dans le coin ?
– Pas vu.
Alix s'éloigne de quelques pas, envoie un message à Matej pour lui demander où il est.

Je suis en route ! lui assure-t-il.

Elle s'assied contre un mur et sort son classeur de philo pour réviser en l'attendant.
De temps en temps, elle regarde Diego dérouler ses mélodies. Les quatre baguettes aux têtes de laine violette qu'il tient entre ses doigts lui donnent une allure presque arachnéenne. Animale. Étonnée, elle reconnaît une sonate de Bach pour violon que son père adore. Du Bach, au marimba. Pas banal, mais ça sonne super bien. Elle vérifie son téléphone. Pas de nouvelles de Matej. Son nez replonge dans ses cours.
Au bout d'une heure et demie, Diego s'arrête. Il détache son chignon, ébouriffe ses cheveux bruns. Ils lui tombent jusqu'aux reins. Alix ne les imaginait pas si longs.
– Besoin d'une pause ? demande-t-il en surprenant son regard.
– Ouais, j'arrive à rien.
– Tu m'accompagnes au distributeur ?
Alix grimace. Le distributeur de boissons est dans l'entrée du bâtiment principal, il faudrait passer devant les fenêtres de la salle de violon.
– Y a mon père. Je préfère éviter.
– Je te rapporte un truc, si tu veux ?
– Ice Tea ?
– Ça marche.
Il sort, s'éloigne dans le parc en relevant sa

veste au-dessus de sa tête pour s'abriter de la pluie fine qui s'est mise à tomber.

Bah alors ? envoie
Alix à Matej.

Ma voiture m'a lâché.
J'essaie de venir en stop. Désolé…

Alix regarde dehors, imagine Matej au bord d'une route, sous la pluie.

Merde, bon courage…

Elle se lève, sautille pour se dégourdir les jambes. Son regard accroche les baguettes abandonnées sur le marimba. Elle s'approche. Alix a fait un peu de piano, jusqu'à décréter vers onze ans que la musique n'était pas son truc – principalement parce que c'était déjà celui de son père, si elle est honnête, et qu'elle avait un besoin urgent de se différencier de lui. Le clavier du marimba ressemble à celui d'un piano, sauf qu'au lieu de touches noires et blanches ce sont ces larges lames de bois sombre qu'il faut frapper avec les baguettes. En dessous, des tuyaux métalliques amplifient le son. Il y a quelque chose de l'enfance dans cet instrument, des notes rebondissantes et joueuses. Maintenant qu'elle a écouté Diego, Alix y entend une complexité nouvelle. Elle s'empare des baguettes, les coince entre ses doigts, frappe doucement les lames, cherche un accord, puis un autre.

Elle sursaute lorsque Diego revient avec un gobelet de café et une cannette d'Ice Tea.

– Excuse-moi, dit-elle.

– Non, non, vas-y, continue, mais commence avec deux baguettes. (Il prend les deux autres, se place en face d'elle de l'autre côté de l'instrument.) Ça se tient comme ça, regarde.

Il y a une étincelle amusée au fond de ses yeux bruns tandis qu'elle entame une mélodie qui lui revient de ses années de piano.

– Pas mal ! juge-t-il lorsqu'elle lève les baguettes en signe de victoire.

Elle salue, amusée, et attrape son Ice Tea. Ils s'installent devant la porte, sous le petit auvent métallique. Ils doivent se serrer un peu pour ne pas être mouillés. Le nez parfait de Diego se plisse.

– Désolé, je sens le percussionniste !

Alix rit.

– C'est pour quoi, les morceaux que tu travailles ?

– Je prépare mon DEM.

– Matej aussi ?

– Non. Lui, il bosse le diplôme pour enseigner. C'est pour ça que tu le vois donner des cours parfois.

Ils se remettent bientôt au travail, Diego derrière son marimba, Alix assise en tailleur sur le carrelage, penchée sur ses cours de philo, chapitre « L'existence et le temps ». Tout un programme. Des musiciens arrivent pour la répétition d'orchestre, dérangent leur tranquillité. Les allées et venues s'interrompent lorsqu'ils commencent à jouer. Alix vérifie sans cesse son téléphone. Il est seize heures passées. Diego est sympa, mais elle a tellement envie de voir

Matej que ça la brûle en dedans. Elle imagine saisir sa main, entremêler ses doigts aux siens. Frissons.

Vers dix-sept heures, un message arrive enfin.

> C'est la galère, personne ne me prend, je suis trempé… Je suis désolé. J'avais trop envie de te voir.

Elle tente de l'appeler. Il ne répond pas. Il habite à une vingtaine de kilomètres sur la route de Rennes. Il doit bien y avoir des cars… Ça l'agace qu'il l'ait laissée espérer son arrivée alors qu'il n'a apparemment pas bougé.

> Tant pis.

Il lui envoie une photo de son visage tout triste. Elle est prise en intérieur. Si ça se trouve, il n'a même pas essayé de venir. Il est resté chez lui et lui a sorti une excuse bidon.

Blessée, Alix ne laisse rien paraître et fixe son classeur. Les mots se mélangent comme s'ils dérivaient sur la feuille. Elle n'a plus aucune raison de rester là, autant bosser chez Mandalina, en espérant qu'elle parvienne à se concentrer. Elle fourre ses affaires dans son sac.

– Il ne vient pas, lâche-t-elle pour Diego qui s'est interrompu. Problème de voiture.

– Ah… Eh ben moi j'en ai plein les doigts. Je vais arrêter là pour aujourd'hui.

Il glisse ses baguettes dans une housse qui en contient une vingtaine, de formes, de textures et de couleurs différentes. Ils sortent, lèvent le nez vers le ciel essoré. La pluie a cessé, comme si elle n'était tombée que pour offrir une excuse à Matej.

– Tu rentres où ?

– Cancale, chez ma mère.

– Ça fait un moment que je ne suis pas allé me balader par là-bas. Je te ramène ?

Elle accepte sans arrière-pensée, parce qu'elle n'en sent aucune dans sa proposition. Si seulement ça pouvait être aussi simple avec Matej. Elle a toujours l'impression qu'il fait des mystères. Alix s'installe dans la vieille Twingo de Diego et ils quittent le parking du conservatoire.

– Toi, tu habites où ? demande-t-elle.

– Jusqu'à mon diplôme, je squatte un studio qui appartient à mes parents, intra-muros.

– Et après ?

– Strasbourg, normalement. Il y a une prof géniale là-bas dont j'aimerais suivre les cours. Et alors, c'est quoi, le souci avec ton père ?

Alix pousse un long soupir. Et durant les vingt minutes de route qui les séparent de chez sa mère, elle raconte à Diego comment sa vie a pris ce tournant étrange qu'elle n'avait pas anticipé.

TITOUAN

Titouan regarde une vidéo dans laquelle une fille évoque avec enthousiasme le jour où on sera capable de télécharger sa personnalité entière sur Internet, de devenir de la data, de simples informations circulant sur tous les serveurs du monde. On pourrait alors, imagine-t-elle, se glisser dans une enveloppe de robot de temps en temps pour se balader dehors si l'envie nous en prend. Titouan l'écoute, fasciné. Et il a hâte. Ça lui semble une existence idéale. Une liberté infinie.

Parce que Titouan, son corps l'a toujours embarrassé. Enfin peut-être pas toujours. Mais ça fait longtemps, la fin de l'école primaire au moins. Ces dernières années, il a écouté les conversations d'élèves du lycée qui se sentent trop gros, trop petits, trop maigres, trop grands. Et puis ceux qui ne sont pas sûrs d'être dans le bon corps, qui sont nés garçons et se sentent filles, ou l'inverse, ou quelque part au milieu. Pour lui, ce n'est pas ça. Il préférerait juste ne pas avoir de corps du tout. Ne pas être en permanence confronté à ses limites, ne pas être réduit d'un seul coup d'œil à une apparence. Et à mesure que les nuits retranché dans sa chambre défilent, à mesure que la notion d'heure, de semaine, ou même de temps, s'efface de son existence, il sent ses muscles fondre peu à peu, s'affiner et se ramollir, comme s'il se dissolvait, fusionnait avec le nid moelleux qui l'entoure. Il aime ça. Se sentir matelas, se sentir couette, se sentir oreiller, ne plus être chair mais coton, ne plus être matière mais douceur, s'abandonner à cet état rassurant.

Alors, pouvoir un jour se débarrasser entièrement de ce corps qui l'encombre lui offre pour la première fois un horizon radieux. Il repense à la question d'Eliott. Comment il se voit dans dix ans ? Dématérialisé. Voilà comment il se voit. Aller au bout de cette évolution vers la légèreté qu'il a entamée ces dernières semaines.

Un message s'incruste dans l'angle de son écran. Lix.

> Je faisais des recherches sur un chapitre de philo, et je suis tombé là-dessus. Lis jusqu'au bout…

Titouan clique sur le lien. Un article de journal s'ouvre, intitulé « Vous effacez les numéros de téléphone de vos morts ? Eux n'y arrivent pas[1]. »

Intrigué, il lit les témoignages que la journaliste a rassemblés, tous ces anonymes qui racontent que conserver le numéro de téléphone d'un proche décédé dans leur répertoire maintient le lien avec lui, et que le supprimer, ce serait

1. Article d'Émilie Brouze, *Le Nouvel Observateur*, 31 janvier 2018, www.nouvelobs.com/rue89/nos-vies-intimes/20180131.OBS1529/vous-effacez-le-numero-de-telephone-de-vos-morts-eux-n-y-arrivent-pas.html.

comme le tuer une deuxième fois, l'effacer de leur mémoire.

Il s'arrête sur la phrase d'une femme. Pour elle, le numéro de ses proches décédés est « un code à travers lequel un contact était possible sans qu'ils soient, eux, matérialisés ». Il sourit à cette idée. En jouant pour Luce le rôle de Lucien, il touche du doigt son idéal de dématérialisation, songe-t-il. Il est devenu un esprit sans corps. Juste l'esprit de quelqu'un d'autre…

C'est en arrivant à la fin de l'article que Titouan comprend vraiment pourquoi Lix le lui a envoyé.

« Après la résiliation d'un contrat téléphonique, lit-il, les opérateurs réattribuent le numéro correspondant à un nouvel abonné dans les trois à six mois qui suivent. À l'autre bout de la ligne, il y a des vivants qui ignorent que leur numéro apparaît dans le répertoire d'inconnus. Le vôtre s'y trouve peut-être. Aucun lien n'unit ces personnes, si ce n'est le hasard et une série de chiffres. »

Titouan vérifie les dates. Au collège, il avait un vieux téléphone de son père, avec un forfait qui ne lui permettait pas de faire grand-chose à part envoyer des textos. Et puis à l'automne de son année de troisième, ses parents ont enfin cédé. Ils lui ont acheté un smartphone et un forfait illimité. C'est là qu'il a eu ce numéro. Il y a un an et demi. Six mois après la mort de Lucien. Ça colle. Les messages de Luce lui arrivent, parce qu'on lui a refilé le numéro de son mari.

De nouvelles questions jaillissent dans sa tête. Est-il commun qu'un numéro soit réattribué dans la même ville ? Ou est-ce là un pur hasard sans cause logique ?

Titouan envoie à Lix un smiley avec la tête qui explose.

C'est ouf !!! Ça explique tout !!

T'as vu ? J'ai pensé à toi direct !

Ils s'extasient un moment, rebondissant sur les points d'exclamation de l'autre, jusqu'à ce que Titouan sursaute en apercevant Lila entre les branches de Lego.

– Eh bah, tu ne frappes plus avant d'entrer, poussin ?

Elle ne répond pas. Une assiette de raviolis à la main, elle fixe le torse nu de son frère. Celui-ci passe un tee-shirt à la hâte, gêné. Lila ne bouge pas. Titouan écarte son ordinateur, se décale vers le pied du lit, cherche le regard de sa petite sœur.

– C'est pour moi, l'assiette ?

Elle lève enfin les yeux vers lui, bruns, immenses, luisants de larmes.

– Tu es en train de mourir ? demande-t-elle d'une voix blanche.

LUCE

– Bonjour, madame Paradis.

Sur le pas de sa porte, Luce se retourne, aperçoit sa jeune voisine qui rentre chez elle de l'autre côté de la palissade qui sépare leurs jardins.

– Bonjour, Tess.

– Vous… vous auriez un moment ? Pour discuter ?

– D'accord, mais chez moi, j'ai du frais, répond-elle en désignant son caddie.

Un instant plus tard, alors qu'elle est en train de remplir son réfrigérateur, Luce entend sa voisine entrer. Elle la rejoint bientôt dans le séjour. Tess désigne la grande table en verre recouverte de pochettes, de classeurs et de piles diverses.

– Vous avez entamé les grands travaux, comme dit mon père.

– Il était temps de faire du tri.

– Je ne suis pas pressée d'être adulte quand je vois tout ce bazar…

Luce retourne mine de rien quelques feuilles dont elle préfère que Tess ne lise pas le contenu.

– Tu veux t'asseoir ?

Luce s'installe dans un fauteuil. L'adolescente se laisse tomber dans le canapé.

– Je voulais vous demander, parce que, vous,

votre métier, c'était votre passion. Et du coup, je me disais, comment on sait ce qu'on va faire, que c'est le bon choix et tout ? J'ai l'impression que mes parents, quand on en parle, j'ai l'impression qu'ils feraient d'autres métiers, ce serait pareil, ça ou autre chose, ça ne les dérangerait pas, comme si ce n'était pas vraiment important du moment qu'ils gagnent leur vie et que ça ne leur bouffe pas la tête, qu'ils ont déjà de la chance de ne pas être au chômage, mais moi j'ai envie que ce que je choisis… J'ai envie que ce soit *ça*, totalement *ça*, que ça ait du sens. Vous voyez ?

– Je vois, sourit Luce. (Elle réfléchit un instant.) Quand tu es seule dans ta chambre, allongée sur ton lit, tu imagines parfois à quoi va ressembler ta vie ?

– Moui.

– Et dans ces moments-là, il n'y aurait pas une activité précise à laquelle tu penses ? Un rêve que tu as mais dont tu ne parles à personne parce que tu as l'impression que c'est idiot, ou banal, ou hors de portée ?

– Hm. Si.

– Alors tu as ta réponse.

– Mais si c'est *vraiment* idiot ?

Luce attend un instant, interrogative.

– Si tu veux avoir mon avis, insiste-t-elle, il va falloir que tu m'en parles…

Tess a une moue embêtée.

– Ok, ce n'est pas que c'est idiot, c'est que tout le monde autour de moi *pense* que c'est idiot. J'aimerais être pâtissière. Et participer à des concours et tout. Mais ceux qui font ça, ils quittent l'école tôt et je suis plutôt bonne élève.

Mes parents, mes profs, ils me laisseront jamais, ils veulent que je fasse des études et tout. Et puis vous en connaissez beaucoup des chefs pâtissiers noirs ? Déjà, des femmes, y en a pas des masses, alors des femmes noires…

– Tu es en quelle classe ?

– Seconde.

– Fais de la chimie.

– Quoi ?

Luce s'amuse de l'air d'incompréhension totale apparu sur le visage de Tess.

– Tes parents veulent que tu fasses des études, et tu n'as pas le courage d'aller contre leur volonté ? Je comprends. Je ne crois pas que j'aurais eu la force de devenir pilote si mon père ne m'avait pas soutenue dans ce choix. Eh bien, trouve une manière de faire ce que tu veux sans les froisser. La cuisine, et en particulier la pâtisserie, c'est de la chimie. Alors mon conseil, c'est ça : fais de la chimie pour leur faire plaisir, puise dans cette discipline tout ce qui pourra te servir à réaliser ton rêve, à devenir meilleure, et, en dehors, trouve des cours et des ateliers amateurs de pâtisserie, et puis pratique, pratique, pratique, jusqu'à ce que tes parents prennent tellement de kilos en mangeant tes créations qu'ils comprennent que c'est vraiment ta voie…

Tess éclate de rire.

– C'est rusé, les vieux ! s'exclame-t-elle. Pardon, je voulais dire…

– Que je suis vieille. Ce qui n'est pas tout à fait nouveau pour moi, ne t'en fais pas.

– Désolée !

– Et, Tess ? Tu es une femme, et tu es noire,

c'est vrai. Des crétins essaieront certainement de te convaincre que tu n'es pas à ta place. Raison de plus pour t'en emparer, de cette place. Ils finiront par s'y faire.

Tess se lève, contourne la table basse, dépose une bise sur la joue de Luce.

– Merci. Je vous ferai goûter ce que je prépare.

– Demain ? lance Luce comme un défi.

– Deal !

Tess, ravie, lève une main. Luce ne comprend qu'après son départ qu'elle aurait dû la taper en réponse. Le calme retombe dans le séjour.

Luce s'installe à la grande table en verre. Elle reprend l'un des papiers qu'elle a dissimulés tout à l'heure. Dessus, le brouillon d'un testament. Celui qu'elle a rédigé il y a une dizaine d'années n'est plus à jour depuis la mort de Lucien. Elle met au propre cette nouvelle version, la signe, puis poursuit le tri entamé, jette ce qu'il est inutile de conserver, classe les documents importants, rassemble dans un dossier intitulé « Succession » tout ce qui sera utile à son notaire après sa mort.

La nuit est tombée depuis longtemps lorsqu'elle termine. Elle n'a pas dîné et il est trop tard à présent. Tant pis. Qui dort dîne, paraît-il. Elle gagne la salle de bains, se déshabille lentement en recensant ses douleurs, passe sa chemise de nuit. Elle affronte son reflet dans le miroir. Au lieu de l'habituelle sensation d'observer une étrangère, c'est une bouffée de tendresse qui monte en elle.

Tu as bien vécu, songe-t-elle.

Elle pourrait continuer. Elle a vaincu ces dernières semaines la gangue d'angoisse qui l'a isolée peu à peu. Elle est heureuse d'avoir renoué avec l'aéroclub. Elle pourrait vivre comme ça des années, maintenant qu'elle a retrouvé le ciel, et elle chérit cette idée d'avoir le choix. Mais continuer pour quoi ? Le ciel n'est plus tout à fait le même depuis que Lucien n'y vole plus. Et le manque de lui ne s'adoucit pas. Le temps refuse à Luce le voile de mélancolie douce qu'il pose sur les blessures. La sienne reste vive, béante, un membre arraché qui ne cicatrise pas. Elle a vécu comme elle l'a voulu. Elle mourra de la même façon. Selon ses choix, à sa convenance.

Alors, prévoir, mettre ses affaires en ordre. Ne pas laisser à d'autres ce fardeau lui paraît simple politesse. Voilà qui est fait.

Au plafond de la salle de bains, l'ampoule nue clignote, un vacillement agaçant comme le bourdonnement d'un insecte. Luce passe une main sur le téléphone posé au bord du lavabo. Le téléphone qui est le lien avec Lucien. Le téléphone qui est Lucien.

– Bientôt, murmure-t-elle.

ARMAND

Armand sort de chez Clara. Il est près de onze heures. Il est épuisé mais il n'a pas sommeil – étrange état devenu sa norme. Il marche jusqu'à sa voiture, s'installe au volant, branche par réflexe son téléphone pour le recharger. Une notification attire son regard. Un message de Gabrielle.

Désolée pour mon silence
ces dernières semaines.
On parle quand tu veux.

Maintenant?

propose-t-il.

Il démarre, descend le boulevard Douville, bifurque vers l'anse de Solidor.

Ok. Je suis chez moi.

– Moi aussi, murmure Armand en se garant.

Lorsqu'elle ouvre la porte un instant plus tard, Gabrielle a un air amusé.

– T'as fait vite.

– J'étais en voiture.

Il entre, ôte sa veste. Son regard balaie le petit appartement, s'arrête sur la fenêtre devant laquelle ils se sont rapprochés la dernière fois qu'il était là. Qu'est-ce qui lui a pris, aussi, de rester dormir ? Il ne reste jamais dormir chez personne, et Gabrielle le sait. Ça a dû lui faire peur. Il s'assied à demi sur l'arrière du canapé.

– Gab, on n'a plus quinze ans, on peut se dire les choses clairement, non ? Est-ce qu'on est ok ?

– On est ok. Excuse-moi, ça m'a perturbée qu'on remette ça après tout ce temps.

– Moi aussi. Mais on ne va pas… Enfin, on se connaît. On ne va pas tout gâcher avec une histoire qui risque de mal se terminer. (Gabrielle sourit.) J'ai besoin de toi. Je ne peux pas perdre et ma fille et ma meilleure amie en l'espace d'un mois.

– Tu veux boire un truc ?

Il accepte une bière, trinque avec Gabrielle. Ils évoquent le conservatoire, les parcmètres qui poussent comme des champignons à Saint-Malo si bien qu'on ne pourra bientôt plus se garer gratuitement nulle part dans la ville, la politique de la mairie qui les énerve à force de couper les subventions culturelles… N'importe quoi pour éloigner de leurs esprits ce qui s'est passé trois semaines plus tôt, cette parenthèse qu'ils ont d'un commun accord décidé de refermer.

Armand va leur chercher de nouvelles bières. Il repense à la lettre de Mandalina que lui a montrée Alix. Est-ce que ça aurait changé quelque chose, à l'époque, s'il l'avait lue ?

– J'ai dû faire un truc super mauvais dans une autre vie.

– Hein ?

– Toutes les femmes de ma vie se barrent. Manda. Alix.

– Tu ne peux pas mettre ta femme et ta fille dans la même catégorie.

– Elles sont parties toutes les deux. Je provoque ça ? La fuite ?

Gabrielle soupire.

– Écoute, je ne suis pas psy…

Ils restent un instant silencieux, leurs bouteilles à la main.

– J'ai l'impression que tu es parfois…, reprend Gabrielle. Envahissant ?

– Comment ça ?

– Tu n'as pas de vie en dehors d'elles.

– J'ai une vie. J'ai le conservatoire. J'ai mes élèves. J'ai des amis. J'ai des… amantes.

Il lui jette un coup d'œil prudent. Gabrielle ne relève pas, preuve que le sujet reste sensible.

– Mais tout ça n'a pour toi aucune importance par rapport à Alix.

– C'est normal ! C'est ma fille !

– Armand, avec le talent que tu as, tu aurais pu devenir concertiste. Tu as choisi d'enseigner dans un petit conservatoire breton…

– Je voulais une famille, dans une maison. Pas une vie sur la route.

Ils se sont redressés et s'observent de part et d'autre de la table basse.

– Tu as encore des rêves ? demande Gabrielle.

– Qu'Alix se construise la vie qu'elle désire. Qu'elle soit heureuse.

– Des rêves pour toi.

– Des rêves pour elle, ce sont des rêves pour moi.

– Ta fille n'a pas besoin que tu rêves à sa place, elle se débrouille très bien toute seule.

Armand se renfonce dans le canapé, agacé. Gabrielle ne sait pas ce que c'est d'être parent. Elle ne peut pas comprendre. Pourtant, sa question se fraie un chemin dans son esprit. Des rêves ? Des rêves à lui ? Il remonte à l'époque où sa route n'avait pas encore croisé celle de Mandalina. Il avait pensé à devenir concertiste. Seulement, il n'a jamais vraiment rêvé d'être sur scène, devant un public. Le violon, lorsqu'il était enfant ou adolescent, c'était intime, c'était son ventre, c'était donner la parole à ses peurs et à ses espoirs, mais pour lui seul, ou du moins d'abord pour lui. Et enseigner lui a toujours plu, ce n'était pas un choix de carrière par défaut. Non, quoi qu'en pense Gabrielle, son rêve à lui, c'était ce qu'il a tenté de construire avec Manda. Un amour-tourbillon, une famille fusionnelle. Offrir à d'autres l'enfance qu'il n'a jamais eue. Sans les cris, sans les crises, sans la peur, sans les heures à se recroqueviller dans son lit en espérant que ça passe et que tout aille mieux le lendemain. Et ce rêve, il n'a pas su le maintenir vivant. Ou Manda l'a déchiré comme un brouillon raté. Ou un peu des deux.

Est-ce qu'avoir élevé Alix avec tout l'amour et le soin dont il était capable lui suffit ? Il pouvait s'en persuader tant qu'elle était là et qu'il s'occupait d'elle.

Mais s'il est honnête, ça ne lui suffit pas.

– T'as raison. T'es chiante.

– De rien.

ALIX

Mandalina passe la tête à la porte de la chambre d'Alix. Celle-ci retire un écouteur.

– Il est l'heure d'éteindre, dit Mandalina.

– Je me gère, t'inquiète. J'ai pas huit ans.

Depuis quelques jours, alors que sa mère prônait sans cesse l'improvisation du quotidien, elle s'est mise à lui imposer des règles et des horaires, comme si c'était l'idée qu'elle se faisait du rôle de mère et qu'elle tentait de coller à ce modèle.

– Je sais, je sais, tempère Mandalina.

– Je veux finir un truc. J'éteins après.

– C'est juste que le bac arrive, et tes concours, et…

– Deux choses qui m'importent bien plus qu'à toi, donc bon.

Les sourcils bruns de Mandalina s'ourlent d'un pli délicat. Elle entre, s'assied sur le lit.

– Ça m'importe. Ça m'importe beaucoup.

Alix en doute. Depuis qu'elle habite ici, pas une seule fois Manda ne l'a interrogée à propos du théâtre ou ne s'est intéressée à sa scolarité. À peine s'est-elle assurée qu'elle allait bien en cours. Alix ne répond pas, se contente d'une moue éloquente.

– Alix, il y a un problème ? Parle-moi…

– Papa dit que tu ne lui as pas laissé de lettre quand tu es partie.

C'est sorti tout seul.

– Bien sûr que si, rétorque Manda d'un ton sans appel.

Alix la dévisage, puis attrape son sac par terre, en extrait la lettre.

– Ah ouais ? Cette lettre ?

– C'est lui qui te l'a donnée ? s'étonne Manda en la parcourant.

– Je l'ai trouvée là-haut.

– Tu as fouillé dans mes affaires ?

– Pourquoi elle était dans ton atelier ? Si tu lui as laissée, pourquoi je l'ai trouvée ici et pas chez lui ?

Mandalina secoue la tête de droite à gauche, son regard passe de la lettre à sa fille, un regard entre la colère et l'incompréhension qu'Alix ne lui a jamais vu.

– Je ne te crois pas…, murmure Manda. C'est Armand qui te l'a donnée, il veut te monter contre moi.

– N'importe quoi ! C'était dans un tiroir du bureau !

– Je ne te permets pas de me…

– Si tu me mens là-dessus, sur quoi d'autre tu m'as menti ? Pourquoi t'as pas cherché à me recontacter plus tôt ? Tu ne m'as jamais appelée, tu n'es jamais venue me voir, rien ! Qu'est-ce que tu vas me sortir ? Tu n'avais pas de téléphone ?

– Je te l'ai dit, j'étais souffrante. On ne fait pas exprès, on ne choisit pas d'être dans cet état, on ne choisit pas non plus d'aller mieux, ça ne fonctionne pas comme ça, on en sort tout doucement, jour après jour, avec des rechutes…

– Et ça t'empêchait de *m'appeler* ? Pendant quinze ans ? Sérieusement ?!

Mandalina triture la lettre entre ses mains. Son beau visage est défait. Hanté. C'est presque effrayant. Mais la colère d'Alix déborde et, maintenant qu'elle l'a laissée sortir, elle ne peut plus s'arrêter.

– Qu'est-ce qui s'est passé il y a deux ans pour que tu te souviennes que j'existe et que tu réapparaisses d'un coup ? La dépression s'est dissipée comme par magie ?

– Ce n'est pas juste de la dépression. Il y a des phases maniaques aussi. Cette maladie sera toujours là, d'une manière ou d'une autre. Elle fait partie de moi.

– Alors pourquoi tu es revenue ?

– Tu avais… tu avais l'âge auquel j'ai perdu ma mère… Et je me suis dit, j'ai pensé…

Alix écarquille les yeux, incrédule.

– C'est quoi, ton délire ? On se partage la chance d'avoir une mère, toi et moi ? Tu as pris l'option « de zéro à quinze ans », alors j'ai droit à « après quinze ans » ? C'est ça ?

– Non. Bien sûr que non. Me rendre compte que tu avais cet âge-là a juste été… une sorte d'électrochoc.

– Tu es folle. Tu es complètement folle.

La main de Mandalina fuse vers sa joue, assénant une claque cuisante. Alix la dévisage, contient avec peine des larmes de rage.

– Sors de ma chambre.

– Je suis encore chez moi, Alix. Et il est hors de question que tu me parles de cette manière.

– Sors de ma chambre !

– Non. Je veux qu'on discute.

– On a assez discuté, crache Alix en se levant.

Elle saute dans ses baskets, attrape son sac. Par chance, l'ordinateur et ses cours sont déjà dedans. Elle ajoute son téléphone, son chargeur, un gros pull, et, avant que Mandalina ne comprenne ce qui se passe, elle dévale l'escalier.

– Alix ! Qu'est-ce que tu fais ? Attends !

Alix claque la porte d'entrée et s'en va en courant dans l'allée. Elle entend un moteur démarrer dans son dos, se planque derrière une haie. La voiture de sa mère passe doucement, phares perçant la nuit. Elle l'appelle par la vitre ouverte. Alix attend. Les larmes dégoulinent sur ses joues. Une part d'elle-même a presque envie que Mandalina la trouve. Mais la voiture s'éloigne au pas et engloutit la voix de la mère.

Alix se redresse, emprunte un chemin qui s'ouvre entre les arbres. Elle se garde bien d'utiliser la torche de son téléphone, lève haut les pieds pour éviter de trébucher sur des racines ou des cailloux. Le noir ne l'effraie pas. Elle n'a jamais été de ces enfants qui réclament qu'on laisse la porte ouverte sur un couloir éclairé. Au contraire. La nuit l'enveloppe comme une cape, l'accueille, la protège.

Le chemin mène à une route et, bientôt, les premières maisons de Cancale se dressent de part et d'autre. Alix allume son GPS, quitte l'axe principal pour des rues moins fréquentées. Elle hésite à tourner vers le bourg, mais c'est là que sa mère va la chercher. Alors, partant en direction de la pointe du Grouin, elle envoie un message à Matej, lui demande s'il peut venir la récupérer.

Elle marche une vingtaine de minutes, sursaute chaque fois qu'une voiture approche. Les larmes se tarissent. Ça devient une habitude, de se barrer sans savoir où elle atterrira. On lui aurait dit ça un an plus tôt, elle ne l'aurait pas cru. C'est comme si elle avait atteint son seuil de tolérance, qu'elle ne supportait plus les mensonges et leurs lots de non-dits, ni qu'on empiète sur sa vie. Le trop ou le pas assez. Son père ou sa mère, tous les deux dans le même sac, tous les deux décevants. Alors elle trace son chemin sans eux. C'est la seule réponse qu'elle voit.

Elle reconnaît sur sa droite la descente abrupte qui mène à la plage de Port-Mer. Elle prévient Matej qu'elle l'attendra là.

En bas, un bar-restaurant est encore ouvert, au milieu de la plage. Elle lui tourne le dos, s'engage sur une passerelle de bois qui enjambe les rochers puis le sable. Des photographies de dauphins sont accrochées tout le long à un grillage.

La passerelle débouche sur une terrasse et un haut hangar de bois. Ce coin est désert. Sur le sable, de petits bateaux qui doivent appartenir à l'école de voile. Alix s'installe sur le trampoline d'un catamaran, prend enfin le temps de passer son pull sous la veste de velours côtelé qu'elle a enfilée en sortant.

Matej ne répond pas à ses messages. Elle l'appelle. Tombe sur son répondeur.

– Mat, rappelle-moi, s'il te plaît…

Elle raccroche. Ses yeux parcourent les mâts luisants qui oscillent au rythme de la houle. Elle les écoute cliqueter un moment, accompagnés par le froissement des vagues et le vent qui chuinte à ses oreilles. Sonate maritime en *sol* mineur. Tout tremble, jusqu'aux étoiles qui glissent un œil dans les trouées des nuages. Alix les observe. À quoi rêvent-elles, là-haut dans le fond de la nuit ? Certaines brillent si peu qu'on les distingue à peine. Pourtant, si on s'approchait, on verrait qu'elles brûlent aussi fort que les autres. Même la plus petite constellation du monde contient plusieurs étoiles. Et Alix songe qu'elle est comme ces étoiles minuscules. Qu'elle brûle du même feu, mais qu'il faut s'approcher pour le voir.

À gauche, la silhouette familière de la pointe du Grouin s'étire dans la nuit, surmontée de son sémaphore. Un phare se dresse un peu plus loin, au milieu de l'eau. Alix fixe un moment son clignotement qui perce le noir profond du ciel.

Une heure du matin.

Elle a froid. Matej doit déjà dormir. Elle se résout à passer la nuit ici, emprunte la toile cirée qui bâche un petit dériveur pour s'en servir de couverture. Le trampoline du catamaran est presque confortable. Alix s'y allonge, se réchauffe peu à peu, son sac à dos en guise d'oreiller.

Quand elle était petite, son père lui avait promis qu'ils iraient passer une nuit à la belle étoile sur le Grand Bé, ce gros rocher relié à Saint-Malo par un chemin de pierre que la marée montante recouvre jusqu'à ce qu'il redevienne une île. Chaque été, des touristes se font piéger, et des sauveteurs sont obligés d'aller les récupérer en zodiac pour les ramener sur la terre ferme. « Nous, on fera exprès, avait déclaré Armand, on aura l'île pour nous tout seuls jusqu'à la marée suivante ! » Ils n'ont jamais dormi sur le Grand Bé. Mais ce soir, abritée de sa bâche sur la plage déserte de Port-Mer, Alix a presque l'impression d'être là-bas, corsaire solitaire sur son île, les goélands pour seuls compagnons. Et ça lui dessine un sourire tandis qu'elle s'endort.

Un de ces jours, elle ira dormir sur le Grand Bé. Sans son père. Sans personne.

Juste elle, et les vagues, et la nuit.

TITOUAN

C'est l'heure, mon Lu.
Rendez-vous dans les nuages.

Glacé, Titouan relit le message de Luce qu'il vient de recevoir. Il cherche d'autres interprétations que celle, terrible, qui s'impose à lui. Les nuages ? Est-ce qu'elle se rend à l'aéroclub pour voler ? Au milieu de la nuit ? Non, ça n'a pas de sens. Il a reçu peu de nouvelles ces derniers jours. Il s'est rassuré en se disant que c'était signe qu'elle allait mieux. Ce n'est pas le cas. Ils sont revenus au point de départ – l'en a-t-il seulement éloignée ? Elle veut mourir. Retrouver Lucien. Et c'est pire encore que lorsqu'il ne la connaissait pas. Les doigts de Titouan tremblent sur le clavier virtuel.

Ne me laissez pas.

Il attend. Retient son souffle.

Je ne te laisse pas, mon vieil
amour. Je te rejoins.

Mais moi. Moi, Titouan,
vous me laissez.

Il ferme un instant les yeux. Il lui semble que plus jamais Luce ne répondra, que c'est terminé, qu'elle va le dénoncer à la police pour usurpation d'identité, que, quelle que soit l'issue de cette nuit, il n'aura plus aucun message d'elle. Il insiste, pourtant. Il n'a plus rien à perdre. Plus rien d'autre qu'elle, rien d'autre que cette relation étrange et intense qui s'est nouée entre eux message après message. Insupportable, cette idée.

Les mots de Lila le rattrapent. « *Est-ce que tu es en train de mourir ?* » Il a mis une bonne heure à la rassurer l'autre soir, à lui répéter que sa maigreur est normale parce qu'il ne bouge pas beaucoup depuis un mois et demi et qu'il mange moins qu'avant, que ce n'est pas grave, qu'il va bien.

Il ne va pas bien. Lila a raison, il ne va pas bien.

Alors il écrit. Il s'autorise à être entièrement sincère, plus honnête qu'il ne l'est lorsqu'il discute avec sa famille, ou avec ce psy qui l'a appelé. Plus honnête, même, que lorsqu'il est seul avec ses pensées et qu'il se persuade que ses choix sont rationnels.

J'ai besoin d'aide.
J'ai besoin de vous.
J'ai quinze ans et j'ai
besoin de vous.

Les secondes s'étirent, interminables.

LUCE

Assise en chemise de nuit au bord de son lit, Luce fixe l'écran du téléphone.

Elle l'a toujours su, au fond.

Mais elle a choisi de croire à l'impossible, parce que c'était tellement beau, tellement doux, tellement réconfortant d'imaginer parler à Lucien. Et ce soir, en cinq battements de cœur, elle doit faire un choix. Se laisser dévorer par le chagrin ou le contenir, et accepter la fin de l'illusion. Et elle doit l'accepter, même si c'est douloureux. Parce que ce gamin à l'autre bout de la ligne, ce gamin qui a été là pour elle ces dernières semaines plus et mieux que n'importe quel ami, a écrit ces mots-là. «*J'ai besoin de vous.*»

On ne peut pas tourner le dos à quelqu'un qui a le courage d'un tel aveu.

Elle lève les yeux vers une photographie de Lucien posée sur une étagère. Soupire. *Encore un peu de patience, mon aimé,* pense-t-elle. Puis ses vieux doigts pressent les touches à présent familières du téléphone.

Bonsoir, Titouan.

ALIX

– Bonjour.

Alix se réveille en sursaut, se redresse, manque de se prendre une barre métallique en pleine tête. Un inconnu la dévisage, dans les trente-cinq ans, pull rayé sur le dos, pieds nus plantés dans le sable, boucles blondes sur fond de ciel bleu tendre. Il lui sourit, un gobelet de carton dans chaque main.

– Je t'ai laissée dormir au maximum, mais là les gens commencent à arriver et les collègues du club de voile vont avoir besoin de leurs bateaux. Café ? Jus d'orange ?

– Je… Jus d'orange.

Il lui tend un gobelet, attrape le sachet glissé sous son bras, en sort un croissant qu'il coupe en deux. Alix repousse la bâche qui lui a servi de couverture.

– Clairement, t'as choisi le meilleur spot pour dormir. Ces catamarans sont confortables. Croissant ? Je n'avais pas prévu qu'on aurait une invitée, sinon j'en aurais pris deux.

Il sourit à nouveau. Il a des dents super blanches et super droites. C'est presque perturbant. Mais il a l'air amusé de la trouver là et sincère dans sa générosité. Alix accepte le bout de croissant, jette un coup d'œil à son téléphone. 8:40. Ses parents ont appelé plusieurs fois – Mandalina a dû prévenir son père. En revanche, aucun message de Matej.

– Je m'appelle Gaël.

– Alix. Tu travailles ici ? demande-t-elle en désignant le hangar.

– Oui.

– T'es prof de voile ?

– Non, on est juste à côté. L'association Al Lark. On observe les dauphins de la baie et on emmène des gens avec nous, comme ça ils bossent à notre place en les repérant de loin, plaisante-t-il.

Alix fronce les sourcils.

– Il y a des dauphins ici ?

– Toute l'année dans la baie du Mont-Saint-Michel, oui.

Dingue. Elle a grandi dans le coin, et à part quelques dauphins solitaires qui venaient squatter le port de Saint-Malo et dont les journaux n'arrêtaient pas de parler jusqu'à ce qu'ils s'en aillent, ça lui a toujours semblé être un animal exotique. Lointain. Elle ignorait que certains avaient élu domicile aussi près et qu'il était possible d'aller à leur rencontre.

Gaël jette un coup d'œil vers la plate-forme qui entoure le hangar. Quelqu'un est en train de sortir une grande table recouverte de gilets de sauvetage. Une file d'attente se forme aussitôt.

– C'est les gens que tu emmènes en mer aujourd'hui ?

– Ce matin, oui. Tu veux venir ?

Dans cette question, Alix devine toutes celles qu'il n'ose pas poser. Qu'est-ce que tu fais là ? Pourquoi tu as dormi sur la plage ? Tu as quel âge ? Avec qui tu vis ? Est-ce que quelqu'un va venir te chercher ? Il n'a pas envie de la laisser là sans avoir de réponse. Ça la touche, Alix, cette inquiétude mine de rien alors qu'il ne la connaît pas.

– Je ne suis pas vraiment équipée pour aller sur l'eau, je vais cailler…

– Je te prête une veste.

– J'ai pas de sous pour payer, juste une carte.

– Oublie ça, ok ? Je dois aller m'occuper des autres et chercher les zodiacs. Y a des douches derrière, si tu veux, prends une serviette dans le local. On se retrouve après. Et tu devrais rendre la bâche à l'école de voile si tu ne veux pas que les moniteurs te jettent à l'eau tout habillée. Ils sont taquins…

Alix rigole, le regarde remonter vers le hangar après un dernier sourire éclatant. « Taquin ». Qui emploie encore ce mot ? Elle achève son morceau de croissant, le fait descendre d'une gorgée de jus d'orange. La journée s'annonce étrange. Elle ignore totalement où elle va la mener. Mais maintenant qu'elle a survécu à cette nuit dehors, ne pas savoir où elle dormira ce soir ne l'inquiète pas tant que ça. Matej verra sûrement ses messages en se réveillant et lui répondra. Il viendra la chercher. Et elle l'embrassera. Ensuite, ils verront bien. Son ventre crépite comme un soda tandis qu'elle envisage la soirée à venir.

Alix s'étire, récupère son sac, replie la bâche, la pose sur le dériveur qu'elle protégeait la veille avec un sourire d'excuse en direction des moniteurs qui l'observent à quelques pas de là. Elle fuit leur attention, se réfugie dans les sanitaires, se douche longuement. Lorsqu'elle en ressort, tout le monde est équipé de petits gilets de sauvetage. Gaël l'aperçoit. Il lui confie un manteau rouge épais, un gilet, et deux sacs contenant du matériel photo. Il part en annexe chercher le bateau.

Tout le monde attend au bord de l'eau. Quelques enfants avec leurs parents, des retraités, un jeune couple... Alix se joint au groupe comme si tout était prévu et que sa présence était normale. Lorsque Gaël revient avec un gros zodiac gris, et sa collègue avec un jaune vif, Alix est la dernière à embarquer, restant en retrait avec le matériel de Gaël. À la fois passagère clandestine et invitée spéciale. Gaël dirige l'embarcation entre les voiliers amarrés aux dizaines de bouées, appelle le sémaphore pour déclarer la sortie et le nombre de personnes à bord, puis il débarrasse Alix du matériel et lui fait signe de prendre sa place à la barre.

– Heu, j'ai jamais conduit de bateau.

– Tu vois le Mont-Saint-Michel ?

En plissant les yeux, elle discerne sa silhouette familière, à peine plus sombre que la brume matinale.

– À peu près.

– Ne le lâche pas des yeux. C'est ton cap. Pas la peine de toucher à la vitesse.

Elle pose ses mains sur le volant, s'assied sur la banquette, braque son regard sur le Mont pour ne pas le perdre de vue. Gaël rejoint les autres passagers à l'avant, leur fait un topo sur les mammifères marins, les règles de sécurité, la façon dont va se passer la recherche de dauphins. Alix écoute à demi, concentrée sur sa tâche.

Lorsqu'il a terminé, Gaël reprend les commandes. Le Mont s'est rapproché, ils le voient bien à présent. Alix se juche sur un banc matelassé derrière Gaël. Accrochée au mât du fanion, elle scrute la surface en quête d'un aileron, petite tranche de noir sur le gris argenté laiteux de l'eau et du ciel. Elle oublie tout le reste. Plusieurs fois, elle croit que c'est bon, alors que ce n'est qu'un cormoran, un bout de bois, ou un sac plastique que Gaël récupère pour le jeter à la poubelle à leur retour.

Au bout d'une heure, distinguant une éclaboussure sur l'horizon, Alix crie en même temps que trois autres personnes. Gaël met les gaz avec un grand sourire. Tous attendent de savoir si ce sont bien des dauphins, mais lui, il sait déjà, ça se devine au pétillement de ses yeux.

Et ils sont là, en effet.

Gaël ralentit, s'approche doucement. Un groupe de cinq dauphins nage paisiblement, plonge parfois pour réapparaître plus loin. Pas de sauts acrobatiques, rien de spectaculaire. Alix ne peut pas les lâcher des yeux. Ils ont l'air si paisibles. À un moment, l'un d'eux passe sous le bateau, juste à sa hauteur, et elle croise le regard du dauphin sous la surface. Ça dure à peine une seconde. Il a l'air curieux, presque malicieux, comme Gaël lorsqu'il l'a réveillée ce matin. Et puis l'animal s'éloigne.

Ils suivent le groupe pendant une bonne heure. Alix remplit son téléphone de vidéos. Renvoie un message à Matej.

– On va les laisser tranquilles, annonce bientôt Gaël en rangeant son appareil photo. Mais vous êtes chanceux ce matin, l'autre bateau a aussi trouvé un groupe, on va le rejoindre !

Ils filent à toute allure en direction de la pointe du Grouin, rebondissant sur la crête des vagues qui forcissent de minute en minute. Alix remonte la capuche du manteau pour se protéger des embruns et du vent. Elle ferme les paupières, goûte la vitesse et l'air qui cingle son visage.

– Quel est ton programme, après? demande Gaël.

Elle rouvre les yeux. Un instant, elle se demande ce qu'il attend d'elle. S'il voit autre chose qu'une gamine paumée. Si elle l'intéresse. Elle balaie cette pensée, autant parce que le regard de Gaël n'indique rien de ce genre que parce que, même s'il est mignon, il est beaucoup trop vieux. La parenthèse de quelques heures qu'il lui a offerte se refermera dès qu'elle touchera la terre ferme. Et Alix n'est pas dupe. Gaël l'a emmenée en mer pour garder un œil sur elle, il ne la laissera pas repartir seule à pied.

– Je m'en occupe, dit-elle en replongeant le nez dans son téléphone.

Qui peut-elle appeler? Philippine? Trouver refuge chez elle une deuxième fois? Elle n'est pas sûre d'assumer. Un instant, elle songe à Titouan, mais il est à Rennes, et il est plus jeune, il n'a pas de voiture pour venir la chercher. Et puis il ne sait même pas qu'elle est une fille. Non, hors de question. Il est plus de onze heures, Matej est forcément réveillé et il n'a pas donné signe de vie. Elle ne peut pas compter sur lui. Elle aimerait bien ne compter que sur elle-même, tout en étant consciente que c'est impossible. Un jour, le plus tôt possible, elle n'aura besoin de personne. Seulement, elle est réaliste, elle n'a aucun revenu, elle n'en est pas encore là. Elle se tourne vers Gaël.

– On rentre dans combien de temps?

– On sera sur la plage à treize heures.

Deux heures plus tard, lorsqu'ils zigzaguent entre les bateaux amarrés dans l'anse de Port-Mer, les yeux d'Alix fouillent le sable. Elle n'a pas à chercher longtemps. Diego est là, qui lui fait un signe de la main.

– C'est ton copain ? demande Gaël.

– Juste un ami du conservatoire.

– D'accord. Passe-moi ton téléphone.

Elle accepte, curieuse. Il enregistre son numéro de portable au nom de « Gaël Dauphins ». Ça la fait rire. Il a la délicatesse de ne pas faire sonner son propre téléphone pour avoir lui aussi son numéro. Il lui laisse l'initiative de le contacter.

– Envoie-moi juste un message pour me dire que tu vas bien, d'accord ? Sinon je vais m'inquiéter.

Elle acquiesce. Sur l'écran, de nouvelles notifications sont apparues. Le nom de Matej lui saute aux yeux.

Désolé, je n'avais pas mon
téléphone sur moi. Ça va ????

Ça va.

Elle fourre l'appareil au fond de son sac.

Gaël rapproche au maximum le bateau de la plage, saute pour le retenir, de l'eau jusqu'aux genoux. Tous les passagers débarquent, Alix la dernière.

– Merci pour ce matin, dit-elle à Gaël.

– Avec plaisir.

Et elle remonte vers Diego.

GABRIELLE

Solidor, en début de soirée, Diego et Alix attendent Gabrielle devant son immeuble.

Gabrielle, *arrivant devant eux*. – Qu'est-ce que vous faites là ?
Tes parents te cherchent partout !

Alix. – Est-ce que je peux dormir chez toi ?

Diego. – Sinon, je l'accueille pour ce soir, mais je préférerais…
Enfin je pense que son père préférerait.

Alix, *levant les yeux au ciel*. – Mon père peut préférer ce qu'il veut,
ce n'est pas la question.
C'est ma vie.

Diego. – Je sais, je ne voudrais juste pas.
Tu sais.
On en a parlé.
Tu es mineure.

Gabrielle les regarde échanger sans écouter vraiment. Alix, habiter chez elle ? Parce que même si elle espère que l'adolescente va résoudre son conflit avec ses parents, ce n'est pas pour une nuit qu'elle lui demande asile. Elle s'y connaît en fuite et en ruptures, Gabrielle. Elle s'y connaît en guerres familiales qui s'obstinent à durer. Elle songe aux épreuves du bac qui commencent dans une semaine, aux concours qui approchent à toute allure, à son amitié ambiguë avec Armand, à sa liberté et à sa solitude qu'elle chérit plus que tout, à cette gamine qu'elle a vue grandir, qu'elle a aidée à grandir, et qui la regarde à présent avec ce défi destructeur, ce « si tu ne veux pas de moi je trouverai une solution pire et tu t'en mordras les doigts », et puis ses poings qui se serrent et se desserrent nerveusement sans qu'elle s'en aperçoive, ces poings qui disent « s'il te plaît », et puis « allez, quoi... ».

Gérer l'urgence, tranche-t-elle intérieurement pour repousser ses doutes.

GABRIELLE, *à Diego*. – Merci de l'avoir déposée. Je m'occupe d'elle.
(Puis se tournant vers Alix)
Entre.

ENTRACTE

Il y a des matins qu'on pensait banals et où rien ne se déroule comme prévu. Demandez à tous ceux qui ont vécu un drame. Leur histoire commencera souvent par « C'était un jour comme les autres ».

Jusqu'à ce que ça ne le soit plus.

Jusqu'à ce que tout bascule.

ACTE IV

ARMAND

Armand détaille le visage de la femme qu'il a aimée à la folie, qu'il a aimée à l'instant même où il l'a vue, lorsqu'elle s'est assise sur le siège à côté du sien dans ce théâtre. Il détaille son visage mais ce n'est plus vraiment elle. Ou alors c'est trop elle. La fille rencontrée au théâtre, et celle qui lui a arraché le cœur cinq ans plus tard, indissociables. Ça fait presque mal d'être en sa présence.

– Alix va rester chez Gabrielle, dit-il en détournant les yeux, au moins jusqu'à la fin des épreuves du bac.

– Tu es sûr que c'est une bonne idée ?

– Tu en as une autre ?

Elle l'énerve. Elle l'énerve comme seuls peuvent énerver ceux qu'on a aimés fort, ceux face à qui on a accepté d'être vulnérable, ceux avec qui toutes les barrières sont tombées. On ne reconstruit pas ces barrières. Une fois qu'elles sont à terre, c'est pour de bon. Face à Manda, Armand reste à vif.

Elle ne mord pas à l'hameçon de la colère, se contente de laisser traîner ses grands yeux noirs sur la baie vitrée pluvieuse du café. Il hésite à mentionner la lettre. Non, il n'a aucune envie d'avoir cette conversation. À quoi bon ?

– Comment va ta vie ? demande Manda.

Son sourire balaie soudain la mélancolie de son visage comme un coup d'essuie-glaces sur un pare-brise. Armand n'est pas d'humeur pour des confidences, et l'oreille de Manda est la dernière qu'il choisirait s'il avait besoin de parler.

– Bien, élude-t-il.

– Mais encore ?

– Bien, vraiment.

Le silence s'étire entre eux. Dehors, la pluie redouble d'intensité.

– Je me suis fait interner volontairement dans une clinique, lâche-t-elle.

– Je sais. Ton père me l'a dit.

– Trois fois en quinze ans.

Il cache sa surprise. Il avait connaissance de son premier séjour en psychiatrie, où on lui a diagnostiqué ses troubles bipolaires, juste après son départ. Il ignorait qu'il y en avait eu d'autres.

– Tu m'as dit il y a deux ans que tu étais stabilisée. C'est toujours le cas ?

– Oui. J'ai un traitement qui fonctionne. Mais il y a toujours un moment où j'arrête de le prendre. L'idée d'être dépendante à vie des médicaments… Tu me connais. Je me dis que je vais bien, que je n'en ai plus besoin, que je suis forte, que je peux me libérer des molécules, alors j'arrête. Et tout recommence.

Elle a un petit haussement d'épaules, comme une excuse.

– Et en ce moment ? demande Armand.

– Je les prends. Je me suis promis que je n'arrêterais plus. Enfin, je ne suis pas très douée avec les promesses, surtout celles que je me fais à moi-même.

– Promets-le à Alix.

– Non. Je ne veux pas lui faire une promesse que je risque de briser.

– Promets-le-moi, alors. Il n'y a plus rien à briser entre nous.

Mandalina l'observe.

– Alix a besoin de toi, dit-il. Elle a besoin de toi depuis très longtemps. Promets-moi que si jamais, pour quelque raison que ce soit, tu arrêtes tes médicaments, tu me préviendras. Il n'y a plus rien à briser entre nous, sauf Alix. Il faudra que je sache. Que je puisse m'assurer que tu tiens le coup. S'il te plaît.

Elle hoche la tête lentement.

– Tu as discuté de ta maladie avec Alix ?

– Je n'y arrive pas.

– Tu n'as pas le choix, Manda. Si tu ne lui racontes pas, tu vas la perdre pour de bon.

– C'est difficile de parler de ma souffrance. Je ne veux pas la lui faire porter.

– Elle la porte de toute façon.

Ils se taisent un moment. Puis elle sort un sac de toile de sous la banquette, le lui tend.

– Ses affaires. Le maquillage, ses cours, ce genre de trucs. Les habits restent chez moi. Qu'elle puisse revenir sans valise.

– Je vais déposer ça chez Gabrielle.

Mandalina termine son café en une gorgée.

– C'est pour moi, dit-elle avant de déposer une bise sur sa joue.

Elle attrape la note sur leur table, paie au comptoir, et s'en va, tourbillon de cheveux bruns et de jupe colorée. Armand se lève à son tour, regagne sa voiture. Il est tôt encore. Son premier élève arrive dans une heure. Il traverse Saint-Malo, sonne chez Gabrielle. Elle lui ouvre en pyjama écossais et poncho émeraude, les cheveux en bataille, un mug de café à la main.

– Je te dirais bien d'entrer mais ta fille risque de fuir. Je ne sais pas où on la retrouverait cette fois.

– Donne-lui juste ça.

Elle prend le sac.

– Et, Gab ?

– Ouais ?

– Merci. Je sais ce que ça te coûte de l'accueillir ici.

– Hm. À tout à l'heure.

Armand se retrouve devant une porte close.

GABRIELLE

ALIX. – C'était qui ?

GABRIELLE. – Ton père.

ALIX. – Ah.

Gabrielle lui donne le sac.

GABRIELLE. – Tu es injuste avec lui.

ALIX. – Ne le défends pas.

GABRIELLE. – Tu es chez moi.
Tu ne m'empêcheras pas de dire
ce que je pense.
Armand a proposé de jouer dans la pièce
pour me dépanner,
Alix.
Il a fait la connerie de ne pas t'en parler,
bon.
Mais il ne mérite pas ça.

ALIX. – Ce n'est pas simplement à cause du théâtre.

Gabrielle. – Quoi alors ?

Alix. – C'est… des milliers de trucs.
Il est partout
dans ma vie.
Partout.
Le voir débarquer au cours, c'était la goutte d'eau.
La goutte de trop.
Je l'aime mais
j'ai besoin d'être loin.
Qu'il soit loin.
C'est compliqué.

Gabrielle. – C'est toujours
compliqué.
J'étais à peine plus âgée que toi quand je me suis engueulée avec mes parents.
Je ne les ai jamais revus depuis.
Ça fait vingt-cinq ans.

Alix, *se redressant sur le canapé-lit.* – Sérieux ?
Pourquoi vous vous êtes engueulés ?

Gabrielle allume une cigarette qu'elle fume à la fenêtre. De ce moment qui a tout fait basculer, il ne reste que des éclats. Voix trop fortes, lumières trop vives, explosions de douleur. Le sens, les raisons, se sont perdus dans les années à force d'être écartés de ses pensées. Elle ne s'est laissé aucune chance de recoller les morceaux. Ça a été une rupture définitive. Séparer au scalpel ses parents de la vie d'adulte qu'elle s'était choisie. Ils sont devenus son membre fantôme, qui la lance parfois en dedans, comme les amputés sentent encore la douleur d'une partie d'eux-mêmes qu'ils ne possèdent plus.

GABRIELLE. – C'est loin tout ça.

ALIX. – Raconte.

GABRIELLE. – J'étais amoureuse. Trop.
Il avait trente ans de plus que moi.
C'était mon prof de théâtre.
Pour mes parents, c'était eux ou lui.
Je me suis barrée pour vivre avec lui.

ALIX. – Vous êtes restés ensemble longtemps ?

GABRIELLE. – Quelques années.

ALIX. – Ça s'est terminé comment ?

GABRIELLE. – Mal.
Il y a peu de gens que je hais.
Que je hais vraiment.
Il en fait partie.
Je crois que j'ai choisi d'enseigner pour protéger des jeunes filles comme toi
d'hommes comme lui.

ALIX. – Et tu n'as jamais eu envie
de revoir tes parents ?
Après ?

GABRIELLE. – Si.

ALIX. – Pourquoi
tu ne l'as pas fait ?

GABRIELLE. – C'était trop tard.

Silence.

ALIX. – C'est une vraie pièce de théâtre,
ta vie…

Gabrielle referme la fenêtre. Ce passé fait partie d'elle, certes. Mais il ne la définit pas. Il ne dessine pas les contours de son existence. Elle existe au-delà de son histoire, elle déborde de ses choix. Et pourtant, elle a la sensation de s'être laissé enfermer dans une image. Un personnage de théâtre, oui, Alix voit juste. Et la présence de cette gamine dans son appartement la trouble plus qu'elle ne saurait l'exprimer. Comme si Alix ouvrait une brèche. L'obligeait à nouveau à être plus qu'elle-même. Ou à l'être tout à fait.

Elle croise le regard d'Alix qui semble attendre la suite, agenouillée sur le canapé-lit.

GABRIELLE. – T'as pas des révisions à faire, toi ?

ALIX

Alix croque dans une tablette de chocolat. Elle a étalé toutes ses feuilles de cours par terre dans le salon de Gabrielle, s'est allongée au milieu sur des coussins avec son ordinateur. Cette semaine, pas de lycée. Les cours sont terminés, chacun est chez soi en train de réviser – ou en train de faire semblant.

Elle roule sur le dos, attrape son téléphone, relit des messages échangés avec Matej. Peu à peu, sa rancune s'évanouit et une chaleur moelleuse fait fondre son ventre.

Ça va être long
deux semaines
sans te voir.

La réponse lui arrive aussitôt :

Quoi ??? Deux semaines ???
Pourquoi ?????

Le bac.
Si je te vois
je ne vais pas
réviser, ha ha !

Je suis vraiment désolé
de ne pas avoir été là
samedi soir.

Diego est venu.

Il m'a dit. Comment tu vas ?

Alix jette un coup d'œil à l'appartement de Gabrielle. Elle s'y sent bien. C'est un espace neutre, et pourtant imprégné jusque dans chaque recoin de cette femme qu'elle adore.

Je stresse pour
l'audition.
Sinon ça va.

Pas pour le bac ?

Non, avec le
contrôle continu
je suis presque
sûre de l'avoir.

T'as pas besoin de réviser
alors, on peut se voir !

Elle sourit. Ne répond pas. À son tour d'attendre, un peu.

Elle passe l'après-midi à réviser – géographie, puis philo. Sur le coup de dix-huit heures, elle sort prendre l'air. La pluie de ce matin est déjà loin. Au-dessus de la tour Solidor, le ciel est limpide, traversé d'or. Elle passe sous les arcades, sautille sur les rochers où subsistent les traces de l'ancienne voie romaine, grimpe vers un recoin d'herbe et une vieille porte en bois qu'elle n'a jamais vue ouverte. Elle aime ce refuge face à Dinard. C'est ici, assise sur cette marche de granit devant cette porte qui ne mène nulle part, qu'elle a embrassé un garçon pour la première fois. Vraiment embrassé, avec la langue et tout, pas les smacks de gamins. Elle revient de temps en temps. Elle se souvient, et elle imagine ce que d'autres ont vécu ici.

Parfois, elle se dit que si elle pouvait choisir un super-pouvoir, ce serait de voir les souvenirs liés aux lieux qu'elle visite. Marcher quelque part et avoir accès à tout ce qui s'y est passé d'intense. D'indélébile. Ressentir ce que les gens y ont ressenti, parfois des siècles plus tôt. Le monde entier comme un grand recueil d'émotions ancrées à chaque rocher, à chaque arbre, à chaque pont, à chaque carrefour.

Elle libère son téléphone de la poche arrière de son jean, parcourt la liste de «Je suis» entamée il y a quelques semaines et cent fois enrichie depuis. Ça commence à ressembler à quelque chose, ce texte. Il était temps. Elle a quinze jours pour le transformer en une courte scène qui lui servira de parcours libre au concours. Elle réagence certaines phrases, en modifie d'autres, les fait rouler dans sa bouche avec la brise du soir pour seul témoin. Des images affluent. Les sacs qu'elle trimballe d'un lieu à l'autre ces dernières semaines; et puis les sacs invisibles de manque, de colère, de questions, de tristesse, qu'elle se coltine depuis l'enfance. Les déposer tous à terre un à un. S'en alléger.

Oui, elle sait ce qu'elle veut présenter au jury du concours, désormais.

Reste à voir si elle arrivera à créer la scène qu'elle imagine.

LUCE

Il est vingt heures sonnantes lorsque Luce toque à la porte de la maison de Titouan. Une femme lui ouvre, la cinquantaine fatiguée, qui la dévisage l'air méfiant.

– Oui ?

– Vous êtes la mère de Titouan ?

– Oui. Et vous êtes ?

– Luce. Luce Paradis. J'aurais aimé discuter avec vous.

– De ?

– Votre fils Titouan.

– On allait se mettre à table.

– Oh… Je vois. Je peux revenir plus tard.

La femme fronce les sourcils.

– Entrez, décide-t-elle.

Au salon, un homme massif regarde les informations à la télé, assis dans un fauteuil moderne. Il se lève, surpris, salue Luce. La fillette blonde qui dessine dans un coin s'est redressée elle aussi. La mère de Titouan fait asseoir Luce, lui propose un verre.

– Juste de l'eau. Merci.

– Comment connaissez-vous Titouan ?

– Longue histoire. Disons que nous correspondons depuis quelques semaines. Est-ce que vous voulez bien me raconter comment c'est arrivé ? Son enfermement ?

La mère de Titouan hésite. Luce l'encourage d'un sourire. Le père n'ose pas retourner à sa télé dont il a coupé le son, mais il semble avoir envie de fuir le salon. Il reste pourtant, tandis que sa femme raconte. Les notes au lycée qui ont dégringolé toute l'année, les jeux vidéo qui ont pris de plus en plus de place dans la vie de Titouan, les constructions en Lego qui ont peu à peu élevé une muraille autour de son lit, et puis le départ en vacances sans lui, et sa décision à leur retour de ne plus quitter sa chambre. Les mots perlent de ses lèvres, rebondissent sur la moquette du salon comme un collier brisé. C'est sa version à elle, bien sûr, l'histoire qu'elle a élaborée pour donner un sens au choix de Titouan. On a tous besoin de se raconter une histoire qu'on trouve cohérente, de s'arranger une vérité à partir de fragments, de fabriquer des liens de cause à effet. Même lorsqu'ils n'existent pas vraiment. Surtout lorsqu'ils n'existent pas vraiment.

Luce écoute. Elle devine du coin de l'œil la fillette qui s'est arrêtée de dessiner, et le grand ado renfrogné apparu dans l'encadrement de la porte et qui s'est rencogné là, contre le chambranle, sans entrer vraiment. Une famille fissurée. L'attention de Luce reste tout entière focalisée sur cette femme, sur la douleur qui suinte de son récit, qui inonde le silence lorsqu'elle se tait.

– Ça ne doit pas être simple pour vous, dit Luce. Comment… comment allez-vous ?

Les yeux de la femme se noient de larmes.

– Aurore…, murmure son mari en lui frottant doucement le dos. Aurore, calme-toi… Excusez-la.

– Il n'y a rien à excuser.

Aurore se dégage du bras de son mari, tire un mouchoir de la boîte sur la table basse, essuie ses joues.

– C'est juste que… c'est terrible de le voir s'isoler comme ça, j'ai l'impression qu'il gâche sa vie, je me demande ce qu'on… ce que j'ai mal fait… Je vois tout ce qu'il aurait pu devenir, tout ce qu'il ne deviendra pas. Faire le deuil de ces rêves que j'avais pour lui. Et ça a des répercussions sur nous aussi. On a beaucoup de monde qui passe à la maison, d'habitude. J'adore ça. Recevoir des amis, se rassembler pour des apéritifs, préparer des dîners. Là, je n'ose plus. Il faudrait que j'explique pourquoi Titouan ne mange pas avec nous, pourquoi il ne descend même pas dire bonjour. Comment on explique ça, franchement ? Que son fils a choisi de ne plus sortir, de se mettre en retrait du monde ? Même Lila n'invite plus de copines à jouer. Il aurait quelques années de plus et serait parti dans un monastère à l'autre bout du globe, encore, ce serait plus simple. Mais là, dans sa chambre… Personne ne comprendrait. Je ne comprends pas. J'ai honte. J'ai honte d'avoir honte. Je me sens complètement impuissante, vous voyez ?

Elle se mouche. Reprend de plus belle.

– Et toi, tu as laissé tomber, Marc. Tu ne parles plus de Titouan, tu ne vas plus le voir, tu fais comme s'il n'existait pas, tu pars en déplacement, tu rentres tard... Je suis toute seule face à ça quand je reviens du travail, toute seule pour gérer. Tu ne te rends pas compte.

Les mâchoires de Marc se crispent un peu plus. Il ne dit rien.

Luce jette un coup d'œil vers les premières marches de l'escalier qu'elle aperçoit par la porte. Elle ignore ce qu'elle devrait faire ou ne pas faire, dire ou ne pas dire, elle ne sait pas par où commencer, a peur de provoquer plus de mal que de bien. Mais c'est elle que Titouan a appelée à l'aide.

Elle se lève.

– Je vais monter, dit-elle seulement.

TITOUAN

Titouan attend, fébrile, assis au bord de son lit. Il sait que Luce est là. Elle l'a prévenu :

> Tu veux mon aide, très bien, seulement moi, j'ai besoin de te voir en vrai. Le psychologue était d'accord pour discuter par écrans interposés. Pas moi. Je ne suis pas psychologue. Je ne sais pas comment je peux t'aider. Mais je sais que ça commence par te voir. Donc je vais venir.

Titouan a à peine dormi aujourd'hui. Trop nerveux. Ce soir, il a fait sa toilette, a passé un pantalon pour la première fois depuis que son père l'a emmené de force au lycée, a aéré la chambre quelques minutes afin que Luce ne soit pas indisposée par l'odeur de son antre. Il a peur qu'elle lui demande de quitter la maison, il s'en sait incapable.

Des pas résonnent dans l'escalier. Des pas au rythme et à la force inconnus. On frappe à sa porte, qui s'ouvre avant qu'il ait eu une chance de répondre. Titouan aperçoit une silhouette à travers les branches de Lego, nuage de cheveux blancs et pull vert bouteille.

– Tu vis dans une jungle, constate une voix éraillée.

Disparue, la fragilité du message vocal que Luce lui a laissé il y a quelques semaines lorsqu'elle imaginait parler à Lucien. Cette voix-là est assurée. Presque mystérieuse tant elle racle la gorge dont elle s'échappe. Si Titouan devait choisir la voix d'une magicienne ou d'un oracle pour un jeu vidéo, ce serait celle-là.

– Je peux entrer ?

– Oui. Attention à votre tête.

Elle passe sous les branches de l'arbre, franchit l'arche, se faufile jusqu'au lit. Elle est plus grande que ce qu'il avait imaginé d'après les photos, mais peut-être est-ce sa présence qui est imposante. Intimidé, il lui propose de s'asseoir. Luce accepte d'un hochement de tête, tire une chaise en face de lui.

– Alors c'est toi, murmure-t-elle en l'observant. C'est à toi que je parlais.

– C'est… oui.

– Et pourquoi crois-tu avoir besoin de moi ?

Titouan balaie la pièce du regard. Pour la première fois, elle ne lui semble plus un refuge, mais une prison. Quelle que soit la force des arguments avec lesquels il justifie de rester ici, quelle que soit la qualité de ses évasions virtuelles, elles ont peu de poids face à la réalité : il ne peut plus sortir. Son choix de s'enfermer ici est par défaut. Il n'a pas d'autre option. Et ça le terrifie à présent. Il étouffe au-dedans, comme il étouffait au-dehors – sauf qu'il n'y a plus d'échappatoire, plus de solution de repli. Il tire sur le col de son sweat.

– Je n'arrive plus à respirer.

– Je connais cette sensation.

– Je… n'y arrive vraiment plus.

Il halète. Sa vision se trouble. Il sent une main prendre la sienne, s'y agrippe.

– Regarde-moi. Titouan, regarde-moi. Tu es en train de paniquer, mais ça va passer. Ça va aller. Laisse l'air entrer. Doucement. Voilà…

Et tandis qu'il regagne un semblant de contrôle, Luce se met à parler. Elle lui raconte ce qu'elle ressent quand elle vole, le vent qui cingle le visage, le ventre qui se soulève dans les virages, le corps qui se colle au fauteuil lorsqu'elle accélère, la solitude éblouissante. Elle lui raconte les compétitions, les figures en duo avec Lucien, ses études à l'école de pilotes, entourée d'hommes qui voyaient son arrivée d'un mauvais œil. Elle lui raconte les avions de ligne, la responsabilité des passagers, les long-courriers qui s'enfoncent dans la nuit, les cieux étourdis d'étoiles. Elle lui raconte les défis, la fièvre, la colère, l'acharnement. Elle lui raconte la passion dévorante.

– Il faut que tu trouves ce qui fonctionne pour toi, dit-elle. Il faut que tu trouves ton moyen de voler.

ARMAND

Armand glisse une main dans les cheveux de Clara. Pour une fois, ils ont atterri chez lui après le restaurant, et ils étaient tellement bien qu'il lui a proposé de rester dormir. Il n'arrête pas de penser à ce que lui a dit Gabrielle. Il tente de réapprendre à vivre pour lui. De reconstruire sa propre vie pendant qu'Alix gère la sienne. Ce n'est pas facile, il n'a plus l'habitude de faire passer ses désirs avant ceux des autres, ni même de les écouter.

Clara entrouvre ses paupières froissées de sommeil, voit qu'il l'observe. Elle enfonce son visage dans l'oreiller avec un grognement. Armand retient un rire.

– Je crois que j'ai envie de plus, murmure-t-il.

Elle revient vers lui, ôte une saleté au coin de son œil, se redresse sur un coude.

– Comment ça ?

– J'ai envie d'être avec toi vraiment.

– Tu veux dire, officiellement ?

– Oui. Si tu en as envie aussi…

– Non.

Il la dévisage, se demande si elle le fait marcher.

– Non ?

– Non, je n'en ai pas envie.

Elle s'est assise. Armand la regarde récupérer son tee-shirt par terre, l'enfiler. Cinq minutes plus tard, Clara quitte la maison. Encore cinq minutes, et le téléphone d'Armand vibre.

Visiblement, notre relation ne te convient plus comme elle est. Je préfère qu'on en reste là.

Un rire nerveux s'empare de lui. Il le laisse déborder, refluer et repartir comme le ressac, lui arracher des larmes qu'il essuie d'un coin de drap. Clairement, l'univers a décidé qu'il pouvait ranger son rêve de famille unie et s'en trouver un autre.

– Message reçu cinq sur cinq, murmure-t-il quand sa crise de rire s'apaise.

ALIX

Alix traverse le parc du conservatoire. Depuis quatre jours, elle alterne révisions pour le bac et répétitions des scènes de concours à un rythme effréné. Alors en cette fin d'après-midi, elle s'accorde quelques heures de pause. Elle a besoin de souffler. Et Matej lui manque.

Elle le salue à travers les portes-fenêtres de la salle des percussions. Il répète un trio avec Diego et la brune qui traîne parfois avec eux. Le visage de Matej s'illumine d'un sourire. Du menton, il lui fait signe d'entrer. Alix se glisse discrètement à l'intérieur. Diego lui envoie un clin d'œil sans cesser de jouer, penché sur son marimba. À la fin du morceau, ils s'approchent pour lui faire la bise.

– Tu es sortie de ta grotte ! plaisante Matej en lui donnant une bourrade.

– Toi aussi, apparemment. Tu as réussi à venir, cette fois !

– Élise s'est remise de l'accident, d'ailleurs ? demande la brune.

Matej a une seconde d'hésitation avant de répondre.

– Oui, ça va mieux. Juste des contusions.

– Et sa voiture ?

– À la casse.

– Ah ouais, merde. Enfin, l'essentiel, c'est qu'elle aille bien.

Après avoir bugué un instant, le cerveau d'Alix repart à toute allure, comble les blancs dans la conversation. Élise. Matej a une copine nommée Élise, qui a eu un accident de voiture la semaine dernière, ce qui l'a empêché de venir rejoindre Alix à Saint-Malo. Évidemment. Ça explique beaucoup de choses. Sauf qu'il n'a jamais parlé d'elle. Ils ont échangé des centaines de messages, ont passé des heures ensemble, et à aucun moment il n'a jugé opportun de mentionner l'existence d'Élise ?

Ne sachant pas quoi faire de ces informations nouvelles qui sonnent comme une trahison, elle s'assied dehors dans l'herbe à côté de Diego, qui se roule une clope. Matej semble soulagé en la voyant sortir. Il reste à l'intérieur à discuter avec la brune.

– Ça fait longtemps que Matej est avec Élise ?

– Ouais. Six, sept ans.

Aux yeux d'Alix, six, sept ans, c'est comme toujours. C'est sérieux, donc.

Diego libère ses longs cheveux qui s'emmêlent aux brins d'herbe, passe l'élastique à son poignet, souffle une bouffée de fumée dans l'air transparent de la fin d'après-midi.

– Il est compliqué, Matej, dit-il enfin.

– Pas toi ?

– Si. Mais différemment.

– Différemment compliqué ?

– Tout à fait.

Ils rient. La pression sur la poitrine d'Alix s'amoindrit. Elle s'étend dans l'herbe, la cuisse de Diego en guise de coussin. Il la laisse faire sans même s'étonner de cette familiarité.

Après quelques minutes, la brune se remet à jouer dans la salle des percus et Matej les rejoint. Les rayons du soleil embrasent ses mèches blondes. Il cache mal sa contrariété. Alix, les yeux mi-clos, goûte la chaleur de Diego sous sa nuque. Elle appuie son mollet contre le genou de Matej, un contact doux comme une réconciliation. À présent qu'elle sait pourquoi il faisait tant de mystères, elle s'aperçoit qu'elle ne lui en veut même pas de lui avoir dissimulé la vérité derrière un paravent de silence. Mais une tristesse étrange déploie ses pétales dans sa poitrine. L'existence de cette Élise crée une impossibilité, elle le sent. Le désir d'Alix ne trouvera pas de résolution. Du moins, pas maintenant, et peut-être jamais.

Matej se relève pour aller chercher des cafés dans le bâtiment principal du conservatoire. Redressé sur un coude, Diego a entrepris la confection d'une guirlande de pâquerettes. Alix et lui discutent de tout et de rien, avec une facilité reposante.

– Tiens, dit-il en déposant la petite guirlande au creux de sa paume.

– Merci…

Elle ignore encore qu'elle conservera ce premier présent dans une boîte à trésors pendant des années.

TITOUAN

Planté devant sa fenêtre, Titouan regarde les gens qui rentrent chez eux. Il s'est forcé à s'habiller, à relever son store. Chaque jour depuis mardi, il tente de se réveiller quelques minutes plus tôt. Chaque jour depuis mardi, il se tient là un moment, sur le rebord du monde. C'est la prescription de Luce – elle a renversé les rôles et lui lance des défis comme il lui en lançait à elle lorsqu'il prétendait être Lucien.

Soudain, une camionnette étrange rayée de noir et de blanc ralentit dans la rue. Le conducteur scrute la façade, se gare, déploie son auvent latéral. Un camion à galettes, ici, en pleine zone pavillonnaire ? D'habitude, ils s'installent plutôt en centre-ville. Le grand type dégingandé se tourne vers Titouan et lui fait signe d'ouvrir la vitre. Titouan hésite. Obtempère lentement. La douceur de l'air le prend à la gorge.

– Tu es Titouan ? lui crie l'homme.

– Heu... Oui.

– J'ai une commande spéciale pour toi ! Je devais te la délivrer si tu étais à ta fenêtre. Ça sera prêt dans cinq minutes.

Titouan se retient d'éclater de rire. Luce a de

drôles de méthodes pour le récompenser de relever ses défis !

– Je… je vous envoie ma sœur !

Il tambourine sur la cloison. Lila déboule dans l'instant, puis dévale les marches et jaillit vers le camion. Elle discute un moment avec le crêpier, tourbillonnant sur elle-même après chaque phrase. À un moment, elle se retourne vers la fenêtre de Titouan et hurle :

– Il me fait une crêêêêpe ! Au chocolaaaaaaat !

Lorsque Lila remonte dans la chambre, elle en a déjà partout autour de la bouche et, hilare, lui tend une galette emballée dans un papier blanc.

– Merci, puce !

Titouan croque. Le goût de sarrasin et de gruyère valse dans sa bouche, rehaussé de tomate. Une nouvelle bouchée trouve le jambon et l'œuf. Il en rit à nouveau. Depuis qu'il est petit, il a toujours pris des complètes tomate à la crêperie.

– C'est toi qui lui as dit ce que j'aime ? demande-t-il à Lila.

– Non, on a parlé de la danse et de ma copine Enid ! Tu sais, il s'appelle Bob. Il a des cheveux gris rigolos. Il en a pas beaucoup mais ils sont carrément toc-toc, ils font frouuuuu, comme ça, partout ! Tu veux goûter ma crêpe ?

– Comment tu veux que je la goûte, tu as tout mangé…

– Ah oui ! fait-elle, malicieuse.

Et elle explose d'une joie si cristalline qu'elle anéantit le moindre recoin d'ombre qui subsiste dans la pièce. Titouan s'approche de la fenêtre pour remercier le crêpier. Il vient de partir.

« Breizh Bob », lit-il à l'arrière du camion qui s'éloigne.

Titouan attrape son téléphone.

Comment avez-vous deviné pour la tomate ?

La réponse lui parvient plusieurs minutes plus tard, alors que Lila lèche encore les ultimes traces de chocolat sur ses doigts.

J'ai laissé Bob choisir. Il sait toujours.

LUCE

Dans le hangar de l'aérodrome. Luce fait passer son téléphone d'une main à l'autre.

– Tout va bien ? s'inquiète Noël.

– Sais-tu comment changer un nom dans un téléphone ?

– Comment ça ?

– Quand je reçois un message, il y a un nom qui s'affiche, et j'aimerais le modifier.

– Je peux ?

Cette manie qu'ont les gens plus jeunes qu'elle de s'emparer des objets technologiques pour régler un problème au lieu de lui expliquer l'agace. C'est qu'elle s'y est attachée, à cet objet. Il est devenu intime. Laisser d'autres mains le manipuler la dérange. Elle le tend pourtant au mécanicien.

– C'est moins compliqué qu'un avion, tu sais, plaisante-t-il.

– Les avions, je suis née avec, j'ai grandi dans leurs cockpits, j'ai évolué avec eux. Ces machines, là, téléphones, e-mails… Je n'ai jamais eu envie de m'y mettre. Il me semblait que ça prenait beaucoup trop de place dans la vie de ceux qui en possédaient. Je crois que je vois pourquoi, maintenant.

– Je comprends. Alors, là, c'est ton répertoire. Eh ben, il est un peu vide, dis ! C'est quel nom que tu veux changer ?

– Lucien.

Il lui jette un coup d'œil étonné.

– Et à la place, on met… ?

– Titouan.

– Titouan. Très bien. Voilà.

Elle récupère l'appareil, le glisse dans une poche de sa veste. Elle a le souffle court, soudain. Comme si elle venait de pousser le souvenir de Lucien au loin. Elle adresse des excuses muettes aux nuages.

Sur le tarmac, la plus jeune fille de Noël court, ses bras écartés comme les ailes d'un avion. Luce pose une main sur l'hélice du Piper sur lequel travaille le mécanicien.

– Quand tu disais que l'aéroclub songeait à le vendre, tu étais sérieux ?

– Ouais. Il n'est plus de première jeunesse. Il est capricieux. J'y passe un temps fou et on ne l'utilise pas tant que ça…

– Vous le vendez combien ?

Noël se redresse, essuie ses mains sur un chiffon.

– Tu es intéressée ? s'étonne-t-il.

– J'ai piloté des centaines d'avions, je n'en ai jamais possédé aucun. Je me dis que c'est maintenant ou jamais. Et puis comme ça, il resterait ici. Vous pourriez toujours vous en servir, l'exposer…

– Je vais en discuter avec les responsables de l'aéroclub, mais ça doit être envisageable. Je te dirai, pour le prix.

– Merci.

La fille de Noël entre en trombe dans le hangar et se jette sur son père, qui l'attrape et lui met la tête en bas avant de la reposer sur ses pieds.

– J'ai apporté des gâteaux, se souvient Luce. Ma jeune voisine s'entraîne pour être pâtissière, mais je ne peux pas tout manger toute seule… Tu m'aides ?

La petite hoche la tête d'un air gourmand. Ils marchent tous les trois vers les locaux de l'aéro-club, s'installent au bar pour déguster les étranges gâteaux surmontés de crème et de décorations sucrées que Tess a appelés « cupcakes ». Noël et sa fille dévorent entre deux chatouilles. Luce observe leurs interactions complices avec un nœud dans la gorge. Ça fait remonter en elle tant de souvenirs que c'en est presque insupportable.

GABRIELLE

Sur le perron du conservatoire, Armand est appuyé à la fenêtre de sa salle de violon, son téléphone à la main. Entre Gabrielle.

ARMAND. – Qu'est-ce que tu fais là un vendredi ?

GABRIELLE. – J'ai rendez-vous avec les parents d'une élève.

ARMAND, *ironique*. – Joie.

GABRIELLE. – Incommensurable.

ARMAND. – Ça va ?

Gabrielle se fige. Lorsqu'elle vient d'Armand, cette question récupère son sens, comme s'il la lavait de toute banalité. Elle s'allume une clope pour justifier son silence.

Peut-être que Breizh Bob a raison.

Peut-être qu'on sait qu'on aime quelqu'un lorsqu'on a l'impression que chacune de ses paroles, même la plus insignifiante, est

importante ; que chacune de ses questions, même la plus commune, impose une réponse vraie.
Ou peut-être que ce sont des conneries.

Gabrielle jette un coup d'œil à Armand et tire un grand coup sur sa clope.

ARMAND. – Avec Alix, ça se passe bien ?

GABRIELLE. – Ta fille sait être adorable quand elle veut.
Mercredi, je suis rentrée chez moi, elle avait préparé le dîner.

ARMAND. – On parle bien de la même Alix ?

GABRIELLE. – La même.

ARMAND. – Eh ben.

GABRIELLE. – Je file.
À demain.

ARMAND. – À demain.

ALIX

Assise au bar qui sépare la cuisine du salon, Alix lorgne les allées et venues de Gabrielle en grignotant une tartine. Dans moins d'une heure, Gabrielle sera dans l'auditorium avec sa classe de théâtre pour le cours du samedi matin. Sans elle. Cette pensée lui creuse un sillon douloureux dans le ventre.

– Gab ?

– Oui ?

– Je peux revenir au cours ?

Gabrielle s'immobilise. La dévisage.

– Tu peux. Mais tu ne reprendras pas ton rôle dans la pièce, ce serait injuste pour Lola, qui a appris l'intégralité de ta partition depuis ton départ.

– Je pourrais jouer la maison, sinon…

C'est sorti tout seul. Ça tourne dans sa tête depuis plusieurs jours déjà, c'était juste là, à patienter sous son palais.

– Comment ça ?

– La Cerisaie. Tu as toujours dit que ce domaine qui va être vendu, c'est un personnage à part entière. Que c'est le personnage principal de la pièce.

– Et comment est-ce que tu imagines jouer le rôle d'une maison ?

L'espoir redresse les épaules d'Alix, anime ses mains qui dessinent des arabesques dans l'espace comme si elle pointait les éléments d'une maquette invisible.

– Je pourrais… être toujours à proximité du cerisier qu'on a construit. Parfois assise, parfois debout. Et puis, errer dans le décor pendant les changements de scène. Bouger des éléments. Assister à tout sans que les autres personnages en aient conscience. Être l'âme du domaine, son fantôme. Tu vois ?

– Je… vois. C'est intéressant, mais je ne sais pas si on a le temps de mettre ça en œuvre, on joue dans trois semaines. Et tu ne reviendras pas dans le projet si les autres élèves du cours ne sont pas d'accord, Alix. Tu les as laissés tomber en partant, ce n'est pas à moi de t'autoriser à revenir ou non. Prépare-toi, on va être en retard.

Alix bondit du tabouret, se douche et s'habille à toute allure.

Dans la petite voiture blanche qui les emporte vers le conservatoire, elle adresse des prières muettes à des dieux inconnus pour que les autres élèves l'acceptent.

– Au fait, ton parcours libre ? demande Gabrielle en marchant vers l'auditorium.

– Je l'ai.

– Tu vas me le montrer ?

– Non.

– Tête de mule.

– … dit la fille qui n'a pas vu ses parents depuis vingt-cinq ans alors qu'ils avaient raison.

Gabrielle s'arrête, les poings sur les hanches, l'air outré. Alix éclate de rire.

– Tu verrais ta tête !

– No comment, lâche Gabrielle en repartant vers l'auditorium.

Alix la suit sans pouvoir s'arrêter de rire. Les coups d'œil méfiants des autres élèves lorsqu'ils les voient débarquer ensemble calment son hilarité. Ils s'installent dans l'auditorium.

– On va commencer par les scènes de ceux qui passent les concours, annonce Gabrielle. Puis on filera le premier acte de *La Cerisaie*. Mais avant, Alix ?

Alix se lève, nerveuse. Les regards se braquent sur elle.

– Je voulais m'excuser de vous avoir laissés tomber. J'avais mes raisons pour réagir comme ça, c'est juste que je n'ai pas réfléchi aux difficultés que ça allait créer pour vous et pour la pièce. Je suis désolée. J'ai décidé de revenir travailler ici les scènes pour les concours. Pour la pièce… je ne vais pas reprendre mon rôle, c'est Lola qui le joue. Mais j'ai très envie de participer. C'est ma dernière année ici, peut-être la dernière occasion d'être sur scène ensemble…

Elle explique son idée de jouer la maison. Elle a l'impression d'être une funambule au-dessus d'un précipice. Convaincre, à la fois de l'intérêt pour tous de ce nouveau rôle et de la sincérité de ses excuses. Et puis se taire. Attendre leur verdict.

– Est-ce que vous acceptez qu'Alix revienne dans la pièce de cette manière ? demande Gabrielle. Soyons clairs, si on voit que ça ne fonctionne pas ou que ça demande trop de modifications, on abandonne, et tu te contenteras d'aider en coulisses, Alix. Alors ? (Les élèves s'adressent des moues et des haussements d'épaules infimes.) Bon, on ne va pas y passer la matinée. Qui accepte ?

Quelques mains se lèvent. D'autres suivent le mouvement, jusqu'aux plus réticentes.

– Voilà qui est réglé, conclut Gabrielle.

Une joie tourbillonnante s'empare d'Alix, qui la refrène à grand-peine et se rassied au milieu des élèves comédiens.

TITOUAN

Titouan se lève. Le jour le heurte à travers les lames du store, l'oblige à plisser les yeux. Il écoute un moment, immobile. La maison est silencieuse. Ses parents sont encore au travail, sa sœur à l'école, son frère… Son frère est au lycée en train de passer son bac. Alors Titouan quitte sa chambre un bref instant. Deux enjambées en apnée ; il se retrouve aux toilettes. Il hésite à pousser son courage jusqu'à la salle de bains, à quelques mètres de là, pour prendre une vraie douche. Luce vient ce soir. Elle a mentionné son odeur, la dernière fois – avec tact, mais fermement. Titouan n'a pas envie de l'indisposer.

Il quitte les toilettes, s'arrête au milieu du couloir, entrouvre les paupières. À gauche, la salle de bains. En face, sa chambre. À droite, l'escalier plongé dans l'ombre. Ce dernier l'appelle. Titouan s'approche de la première marche. Une bulle d'angoisse enfle dans sa poitrine, compresse ses organes. Il repense aux vacances de Pâques, lorsqu'il avait la maison pour lui et qu'il voyageait librement d'une pièce à l'autre au gré de son humeur. Il s'était senti tellement bien. À l'abri de tout. Une main sur la rampe, il descend. Un pas, puis un deuxième. Il a l'impression d'étouffer, se force à respirer. Son ventre, du ciment. Il ne sait même pas pourquoi il fait ça. Il pourrait être de retour dans le cocon de son lit. Il continue pourtant, atteint le vestibule, pénètre dans le salon.

Des papiers traînent à un bout de la table. Sur le canapé, les coussins sont en désordre, comme si Lila avait joué là avant de partir à l'école. Titouan s'assied sur une chaise, se concentre sur sa surface dure sous ses fesses. Il reste là un moment, observe chaque objet, tous ces détails qu'on ne remarque plus à force de passer devant chaque jour. Il réapprivoise l'espace. S'appuie au dossier. Tellement rigide. Comment peut-on créer des meubles aussi inconfortables ? Il croise ses bras sur sa poitrine, fort, le plus fort possible. Une éternité s'écoule, qui ne rend pas la situation plus aisée. Il lutte. Il ne s'évanouit pas.

Il se lève soudain, passe dans la cuisine. Il effleure les miettes du petit déjeuner sur la table. Une boîte pleine de muffins et de gâteaux est posée sur le plan de travail. Une autre l'attend dans le frigo. Les restes de ce week-end, durant lequel Lila a fêté son anniversaire avec des copines dans un parc. Titouan s'empare de la boîte du frigo – il n'a pas faim, il a besoin d'emporter une preuve de son passage. Il remonte les marches quatre à quatre, se réfugie dans sa chambre. Son cœur cogne, boxeur furieux dont les coups retentissent dans tout son corps. Il s'assied sur son lit, ôte son tee-shirt trempé, essuie la sueur qui emperle son visage. Maintenant, il aurait vraiment besoin d'une douche. Mais il n'a pas la force. Il s'approche du lavabo, fait couler de l'eau brûlante et, debout dans la bassine, il passe et repasse le gant sur sa peau jusqu'à la rougir.

Lorsque sa mère et sa sœur rentrent à la maison, il s'est habillé, s'est assis sur son lit, comme sonné. Il ne reprend ses esprits qu'à l'arrivée de Luce. Elle remarque la reproduction du Stampe que Titouan a construite en Lego. Il est rouge et jaune, comme celui de l'aéroclub. Elle le fait tourner entre ses mains.

– J'ai acheté un avion, aujourd'hui, dit-elle.

– Sérieux ?!

Elle acquiesce avec un sourire mystérieux.

– Celui-là ? demande Titouan.

– Non, le Piper.

– Et il est… à vous à vous ?

– À moi à moi.

– Félicitations.

Titouan hésite.

– Moi aussi, j'ai fait un truc aujourd'hui. Je suis descendu au rez-de-chaussée.

Luce le regarde, de ce même regard qu'elle a sur certaines photos de sa jeunesse, à la fois satisfait et criant de défi.

– C'est une jolie étape.

– J'ai rapporté ça, ajoute-t-il en ouvrant la boîte prise dans le frigo.

– Toi aussi ?!

– Comment ça ?

– Honnêtement, je n'en peux plus de ces « cupcakes ». C'est très bon, je te l'accorde, mais c'est la nouvelle obsession pâtissière de ma jeune voisine, elle n'arrête pas de m'en apporter pour que je lui dise ce que j'en pense, et maintenant, toi… Mange-les, mon grand. Tu as besoin de te remplumer !

Le cœur de Titouan accélère à nouveau.

– Votre… jeune voisine ?

ALIX

Philippine saute sur ses pieds.

– Bon, je ne veux pas te virer, mais… Si, en fait. J'ai mon oral demain. Il faut que je fasse semblant de ne pas bosser tout en bossant vraiment. J'ai une réputation familiale à maintenir.

Alix rit, ramasse les sacs remplis de mousse et de papier froissé qui jonchent le sol de la chambre. Elle les fourre tous dans le plus grand – un gros sac de randonnée bleu et gris.

– Eh, il est vraiment bien, ton parcours libre.

– Merci. Et merci pour les sacs ! Je te les rapporte après l'audition.

Philippine a une petite moue pour signifier qu'elle s'en fout. Déjà, son énorme casque recouvre ses oreilles et son nez plonge dans le livre d'histoire de l'art.

Alix rentre chez Gabrielle avec ses sacs sur le dos. La nuit tombe déjà. Elle devrait réviser, elle aussi, son oral est dans trois jours. Mais elle est tellement excitée que Philippine ait aimé son parcours libre qu'elle a du mal à se concentrer. Et puis Gabrielle dîne avec une amie, Alix a la soirée pour elle. Elle attrape son ordinateur, se connecte.

– Elle s'appelle Tess, lance Titouan en guise de salut.

– Quoi ?

– La voisine de Luce, elle s'appelle Tess, et elle veut devenir pâtissière.

– Sérieux, mec, il faut que tu te calmes avec cette obsession, ça devient creepy !

Il rit. C'est la première fois qu'Alix l'entend rire comme ça, sans retenue.

Durant deux heures, ils enchaînent les parties. Alix se défoule, s'acharne sur le clavier. Sur le coup de vingt-deux heures, elle s'aperçoit qu'elle n'a pas dîné.

– Je te laisse, mec ! J'ai la dalle !

– Ça marche. Bon app !

Elle passe derrière le bar, explore le contenu du frigo, se décide pour une omelette et un reste de petits pois. Alors qu'elle cherche une spatule pour décoller les œufs de la poêle, elle ouvre un tiroir à bazar où s'entassent papiers, stylos, pinces à linge et torchons. Un coin de photo ornée d'un rivet argenté attire son regard. C'est une vieille carte d'identité en papier cartonné beige. Sur la photographie, Gabrielle ne doit pas avoir plus de six ans. Tout y est vintage : sa coupe au bol, son sous-pull rouge vif, le rideau plissé turquoise en fond, même le grand sourire et les yeux pétillants qu'elle affiche, qui seraient recalés par l'administration de nos jours.

Alix balaie les informations inscrites sur le document. 1,21 mètre. Née le 12 décembre 1977 à Paris. Gabrielle, Marie, Amélia – ses parents n'ont pas été trop cruels.

Soudain, Alix se fige. Elle relit trois fois le nom de famille indiqué en haut de la carte.

Non. Elle ne rêve pas.

GABRIELLE

Alix et Gabrielle mangent, attablées côte à côte au bar de l'appartement de Gabrielle.

GABRIELLE. – Tu prépares tout pour demain avant de te coucher,
hein ?
Ton train part à sept heures trente.

ALIX. – Oui.

GABRIELLE. – Tu te sens prête ?

ALIX. – Oui.

GABRIELLE. – T'as décidé de ne plus me parler qu'en monosyllabes ?

ALIX, *souriant*. – Oui.

GABRIELLE. – Eh ben, j'espère que tu seras plus bavarde demain avec le jury de l'audition.

Alix ne réagit pas. Elle mange en silence. Gabrielle n'insiste pas – inutile de lui mettre la pression, Alix se la met déjà toute seule depuis des mois. Et puis Gabrielle n'arrive plus à être sa prof. Il est grand temps qu'elle en trouve un ou une autre, qui l'emmènera plus loin. Qui sera un peu moins proche.

Elles n'ont pas encore abordé l'après. Alix ne veut retourner ni chez son père ni chez sa mère, se voit partir immédiatement à Paris, mais n'a pour l'instant aucun point de chute là-bas… Gabrielle y a des amis, bien sûr, ils pourraient l'héberger le temps qu'elle trouve une coloc. Comment la présentera-t-elle ? Une élève ? La fille d'un ami ? Une filleule ? Tout se mélange à présent. Ce qu'elle ressent pour Alix est bien plus vaste. Elle ne trouve aucun mot qui corresponde à ce qu'elles sont l'une pour l'autre, aucun qui décrive précisément ce qu'est devenue leur relation depuis que Gabrielle l'a laissée éparpiller ses affaires dans chaque recoin de son appartement.

Gabrielle. – Quelle idée ils ont eue de mettre
l'audition aussi tôt, cette année…

Alix. – La prof est enceinte.

Gabrielle. – Quoi ?

Alix. – La prof du conservatoire
part en congé maternité dans dix jours
et voulait faire les auditions
avant.

Gabrielle. – Ah.
Ok.

Gabrielle termine son assiette. Elle sent le regard insistant d'Alix posé sur elle. L'évite. Depuis quelques jours, elle surprend souvent la jeune fille en train de la fixer ainsi, comme si elle était une énigme à résoudre.

ALIX. – T'as jamais voulu d'enfant ?

GABRIELLE. – C'est quoi, cette question ?

ALIX. – C'est bien que tu n'en aies pas.
Comme ça
il y a de la place pour moi.

GABRIELLE, *amusée*. – C'est terriblement égoïste,
comme vision des choses.
Et terriblement mignon.

ALIX. – Moi aussi je t'aime.

Uppercut émotionnel. Gabrielle encaisse, force un sourire. Ce qu'elle aimerait prononcer ces mots avec la même facilité qu'Alix. Elle savait, avant. Elle a oublié.

LUCE

Luce se dépêche. Elle doit attraper un bus pour se rendre chez Titouan. Détour par la salle de bains pour vérifier que ses cheveux n'ont pas décidé de déclarer leur autonomie ; elle presse l'interrupteur. Un flash lui répond, accompagné d'un claquement sec. Cette fois, la lampe a grillé.

– Il faut que ça arrive maintenant, gronde-t-elle, forcément…

Elle hésite à partir sans régler le problème. Se décide. Ce n'est pas à son retour, lorsqu'il fera nuit noire, qu'elle pourra changer l'ampoule. Elle fouille dans le buffet du salon à la recherche d'une remplaçante et d'une lampe de poche, place le petit escabeau à trois marches au milieu de la salle de bains, s'y juche. Avec précaution, elle dévisse le bulbe et le dépose à côté du lavabo, puis elle glisse le nouveau dans la douille, tourne.

La lumière soudaine qui en jaillit la surprend, Luce écarte sa main, recule par réflexe. Son pied rencontre le vide. Elle dégringole, heurte l'escabeau, s'étale sur le sol de la salle de bains.

Choquée, Luce ne bouge plus. Elle n'a pas crié. Des larmes remplissent ses yeux tandis que la douleur explose avec un temps de retard dans ses jambes et son dos. Elle porte une main à sa tempe. Y trouve la sensation poisseuse du sang. Ses oreilles bourdonnent, tout lui semble assourdi, même le froissement de ses vêtements et le léger sifflement de sa respiration. Elle tente de se relever. Le mouvement lui arrache un gémissement.

Je vais rester là un moment, songe-t-elle en se recouchant sur le carrelage. *Je vais rester là un moment jusqu'à retrouver mes esprits.*

TITOUAN

Titouan relit les derniers messages de Luce. Vendredi. Elle a bien dit qu'elle venait le voir vendredi. Il est plus de vingt-deux heures et elle n'est pas là. Peut-être qu'elle s'est endormie sur son canapé ? Elle lui a dit qu'elle fait parfois des siestes involontaires qui se prolongent en nuit. Ou bien elle a oublié ? Ça oublie, les vieux.

Tout va bien ? envoie-t-il, anxieux.

Une heure plus tard, il n'a toujours aucune nouvelle. Il l'appelle, espérant égoïstement que la sonnerie la réveille pour éteindre ses craintes. Luce ne répond pas.

– Calme-toi, crétin…

Elle émergera certainement au milieu de la nuit et le rassurera. Titouan se réfugie sous sa couette. Lix n'est pas en ligne. Il s'abrutit de vidéos pour cesser de penser. La maison s'endort. Titouan veille, son téléphone à la main.

Au matin, le silence de Luce est toujours total. Il fouille Internet à la recherche d'un numéro de fixe, le trouve, appelle. Il compte cinquante bips avant de se décider à raccrocher.

Vers dix heures, épuisé, il joint l'aéroclub, demande si on l'a vue ce matin. La secrétaire lui assure que Luce n'est pas dans leurs locaux ni en train de voler, mais qu'elle était là la veille jusqu'à environ quinze heures.

L'angoisse de Titouan vibre comme l'aiguille d'une boussole devenue folle. Il se déteste d'être coincé ici. Il faudrait aller vérifier chez Luce qu'elle va bien. Chez Luce… Tess ! Sa voisine ! Il se rue sur son téléphone, épluche les réseaux sociaux. Il n'arrive pas à trouver un seul profil Instagram qui lui corresponde, ni rien d'autre. Si seulement il avait un nom de famille…

Et Lix ? Il allait à Paris aujourd'hui. Peut-être qu'il passe par Rennes, et pourrait se rendre chez Luce vérifier si elle va bien ?

Il l'inonde aussitôt de messages pour lui expliquer la situation.

ALIX

– Qu'avez-vous travaillé cette année, mademoiselle ?

Alix énumère les scènes, les pièces, les auteurs. La prof est assise dans les fauteuils de la salle avec son assistant et ses élèves. Derrière eux, une cinquantaine de personnes venues passer l'audition, de dix-sept à vingt-cinq ans. Alix oublie tous ces regards, oublie la série de projecteurs et leur mur de lumière, se concentre sur la prof qu'elle connaît déjà pour avoir fait ce stage avec elle l'été précédent.

– Et puis on a monté *La Cerisaie*, de Tchekhov, dans mon cours. On joue dans quinze jours.

– Quel rôle jouez-vous ?

– La maison.

– Pardon ?

– Je suis l'âme du domaine. Son fantôme, si vous voulez.

– Vous étiez trop nombreux dans le cours pour que chacun ait un rôle ?

– Non. C'était mon idée. J'ai proposé qu'on personnifie la maison.

La prof hoche la tête sans commenter.

– Allez-y, dit-elle simplement.

Alix attache ses cheveux d'une main experte

tandis que Simon la rejoint. Elle sait qu'elle peut être coupée au bout de trente secondes, et ce n'est ni positif ni négatif, ça signifie seulement que le jury a vu ce qu'il voulait. Mais elle préférerait aller jusqu'au bout, évidemment.

La nuit dernière a été émaillée de cauchemars durant lesquels elle oubliait son texte. Le blanc total, cerveau gelé, corps suffocant. Elle s'est réveillée en sursaut vers quatre heures du matin. Pendant plusieurs secondes, une question a tourné en boucle dans sa tête. *C'est quoi le texte ? C'est quoi le texte ?* Jusqu'à ce qu'elle se souvienne que c'est Simon qui lance la scène, pas elle.

Les mots de son père reçus ce matin résonnent dans sa tête. « *Merde, grenouille ! Je crois en toi.* » Et puis plus rien, le vide.

Elle s'assied en tailleur sur le plateau. Comme dans son cauchemar, elle a l'impression qu'elle a tout oublié, ce qu'elle doit dire, ce qu'elle doit faire. La voix de Simon lui transperce le dos, fléchettes sonores qui la font tressaillir. À son tour, elle ouvre la bouche. Sa réplique remonte de son ventre, roule contre son palais, comme réinventée. Alix en est la première surprise. Elle comprend soudain ce que Gabrielle voulait dire lorsqu'elle expliquait que pour être au présent du jeu, il faut oublier son texte et s'en ressouvenir.

La scène est lancée. Alix navigue entre ce que son corps a retenu et ce qui se noue dans l'instant, s'accroche de tout son cœur au sens des mots qu'elle prononce pour les porter vers le public. Ça va à toute allure, il lui semble qu'elle est à peine entrée sur le plateau que, déjà, la scène est terminée. Le jury ne l'a pas coupée.

Alix rejoint Simon dans les fauteuils rouges. Elle tremble. Ce n'est pas de la peur, juste de l'excitation. Elle est là où elle est supposée être. Elle espère que la prof l'a senti. Lola lève le pouce dans sa direction. Le candidat suivant est déjà sur le plateau.

Le portable d'Alix n'arrête pas de vibrer dans son sac. Elle jette un coup d'œil discret, voit que les messages viennent de Titouan, le passe en mode avion pour ne pas se faire remarquer.

Il est près de treize heures lorsque le dernier candidat regagne les fauteuils. La prof délibère quelques minutes avec son assistant, puis monte sur scène, avec son gros ventre de femme enceinte.

– Merci à tous d'être venus. Je vais donner les noms de ceux dont nous désirons voir les parcours libres. Pour les autres, je suis désolée, mais c'est que la rencontre entre nous ne s'est pas produite, j'espère que vous trouverez votre place dans un autre cours ou que vous reviendrez tenter votre chance l'année prochaine. Allons-y…

Alix retient son souffle. Lola est appelée. Simon aussi, ainsi qu'une dizaine d'autres élèves. Enfin, la prof prononce le nom d'Alix. Un large sourire fend son visage.

Tous ceux qui n'ont pas été appelés quittent la salle. Les candidats restants s'entre-regardent. Il y a douze places à prendre cette année. Ils sont vingt-huit.

– Qui veut commencer pour les parcours libres ?

Une fille se lève, longs cheveux châtains, corps mince et musclé dans une robe noire fluide. Elle branche son téléphone à la console son, donne une indication à un élève qui se trouve derrière, rejoint le plateau. Elle s'y allonge en chien de fusil et ferme les yeux. La musique démarre. Alix reconnaît une chanson de Barbara, « Gottingen ». La fille se met à danser. Elle est bonne. Douée, émouvante. Lorsqu'elle s'arrête en même temps que la chanson, tout le monde applaudit.

Alix hésite à prendre sa suite. Finalement, c'est un garçon qui y va, présentant une semi-improvisation en clown, plutôt réussie. Trois autres candidats s'y collent avant qu'Alix ose se lever. Elle a préparé les sacs empruntés à Philippine – le gros de randonnée sur son dos, une besace passée sur une épaule, une autre en travers du torse, et deux sacs en toile pendus au bout de ses mains. Elle se place en fond de scène, dos au public, attend le silence pour commencer.

– Je suis une petite fille qui attend une carte postale qui n'arrive pas.

Alix se retourne doucement, pose un premier sac sur le plateau.

– Je suis le son d'un violon murmuré à l'oreille. Je suis un éclat de rire pour ne pas pleurer. Je suis en recherche. Je suis en route. Je suis en rythme.

Elle marque une brève pause avant de reprendre.

– Je suis la fille de mes parents et je suis fatiguée de leurs secrets. Je suis amputée d'une racine que je sens repousser envers et contre tous, filer loin sous la terre, s'arrimer aux roches et aux arbres.

En parlant, Alix a fait quelques pas. Elle se

débarrasse d'un nouveau sac. Elle prend son temps, laisse à chaque mot la place d'exister.

– Je suis une amoureuse perpétuelle. Je suis une boule de tendresse. Je suis ce que je vois dans le miroir de ses yeux. Je suis une pièce de viande dans la vitrine d'une boucherie. Je suis une pute de la vieille école qui voudrait prendre dans ses bras tous les garçons du monde et quelques filles avec eux.

Elle s'arrête. Ses yeux dérivent vers le côté de la salle.

– Je suis parfois si vide que ça me terrifie.

Une besace atterrit par terre.

– Je suis à côté de ma vie et j'essaie de rentrer dedans. Je suis épuisée de porter des masques mais je ne sais pas exister autrement. Je suis ce que je vais devenir. Je suis loin d'avoir compris qui je suis et j'espère que je ne le saurai jamais tout à fait. Je suis ce qu'on imagine de moi. Je suis tellement plus.

Elle marche à nouveau, tout doucement, tandis que sa voix enfle, gronde et retombe.

– Je suis ton pire cauchemar, je suis ton rêve halluciné, je suis le grain de sable dans les rouages parfaits de ta vie. Je suis en colère. Je suis écartelée, entravée, enragée. Je suis décidée, indécise, insatiable. Je suis tout et son contraire. Je suis le reflet du monde. Je suis l'ombre d'une larme qui ne coulera jamais.

Elle abandonne la deuxième besace, imagine la ligne de sacs qui forment un chemin dans son dos.

– Je suis un archipel émietté sur une mer de tempêtes. Je suis à l'endroit exact où la vague touche le ciel. Je suis un flocon de neige dans le vent. Je suis le rayon d'un phare dans la nuit, l'éclair d'un orage, la marbrure des nuages sur un lac. Je suis une antenne plantée entre le ciel et la terre.

Le gros sac à dos bleu et gris a glissé de son épaule. Elle le dépose machinalement sur le plancher, affronte les projecteurs.

– Je suis vivante. Je suis là. Je suis.

Elle reste immobile dans le silence qui se prolonge. Des applaudissements le brisent. Alix se détend. C'est fait. C'est fait !

– Ce texte, demande la prof d'un ton très doux, c'est toi qui l'as écrit ?

– Oui.

Elle échange un regard avec son assistant.

– Merci, Alix, tu peux te rasseoir.

En remontant vers sa place, elle croise le regard de plusieurs élèves du cours. Tous lui adressent des sourires encourageants.

Les parcours libres s'enchaînent. Certains la touchent. D'autres moins.

– Merci ! s'exclame la prof. Ceux dont je donne les noms, j'aimerais vous garder deux dernières heures et vous proposer quelques exercices. Les autres… Désolée, ce n'est pas pour cette fois.

Simon et Alix font partie de la liste. Lola n'est pas appelée, elle sort d'un air déçu, fait signe qu'elle les attend dehors.

– Ceux qui restent, au plateau !

Ils obtempèrent. Alix meurt de faim, ils n'ont pas fait de pause à midi. Elle ne se plaindrait pour rien au monde. Elle compte en silence. Ils ne sont plus que quinze.

Quinze pour douze places.

TITOUAN

– Maman…

Sa mère sursaute dans le canapé, se lève d'un bond.

– Qu'est-ce que tu… Tu es là ? Titouan, ça va ? Tu es pâle.

– Je crois qu'il est arrivé quelque chose à Luce. Elle devait venir hier soir. Je n'ai aucune nouvelle. Elle ne répond pas au téléphone, même pas sur son fixe.

– Je vais aller voir. Tu as son adresse ?

Titouan acquiesce. L'idée d'attendre ne serait-ce qu'une minute de plus sans agir lui est insupportable.

– Je veux venir.

– Tu es sûr ?

– Oui.

Il n'en mène pas large. Déjà, sa mère s'active, enfile sa veste, ramasse son sac et ses clés. L'efficacité maternelle en action. Lui est pétrifié.

– Eliott, tu gardes Lila ! hurle-t-elle.

Eliott apparaît en haut de l'escalier. Il fait une drôle de tête en découvrant Titouan dans le vestibule, mais ne commente pas.

– Maman, tu peux me bander les yeux ?

Elle se fige, décontenancée. Son sens pratique

reprend aussitôt le dessus. Elle attrape un de ses foulards, l'attache autour de la tête de Titouan. Celui-ci remonte la vaste capuche de son sweat, la resserre autour de son visage, cache ses mains dans ses manches.

– On y va ? demande sa mère.

– On y va.

Elle le guide jusqu'à la voiture. Il a chaud. Est glacé. Il se concentre sur la pression des doigts posés sur son épaule, sur la voix qui le prévient de la présence de marches, du rebord du trottoir. Une fois à l'abri de la voiture, il abaisse le foulard, souffle un grand coup. Sa mère démarre en trombe et fonce jusque chez Luce.

Titouan reconnaît la rue qu'il a arpentée des centaines de fois virtuellement.

– C'est là ! Cette maison !

Sa mère se gare, quitte la voiture. Il la regarde franchir le petit portail, sonner à la porte. Après quelques secondes, elle fait le tour du bâtiment, colle son visage aux fenêtres, puis revient.

– Elle ne répond pas…

– Ses voisins ont peut-être une clé ?

Il désigne la maison de Tess. Sa mère s'y rend. Une femme à la peau noire lui ouvre, échange quelques mots. Elles se précipitent toutes les deux chez Luce, déverrouillent la porte, entrent. Titouan se mange les lèvres, ses talons rebondissent nerveusement sur le tapis de sol.

– Alors ? crie-t-il en voyant sa mère sortir.

– Luce a eu un accident. Les pompiers sont en route.

– Elle est… ?

– … vivante. Elle est vivante.

Titouan se relâche d'un coup. Il craque, laisse couler les larmes qu'il retenait. Les bras de sa mère l'enlacent, le serrent.

Les pompiers arrivent, installent Luce sur un brancard, la hissent dans l'ambulance. Sirènes hurlantes, ils démarrent. La mère de Titouan se glisse sur le siège conducteur.

– On peut les suivre ?

– On n'a pas de gyrophare, on ne va pas griller les feux, et je préférerais éviter un accident de plus aujourd'hui. On retrouvera Luce à l'hôpital.

Lorsqu'ils se garent sur l'immense parking, Titouan remonte sa capuche.

– Tu veux que j'aille voir seule ? propose sa mère.

– Non.

Il a besoin d'être sûr. Voir Luce de ses propres yeux. Il place son foulard en bandeau, entend sa mère soupirer. Cette fois, elle attrape son bras, lui fait presser le pas. Chuintement de portes automatiques, chaussures qui claquent sur le carrelage, bourdonnement des conversations, frôlement de corps qui l'évitent. Sa mère interroge le personnel. Certains s'étonnent du bandeau de Titouan.

– C'est un jeu, prétend sa mère.

On les fait attendre un moment. Titouan trépigne. Enfin, ils prennent un ascenseur, enfilent plusieurs couloirs.

– C'est là, on y est.

Titouan abaisse le foulard. Les néons l'agressent. Il cligne des paupières, ignore les infirmiers, se concentre sur la forme allongée dans le lit.

– Luce !

Il se précipite à son chevet. Elle a une plaie sur le front, qui se prolonge dans les cheveux. Elle sourit et grimace en même temps, serre la main qu'il a attrapée.

– Vous n'avez pas le droit de me laisser, souffle-t-il. Vous n'avez pas le droit de mourir.

– Ceux qui meurent ne nous laissent pas. Ils nous accompagnent. Ils restent en nous, toujours.

Titouan serre les mâchoires.

– Il faudra bien que tu apprennes à vivre sans moi, mon grand.

– Je ne veux pas.

– Il faudra quand même.

– Pas maintenant.

– Non, pas maintenant. Merci d'être venu à mon secours.

Ni elle ni lui n'énoncent l'évidence : il est sorti de sa chambre.

Il est sorti de sa maison.

Il est sorti.

ALIX

Dans le train du retour, Lola fait la tête, Simon sourit à tout le monde. Alix et lui ne savent pas encore s'ils sont pris, la secrétaire du conservatoire les appellera en début de semaine prochaine pour leur donner les résultats. Mais l'esprit d'Alix est déjà ailleurs. Elle relit pour la vingtième fois les messages de Titouan, lui demande des nouvelles.

On est à l'hôpital, ils l'ont emmenée faire des examens.

Comment elle va ?

Bof. Elle a des blessures. Ils ont peur pour sa tête.

Les doigts d'Alix pressent l'accoudoir. Une annonce retentit. Ils arrivent à Rennes. Sur une impulsion, elle rassemble ses affaires.

– Qu'est-ce que tu fais ? s'étonne Lola. C'est direct pour Saint-Malo, hein, y a pas à changer.

– Je sais. Je descends, je prendrai un train plus tard pour rentrer.

Elle les plante là sans plus d'explications, saute sur le quai dès l'arrêt du train, court jusqu'à la station de métro. Une demi-heure plus tard, elle pénètre dans l'hôpital.

– Luce Paradis ? demande-t-elle à l'accueil. Elle a été amenée en ambulance dans l'après-midi.

On lui indique un service et un numéro de chambre. Elle se perd trois fois, demande son chemin à des infirmières. Elle a peur de rencontrer Titouan. Mais après tout, elle n'est pas obligée de lui dire qui elle est.

Lorsqu'elle entre dans la chambre, elle le reconnaît aussitôt – c'est le garçon de la vidéo, celui qui piquait une crise devant son lycée.

– Bonjour, lance une femme qui lui ressemble.

– Bonjour. (Elle jette un coup d'œil à la vieille femme allongée dans le lit.) Pourrais-je vous parler seule à seule un instant, Luce ?

– Est-ce qu'on se connaît ?

– Pas encore. S'il vous plaît, c'est important…

Titouan la dévisage d'un air hostile, il n'a aucune intention de quitter le chevet de Luce. Celle-ci lui tapote la main et désigne le couloir. Il s'éloigne avec sa mère à contrecœur, s'arrête sur le seuil sans le franchir. Alix s'approche du lit.

– De quoi vouliez-vous si urgemment me parler, mademoiselle que je ne connais pas encore.

– J'ai une question à vous poser.

Elle se penche à son oreille pour murmurer quelques mots.

GABRIELLE

Dans un bar.

Armand. – Des nouvelles d'Alix ?

Gabrielle. – Elle est passée au dernier tour.
Ils sauront la semaine prochaine.

Le portable de Gabrielle sonne.

Armand. – Tu ne réponds pas ?

Gabrielle. – Je ne sais pas qui c'est.
Numéro de fixe.
Un parent d'élève
sûrement.

Armand. – Le train d'Alix arrive
dans combien de temps ?

Gabrielle. – Vingt minutes.

Le téléphone bipe. Avec un soupir, Gabrielle le porte à son oreille. Tandis qu'elle écoute, elle se décompose.

ARMAND. – C'est Alix ?

GABRIELLE. – Non.
C'est l'hôpital de Rennes.

Elle lui tend le téléphone. Il écoute à son tour le message. On distingue la voix d'une femme.

GABRIELLE, *se levant*. – Je dois y aller.

ARMAND. – Je t'emmène.

GABRIELLE. – Va plutôt chercher Alix.

ARMAND. – Gab, tu n'es pas en état de conduire.
Alix rentrera à pied.
Je t'emmène.

ARMAND

Ils roulent vers Rennes. Le ruban humide de la quatre-voies absorbe le couchant, s'illumine de phares. Sur le siège passager, Gabrielle reste mutique, ses yeux plantés loin devant.

Ils atteignent la rocade, plongent droit dans la ville. Les blocs bétonnés du CHU se dressent bientôt devant eux. Armand cherche l'entrée visiteurs, trouve un parking. Déjà Gabrielle est dehors. Claquement de portière. Il la suit, mains au fond des poches, doigts serrés sur son portable. Portable qui vibre. Alix. Un numéro de bâtiment, suivi d'un numéro de chambre. Stupeur. Elle est ici ? Comment ? Pourquoi ? Il attrape le bras de Gabrielle.

– Par là.

Elle ne pose pas de questions, lui emboîte le pas. Son visage est une serrure verrouillée du dedans. Rien ne filtre.

Dans le couloir, Alix apparaît, qui marche à leur rencontre. Alix, grande, soudain, presque adulte. Ça le frappe, là, dans ce couloir triste. Ce qu'elle est grande et belle et vivante et grave et lumineuse. Ce qu'il l'aime de savoir exister détachée de lui. Gabrielle ne s'étonne même pas de la voir.

– Luce est dans la chambre du bout, dit Alix.

Armand ne lui laisse pas le choix, ouvre les bras, les referme autour de ses épaules. Alix se laisse faire un instant. Gabrielle s'éloigne.

– Qu'est-ce que tu fais là, grenouille ?

– C'est moi qui ai donné le numéro de Gabrielle à l'hôpital.

– Comment tu as su ?

– Longue histoire.

LUCE

Une haute silhouette pénètre dans la chambre. L'air se fige. Autour de Luce, en elle, partout. Il n'y a qu'au contact de la femme qui avance qu'il circule, résiste, s'écarte comme l'eau fendue par un nageur. La femme s'arrête à côté du lit. Ces yeux. Identiques. Tout a bougé autour d'eux, rides légères, mâchoires redessinées, creux, épaisseurs et allongements. Mais eux sont là qui la regardent.

Un mot dans un soupir :

– Gabrielle.

Luce lève une main, coince une mèche blanche derrière l'oreille.

– Je déteste quand tu fais ça, peste Gabrielle en la libérant aussitôt.

Luce rit. Ça la surprend, cette secousse qui s'échappe d'elle. Ça réveille ses douleurs.

– Qu'est-ce qui s'est passé ? l'interroge Gabrielle.

– Je changeais une ampoule. Je suis tombée.

– C'est grave ?

– Des bleus, des plaies. J'ai vu pire.

– Ta tête ?

– Les docteurs s'inquiètent. Pas moi. J'ai la tête dure.

– Ah ça…

Le silence trébuche à nouveau, s'étale entre elles. Vingt-cinq ans de silence, de conversations qui n'ont existé que dans leurs têtes, de théâtre intime contenu. Luce n'en revient toujours pas que Gabrielle soit là.

– Ton père est mort.

– Je sais.

– Tu n'es pas venue.

Gabrielle sourit. Un sourire cinglant.

GABRIELLE

LUCE. – Est-ce que tu vois toujours… l'autre ? Ton metteur en scène ?

GABRIELLE. – Denis ?
Non.
Plus depuis longtemps.

LUCE. – Raconte-moi.

GABRIELLE. – Non.
Ces vingt-cinq ans sont à moi.
Tu n'as pas voulu
les partager,
ça ne se rattrape pas.

LUCE. – Alors raconte-moi aujourd'hui.
Cette petite dans le couloir…
Ta fille ?

Silence.

GABRIELLE. – Je me fais appeler par ton nom de jeune fille.

Luce. – Peyrerone ?
Pourquoi ?

Flashs qui lui reviennent par saccades, la violence avec laquelle son père l'a rejetée, a claqué toutes les portes derrière elle. « C'est cet homme ou nous, et si tu le choisis, ne t'avise pas de revenir. » Alors porter son nom à lui, Paradis – ce que cette famille n'avait jamais su être pour elle, parce qu'il n'y avait qu'eux qui comptaient, qu'eux deux, qu'elle avait toujours été l'intruse –, porter son nom à lui, ce n'était pas possible. C'était à eux. Leur paradis, son enfer.

Elle mâche ces mots sans les dire, détaille sa mère adossée dans le lit relevé. Luce est vieille. Pour de vrai. Gabrielle le savait, bien sûr, mais c'était virtuel, théorique. Elle restait sa mère dans sa mémoire, la sauvage, l'indomptée, l'amoureuse, l'indestructible chevaucheuse de rêves qui pourtant s'était rangée derrière la colère de son mari quand il s'était agi de son rêve à elle, de ses choix à elle, de son amour à elle – même malsain, même destructeur, ersatz d'amour auquel elle avait eu besoin de se confronter pour comprendre ce qu'elle ne voulait plus jamais vivre et pour s'arracher d'eux.

Gabrielle. – C'était le nom de famille d'une femme accusée de sorcellerie
au Moyen Âge.
Une femme morte sur le bûcher.
Jeanne Peyrerone.
Tu savais ?

LUCE. – Non.

GABRIELLE. – Je l'ai adopté parce qu'il n'est qu'à moi,
maintenant.
Tes parents sont morts,
je n'ai pas de cousins même éloignés
qui s'appellent ainsi,
pas d'oncles ni de frères.
Personne d'autre, nulle part, ne le porte.
Pas même toi.
C'est un nom avec lequel je pouvais être qui je voulais.

LUCE. – Et tu as réussi ?
À être qui tu voulais ?

GABRIELLE. – Souvent.

TITOUAN

Dans le couloir, Titouan croise ses bras sur son torse. Il sent ses côtes à travers son sweat, les compte du bout des doigts. Ça le rassure.

La fille de tout à l'heure et un homme s'approchent, louchent sans discrétion par la porte entrebâillée de la chambre. Ces inconnus l'énervent. Ils lui enlèvent Luce, l'attention de Luce, la présence de Luce. Elle a une fille, maintenant, adulte et tout. Il les entend parler. Elle était où, cette fille, quand Luce voulait mourir ? Lui, il a été là pour elle. Lui seul.

La mère de Titouan salue l'homme dans le couloir, comme savent le faire les adultes, cordiaux mais distants. Titouan esquive les regards. Une phrase lui revient.

– Pour raisons personnelles, murmure-t-il.

– Hein ? fait la fille.

– Luce a interrompu ses études de pilotage pour des « raisons personnelles », j'ai lu ça. Je n'avais pas fait attention, j'ai imaginé une maladie, ou un parent mort.

– Une naissance.

– Apparemment.

– C'est quand même dingue…

– Quoi ?
– Rien.
La fille se détourne légèrement, plonge le nez dans son téléphone. Discussion close, il n'en saura pas plus.
Un quart d'heure plus tard, au milieu du ballet d'infirmiers et de médecins qui le paralyse, Titouan distingue deux nouvelles venues. Elles marchent vers leur petit groupe. Il se met à trembler, voudrait se fondre dans la peinture verte pour disparaître. Tess et sa mère. Le visage de Tess, pour la première fois tourné vers lui.
– T'as raison, fait la fille d'un ton ironique. Elle a un truc.
Titouan sursaute. Cette voix. Comment est-ce qu'il ne l'a pas reconnue plus tôt ? Il est complètement à côté de ses pompes.
– Oh putain. Oh putain, je vais mourir. Tu es Lix. Tu es une fille. Et elle est Tess. Et vous êtes là en vrai. Et…
Titouan se laisse glisser le long du mur comme une glace fondue le long d'un cornet. Il remonte son foulard sur ses yeux, l'abaisse aussitôt, s'enfonce dans sa capuche. Lix s'assied avec lui. Elle lui envoie une bourrade, épaule contre épaule.
– Respire, mec.

ENTRACTE

Vous avez eu peur ?

Je vous parle de drame, vous avancez sans le voir venir, vous l'attendez. Et puis, un bête accident survient, et vous vous dites : « Non, ça ne peut quand même pas être ça, il n'oserait pas. »

Ça aurait pu, remarquez.

Toutes les morts ne sont pas grandioses. Certaines personnes partent comme elles s'excuseraient, discrètement, sans éclat. Il y a une poésie dans ces accidents domestiques, dans ces morts ensommeillées, dans ces vies polies qui s'en vont sur la pointe des pieds. Une simple porte qui se referme parce qu'il fallait changer une ampoule. Mort d'avoir voulu repousser les ombres.

Mais pour Luce, non, ce n'était pas possible. Même si elle a un peu oublié qui elle était ces dernières années, elle a eu une vie trop éclatante pour partir ainsi.

Et puis il y a Titouan.

Et puis il y a Gabrielle.

Leurs routes n'en ont pas fini de se croiser. L'histoire n'est pas terminée.

ACTE V

TITOUAN

Le jet brûlant de la douche martèle les épaules de Titouan. Il se tient là depuis vingt minutes, immobile, comme sonné. En pénétrant dans la salle de bains, il s'est dit qu'il voulait se laver de sa plongée dans la ville, se laver de l'hôpital, se laver du dehors. Maintenant que l'eau s'écoule sur chaque recoin oublié de son corps, il ne sait plus. Paupières closes, il offre un instant son visage aux gouttes qui se précipitent vers lui, puis il souffle, fort, comme une baleine expire en remontant à la surface. D'une main, il chasse l'eau de son visage, coupe le jet. Titouan quitte la cabine de douche dans une robe de vapeur.

Il observe son image dans le miroir embué. Juste une forme pâle, un contour abstrait. Il aimerait que jamais ce flou ne le quitte, n'être plus que ça, un reflet insaisissable dans un brouillard permanent.

Il y a eu trop d'émotions d'un coup, la veille, trop de néons agressifs, trop de contacts, trop de sirènes tourbillonnantes, trop de paroles échangées, trop de révélations, trop d'angoisses contenues. Il a dormi d'un bloc, toute la nuit, s'est réveillé ce matin avec le jour pour la première fois depuis longtemps. Sous sa couette, il a écouté les uns et les autres partir à l'école ou au travail. Il voulait dormir encore ; il n'a pas réussi.

Titouan essuie avec soin chaque partie de son corps, de bas en haut. Tandis qu'il frotte, de minuscules rouleaux beiges se détachent de sa peau, comme cette fois où sa mère l'a traîné dans un hammam et qu'une dame a frictionné son corps avec tant de vigueur qu'il en est ressorti rouge écrevisse. De la peau morte, avait-elle expliqué. Il se sent comme ces serpents ou ces araignées qui abandonnent derrière eux leur enveloppe devenue trop étroite. Faire peau neuve. Ça l'effraie, cette idée. Il préférerait que rien ne change. Jamais. Mais même ici, à l'abri de sa maison, dans le confort de sa chambre, la vie l'a rattrapé. Il n'était pas prêt. Il n'est pas prêt. Sa vie, il l'a mise sur pause avec l'intention que ça dure toujours. Est-ce que ça existe, quelque chose qui dure toujours ?

Il se faufile entre les structures de Lego pour attraper des vêtements, se poste à sa fenêtre. Le quartier est calme, à cette heure. Les rares voitures qui circulent ne semblent pas pressées, les passants âgés vont de leur pas tranquille.

Titouan descend l'escalier. Arrivé aux dernières marches, il s'assied, enroule ses bras autour de ses genoux. La porte d'entrée vert émeraude l'observe en silence.

Il reste là longtemps, dans l'obscurité de cette cage d'escalier sans fenêtre. Il devine la lumière qui change dans le salon, les éclaircies fugitives succèdent au martèlement d'une averse, les ombres s'étirent, une bruine légère les efface et s'installe. Titouan ne bouge pas.

Et puis la porte s'ouvre. Lila déboule en fanfare, ôte sa veste trempée tandis que la main de leur mère presse l'interrupteur. Titouan plisse les yeux, ébloui.

– Titouan ? s'inquiète sa mère. Ça va ?

Il hoche la tête. Lila dépose un bisou frais sur sa joue et file dans la cuisine pour goûter. Leur mère range son sac, son manteau, ses clés, avec des gestes plus étudiés que d'ordinaire, ralentis et amplifiés. Un subtil décalage que Titouan perçoit. Aussi n'est-il pas surpris lorsqu'elle s'assied à côté de lui sur la marche. Elle passe un bras autour de ses épaules, l'attire contre elle, embrasse ses cheveux. Il ferme un moment les yeux, lové dans son odeur.

– Maman, ton ami psy, la femme dont il m'a parlé…

– Oui ?

– J'aimerais la voir.

– Je vais prendre rendez-vous.

GABRIELLE

Dans l'auditorium du conservatoire, Gabrielle assiste au premier filage complet de *La Cerisaie*. Elle note chaque accroc de ses élèves sur son cahier. Ils s'en sortent bien, le travail de l'année entière paie, mais le tout manque encore de fluidité, le rythme trébuche, les transitions pendant lesquelles ils doivent faire évoluer le décor sont parfois laborieuses. Et il y a Alix. Alix dans sa longue robe blanche, Alix qui hante ce plateau avec un regard qui dévore tout. Durant les scènes, ça fonctionne. Elle devient spectatrice, une caresse dans les cheveux des personnages, un lutin orageux au corps de géante. Parfois, elle se fait oublier. Et il suffit d'un mouvement infime pour qu'elle happe l'attention. Car elle n'a rien d'éthéré. Elle est tout entière là, comme un cerisier du verger, plantée avec eux dans la terre de ce domaine que les propriétaires sont en train de perdre. Elle est l'hiver russe. Un fantôme enraciné.

Pourtant, Gabrielle n'est pas convaincue. Ils jouent dans douze jours, et elle n'est pas convaincue.

À la fin du filage, tous s'assoient sur la scène, attendant le verdict. Gabrielle garde le silence un moment. Alix s'est assise sur le côté, au bord du plateau, presque isolée des autres. C'est tellement elle, cet à-côté, que ça déchire doucement le ventre de Gabrielle.

GABRIELLE. – Alix, pendant les scènes, ça va parce que tu interagis avec les personnages,
c'est beau, mais
dans les transitions
ça ne fonctionne pas.
Tu ne peux pas être la maison toute seule.

ALIX, *imperturbable*. – Comment ça ?

GABRIELLE. – Ton improvisation n'a plus de support,
plus de personnages,
plus de texte.
C'est trop vide.

ALIX. – Il faut que je cherche encore.

GABRIELLE. – Avoue que les transitions fonctionneraient mieux avec un violon.
Il apporterait l'âme slave.

ALIX. – Tu es sérieuse ?

GABRIELLE. – Très.

ALIX. – Si tu veux meubler avec de la musique, on pourrait demander à Diego et Matej.

GABRIELLE. – On pourrait,
mais on ne va pas.

Silence.

Gabrielle. – C'est ton choix, Alix.
En l'état, ça ne marche pas.
Soit tu te contentes d'aider en coulisses.
Soit on ramène Armand dans le projet
et on voit si ça joue.

Les yeux d'Alix se sont faits revolvers, ils tirent à balles réelles. Gabrielle encaisse. C'est un pari. Alix est capable de se braquer encore, de refuser ce qu'elle verrait comme une compromission, et une trahison inacceptable venant de celle chez qui elle s'est réfugiée. Ou elle peut grandir.

Gabrielle. – Alors ?

ARMAND

En plein cours, Armand jette un coup d'œil au téléphone qui vient de vibrer sur la table.

> Toujours envie d'être sur scène avec Alix ?
> Si tu as un moment, viens avec ton violon.

Confus, il repose l'appareil. Ils sont déjà passés par là. Et les conséquences ont été désastreuses. Il commence à peine à recoller les morceaux avec Alix, revenir à la charge lui semble la pire idée imaginable. Il tente de se concentrer sur le morceau que joue son élève, lorsqu'une deuxième vibration retentit. Gabrielle, encore.

> Elle est d'accord.

Une demi-heure plus tard, Armand écoute à la porte de l'auditorium. Les élèves sont en pleine répétition. Il se glisse à l'intérieur sans frapper. Gabrielle lui fait signe depuis les hautes marches qui servent de gradin. Il ôte son manteau le plus discrètement possible, la rejoint. Alix est dans un coin de la scène, debout, appuyée au tronc d'un arbre artificiel, tandis que d'autres comédiens jouent au centre. Si elle l'a vu arriver, elle n'en montre rien. Gabrielle se penche, murmure ce qu'elle attend de lui. Le froissement humide des mots à son oreille lui arrache un frisson.

– La prochaine transition est à la fin de cette scène, dit encore Gabrielle. On essaie ?

Armand ouvre l'étui de son violon. Déjà, il explore le répertoire qu'il connaît par cœur, cherche ce qu'il va jouer. La pièce se passe en Russie. Alors, du Stravinsky, sa *Chanson russe*. La *Valse sentimentale* de Tchaïkovski, et bien sûr sa danse russe du *Lac des cygnes*, morceau de bravoure qu'il adore depuis qu'il l'a découvert, à l'adolescence. Il se place près de l'entrée, comme s'il attendait dans les coulisses. Gabrielle lui donne le top. Il entame le Stravinsky, avance lentement sur la scène tandis que les élèves sortent des meubles, en apportent d'autres. Alix erre entre eux. Armand reste dans le fond, paupières closes, et pourtant, il sent qu'Alix l'écoute, qu'elle réagit à la mélodie. Lorsque tout se calme alentour, il termine sa phrase musicale, la laisse mourir dans le silence.

– On va tester la deuxième transition, intervient Gabrielle. Juste ça, fin de scène, puis on y va. En place !

Cette fois, Armand s'assied à l'avant-scène, un peu de profil comme s'il tournait le dos au remue-ménage du changement de décor. Il joue pour Alix. C'est avec la musique qu'il parle le mieux, depuis toujours. Et soudain, c'est elle qui vient vers lui. Il la sent s'asseoir, dos appuyé contre le sien, tête abandonnée sur son épaule libre. Armand sourit. Il pose son archet, prend son violon comme une guitare, poursuit la mélodie en pizz jusqu'à la laisser s'éteindre tout à fait. Ils restent là quelques secondes, l'un contre l'autre. Et puis Alix se lève, retourne à son cerisier.

– Dernière transition, celle des draps ! ordonne Gabrielle.

Cette fois, Armand regarde sa fille et se laisse surprendre par le morceau qui se couche sous ses doigts. C'est une mélodie tzigane qu'Alix réclamait enfant en battant des mains sans savoir qu'il la lui avait jouée encore et encore aux premiers jours suspendus de sa vie, lorsqu'il ignorait si elle allait survivre. Elle la reconnaît, à l'autre bout de la scène. Et tandis que les autres élèves recouvrent peu à peu les meubles de draps blancs, elle se met à danser. Son corps épouse chaque note. Ce n'est pas qu'elle se fiche des regards posés sur elle. C'est qu'elle les accepte. Elle danse et elle offre. Armand sent son cœur qui explose. Il en pleurerait.

Tous s'interrompent avant d'attaquer le dernier acte. Alix s'est tournée vers Gabrielle.

– Ça fonctionne ? demande-t-elle avec une pointe de défi.

– Ça fonctionne, approuve Gabrielle sur le même ton.

Alix hausse les épaules, comme pour bien montrer à tous que ça lui est égal. Mais lorsqu'elle se détourne, Armand surprend l'ébauche d'un sourire sur son visage, de ceux qu'on tente de contenir et qui débordent malgré nous. Il s'assied près de Gabrielle, qui, déjà, indique aux élèves quelle scène ils vont travailler.

– Merci, articule-t-il en silence.

– Oh, ne me remercie pas. Tu viens de signer pour dix jours de répétitions.

ALIX

À la fin du cours, Alix ne s'attarde pas. Elle fait signe à Gabrielle qu'elle rentre, évite son père, quitte l'auditorium. Par réflexe, elle jette un coup d'œil par les vitres de la salle des percussions. Diego et Matej ne sont nulle part en vue. Elle traverse le parc, le parking. Au fond de la poche de sa veste, son téléphone pèse lourd – des kilos d'appréhension, des tonnes d'espoir. Un message vocal l'attend. Numéro inconnu d'un fixe parisien. Elle n'ose pas écouter.

Elle a rêvé cette nuit qu'elle avait échoué au concours. Depuis, elle se raisonne, se dit que ce ne serait pas un drame, qu'elle en a d'autres en vue, des concours, des écoles, que ce n'est pas parce qu'elle ne réussit pas du premier coup qu'elle ne sera pas comédienne, au contraire peut-être. N'empêche. C'est là qu'elle rêve d'aller. C'est avec cette prof qu'elle rêve de travailler.

Elle descend la longue avenue vers la mer, fragment bleu-vert bouillonnant encadré de bâtiments qui l'attend tout au bout. Alix veut être là-bas pour découvrir son sort. Elle veut que la voix du répondeur se mêle au fracas des vagues et au chant fou du vent. Mais elle n'a pas la patience. Il faut qu'elle sache. Elle sort son téléphone à mi-chemin, écoute le message. Laisse échapper un cri. Elle saute jusqu'au ciel, au milieu du trottoir, trépigne en riant. Elle est prise ! Paris, le théâtre, ces visions de son futur mille fois projetées sur l'écran blanc du plafond de sa chambre, ce rêve construit, entretenu, transpiré, précisé jour après jour, les planètes s'alignent enfin, une forêt de feux verts devant elle. Et elle a envie de tout bouffer, soudain, chaque personne qu'elle croise, chaque arbre, chaque maison, chaque fissure dans le trottoir, chaque nuage. Les dévorer, tous. Les digérer. Les recréer sur scène.

En descendant l'éventail de la cale, elle hésite à envoyer des messages. Philippine, Matej, Diego, ses parents, Gabrielle qui doit déjà être en route pour Rennes où elle dormira ce soir. Elle a envie de partager cette sensation prodigieuse qui s'ouvre en elle, qui ouvre tout en elle. Pourtant elle n'en fait rien. Parce qu'elle aime l'idée de rester seule avec cette nouvelle quelques heures encore. C'est son secret, qui galope dans ses veines et enflamme sa poitrine. L'âme ébouriffée, elle court sur le sable humide à s'en écorcher la gorge.

Arrivée à la pointe de la Hoguette, Alix s'arrête, lâche son sac, se débarrasse de ses chaussures, de son pull, de son jean. Elle descend en débardeur à la rencontre de l'eau. Un instant, elle songe qu'elle n'a pas de serviette pour s'essuyer en sortant ni de vêtements de rechange. Elle balaie ces détails d'un rire, s'abandonne au froid des vagues adouci de soleil.

Elle est prise.

Sa vraie vie commence aujourd'hui. Celle qu'elle s'est choisie.

LUCE

18:30

Assise sur son lit d'hôpital, Luce attend. Les tests ordonnés par les médecins les ont rassurés, elle n'a rien de cassé, pas de saignements internes, à peine une légère foulure à la cheville droite et des blessures sans gravité. Elle s'est habillée, a rangé ses affaires dans son sac. Gabrielle doit venir la chercher. Gabrielle doit venir. Gabrielle…

Elle n'y croit toujours pas. La veille, quand la gamine lui a demandé si elle était la mère d'une Gabrielle, elle s'est contentée d'un hochement de tête. Elle n'a rien dit, n'a pas voulu savoir, pas voulu remonter à la surface les sédiments intimes que cette simple question remuait. Elle n'a pas imaginé que sa fille elle-même passerait cette porte une heure plus tard, ouvrant une brèche dans le temps.

Gabrielle a été son premier deuil – avant la mort de ses parents, avant celle de sa petite sœur, avant celle de Lucien bien sûr. Premier deuil jamais refermé parce que Gabrielle n'était pas morte. On ne peut pas faire le deuil d'un enfant bien vivant. C'est comme tenter de tourner la page d'un amour alors que l'objet de cet amour est encore debout, respirant, aimant, à quelques kilomètres de là. Impossible. Il n'y a qu'un nouvel amour, peut-être, qui peut court-circuiter la boucle obsessive de nos pensées. Mais pour un enfant… Rien n'a atténué ce vide de la savoir volontairement arrachée à elle.

19:20

Luce sort un petit miroir de son sac à main, arrange sa coiffure. Son visage, elle ne le regarde pas. Elle ne le regarde plus depuis longtemps. Une part d'elle est restée figée ce jour-là, ce jour où elle a perdu Gabrielle. L'avoir revue hier n'y change rien.

20:00

Gabrielle entre en trombe dans la chambre, attrape le sac de Luce sans la saluer.

– Il est tard, murmure Luce.

– Je ne pouvais pas venir plus tôt. Tu es prête ?

Ses mèches blanches retombent sur le col de son long manteau gris, et soudain, c'est l'image d'une montagne qui traverse l'esprit de Luce. *Ma fille est devenue une montagne.* Luce aussi a eu des cheveux blancs tôt – les premiers vers vingt ans, qui ont colonisé tout son crâne en l'espace d'une décennie –, mais elle les a teints avec application jusqu'à la mort de Lucien. Après, elle n'a plus eu le courage. Et elles se retrouvent toutes deux avec cette chevelure de neige. Vaporeuse pour Luce, brillante et épaisse pour Gabrielle. Luce, nuage errant, Gabrielle, montagne indestructible.

20:40

Elles roulent vers la maison de Luce. Elles ne parlent pas. Il n'y a pas de mots possibles. Il n'y a pas de mots. C'est ça le plus terrible, cette sensation qu'elles n'ont rien à se dire. Elles ont dérivé trop loin l'une de l'autre.

– Tu restes ? demande Luce lorsqu'elles se garent dans l'allée.

– Juste cette nuit.

GABRIELLE

Gabrielle ouvre les volets, clos depuis si longtemps qu'ils ont oublié avoir été un jour ouverts et protestent dans un grincement sinistre. La pâle lumière d'un matin gris s'infiltre dans la chambre. Sa chambre. Elle imaginait que ses parents avaient vidé la pièce pour la transformer en bureau ou en chambre d'amis. Mais rien n'a bougé depuis ses dix-huit ans. Les placards sont pleins de ses vieux vêtements. Les piles de documents sur le bureau sont à peine plus nettes que dans son souvenir, le bleu des rideaux plus foncé, le mur mansardé plus incliné. Quelqu'un a dû entrer faire le ménage de temps en temps car la poussière n'a pas envahi les lieux. Au cas où Gabrielle reviendrait ?

Son regard rebondit d'étagères en posters. Elle sourit aux visages sur les cartes postales punaisées au mur – Camille Claudel, Virginia Woolf et Frida Kahlo, sa sainte trinité, qui a trôné dans chacun de ses appartements depuis. Sarah Kane, un peu plus loin, cheveux courts et clope au bec, qu'elle venait d'épingler au-dessus de sa table de nuit lorsqu'elle est partie. Et puis Patti Smith et Robert Mapplethorpe sur l'escalier de secours de leur logement new-yorkais. C'était l'époque où

Gabrielle se cherchait des héroïnes, des femmes artistes à admirer, à imiter. Parce qu'au théâtre, ses professeurs ne lui faisaient découvrir que des hommes. Les doigts de Gabrielle caressent le dos des livres. Le coup de foudre absolu qu'a été le premier texte de Sarah Kane, et puis Brecht, Tchekhov – *La Cerisaie*, déjà –, Sophocle, Racine, Shakespeare, Molière, Beckett, Hugo, Rostand…

Elle entend sa mère marcher au rez-de-chaussée. Pour repousser le moment de descendre la rejoindre, elle prend une douche dans l'étroite salle de bains attenante. Ici non plus, ses parents n'ont rien jeté. Elle retrouve des vestiges de son adolescence, bâtons de rouge à lèvres écarlate et mascara desséchés, cheveux châtains emmêlés entre les picots de la brosse. Elle a presque un haut-le-cœur en découvrant ces morceaux d'elle. Elle s'en empare, récupère les cheveux, les jette à la poubelle. Puis elle se débarrasse de la brosse elle-même, du maquillage, des élastiques, des barrettes, des pinces colorées. Elle se sent un peu mieux.

Luce est en cuisine.

LUCE. – Bonjour.
Qu'est-ce que tu prends
au petit déjeuner ?

GABRIELLE. – Un café.
Juste un café.

LUCE. – Ce n'est pas
un petit déjeuner.

Gabrielle. – C'est ce que je prends.

Luce. – Tu as bien dormi ?

Gabrielle. – Bien.
L'infirmière passe à onze heures,
tu te souviens ?

Luce. – Ah ?
Oui.

Gabrielle s'échappe dans le jardin, allume une cigarette. Chaque banalité prononcée jette une lumière cruelle sur toutes celles qu'elles n'ont pas échangées durant vingt-cinq ans.

En attendant l'infirmière, Gabrielle débouche la bonde encrassée de la douche du bas.

La sonnette retentit à onze heures cinq. L'infirmière est un infirmier, un grand gaillard d'une quarantaine d'années qui ne s'arrête jamais de parler. En une demi-heure, Gabrielle apprend qu'il est originaire de Tunisie, qu'il a trois enfants dont un bébé, une femme qu'il a rencontrée pendant ses études et qui fait le même métier que lui, qu'il adore retaper de vieilles voitures pendant son temps libre, qu'il est « important de manger et de boire beaucoup d'eau, madame Paradis, votre corps a besoin de carburant pour guérir », et qu'il reviendra chaque jour à la même heure cette semaine. Il s'en va. L'air du salon est étourdi de paroles, rendant le silence revenu plus insupportable encore.

Gabrielle. – Je dois rentrer.

LUCE. – Bien sûr.

GABRIELLE. – Ça va aller ?

LUCE. – Bien sûr.

GABRIELLE. – La voisine passera te voir ce soir.

LUCE. – D'accord.

Silence.

GABRIELLE. – J'y vais, alors.

LUCE. – Fais attention sur la route.

TITOUAN

Titouan observe les allées et venues des passants dans la rue, ceux qui rentrent déjeuner, ceux qui repartent déjà au travail, les gamins alourdis de cartables qui sautillent pour ne pas toucher les lignes des trottoirs. Il s'imagine marcher parmi eux et son cœur accélère. Il va bien falloir pourtant. Il a rendez-vous chez la psy. Avant de l'intégrer à son groupe d'adolescents, elle veut le voir seul.

Il s'assied dans son lit, ouvre son ordinateur. Lix est en ligne. Ils n'ont pas joué depuis l'hôpital.

– Eh bah, t'es connectée à cette heure-là ? lance-t-il en guise de salut.

– Ouais. C'est presque les vacances. Plus que le spectacle du cours de théâtre…

C'est étrange, de l'avoir rencontrée pour de vrai, Titouan n'arrive plus à faire coller sa voix et son avatar de colosse musculeux. Ça le trouble. Pas qu'elle soit une fille, ça il s'en fiche, mais qu'elle existe quelque part, dans un vrai corps, avec un vrai visage et une vraie vie.

– Et alors ton concours, tu es prise ?

– Pris, corrige-t-elle. Ici, je suis Lix, et c'est « il ».

– Ok… ok.

– Je suis pris, ouais.

– Cool, bravo !... On joue ce soir ?

– Ouais, après ma répète.

La voix de sa mère tournoie dans le couloir.

– Titou ?

– J'arrive.

Il se déconnecte, enfile un pull, quitte sa chambre. Sa mère a pris son après-midi pour l'accompagner au cabinet de la psy. Dans le vestibule, Titouan inspire une grande goulée d'air. Ouvre la porte. Un instant, il affronte le soleil qui mordille son visage. Il lui semble que sa peau s'embrase.

– Ça va ? souffle sa mère.

– Moyen.

– Je vais avancer la voiture.

Elle se gare juste au bout de l'allée. Titouan court en apnée, comme poursuivi par des flammes invisibles, et se jette dans l'habitacle.

La psy est toute petite. Un mètre cinquante à tout casser, et un regard turquoise que Titouan ne parvient pas à soutenir lorsqu'elle lui tend la main. Il la serre vite, s'installe face à elle dans un fauteuil gris ardoise. Ils échangent quelques phrases creuses qui agacent Titouan. Ce n'est pas pour ce genre de banalités qu'il est venu.

– Je crois que je n'ai pas envie de devenir adulte, lâche-t-il.

– Moi non plus, avoue la psy en souriant.

Il lui jette un coup d'œil, dérouté.

– Quand j'ai choisi de ne plus sortir, je croyais qu'il n'y avait rien pour moi dehors.

– Ce n'est plus le cas ?

– Je ne sais pas. Peut-être que je peux inventer un moyen d'exister. Dès qu'on est différent, tout le monde nous tombe dessus. Mais... j'ai rencontré quelqu'un. C'était un pur hasard, un message arrivé sur mon téléphone, bref. Elle a été aviatrice. Pilote. Elle m'a dit qu'il faut que je trouve mon moyen de voler. Un truc que j'aime et qui calme mes angoisses, qui me donne envie de vivre dans le même monde que les autres et me permette d'y échapper en même temps.

– Et est-ce qu'il y a une activité qui te calme ?

– Les Lego, c'est pas vraiment un métier.

– Ah bon ? Il y a bien des gens qui les conçoivent, ces Lego ? Et puis il n'est pas question de métier, tu as le temps pour ça.

– Ce n'est pas ce que disent les profs au lycée.

– Et toi, tu en penses quoi ?

Titouan passe une main sur son front grenu de boutons. Ça le dégoûte un peu, cette trahison de son corps. Ça l'énerve aussi. Les boutons, son corps, et le reste.

– J'ai pas envie de gagner ma vie. Je veux dire, c'est quoi ce concept débile ? Gagner quelque chose qu'on possède déjà ? Mais Luce… Luce, c'est l'aviatrice. Elle croit que chacun peut trouver une place qui lui correspond. Et c'est pas juste des mots, vous voyez, elle l'a fait, elle. Elle s'est trouvé une place qui n'existait même pas dans le monde dans lequel elle a grandi. Alors je me dis que peut-être…

– Peut-être ?

– Peut-être.

ALIX

Alix dépose ses affaires dans les loges. Le théâtre de Saint-Malo, elle le connaît par cœur. Elle y a accompagné son père à tellement de concerts, fait tellement de galas de danse quand elle était petite, joué tellement de pièces grâce à Gabrielle depuis ! L'entrée des artistes lui est plus familière que les hautes portes vitrées qu'empruntent les spectateurs. Elle jette un coup d'œil à son reflet dans l'un des miroirs encadrés de dizaines d'ampoules – elle leur a toujours trouvé quelque chose de magique, comme des guirlandes de Noël toute l'année.

– En costumes ! lance Gabrielle. On a quatre heures pour enregistrer les lumières du spectacle. Ce n'est pas le moment le plus drôle pour vous, mais je vais avoir besoin que vous soyez réactifs et concentrés. On se retrouve sur scène dans dix minutes.

Alix saute dans sa robe blanche. C'est une couleur qu'elle ne porte jamais sauf sur scène. Elle aime cette idée. Être autre, sortir d'elle-même. Et pour incarner la Cerisaie, ça s'imposait. Fleurs de cerisier, neige d'hiver sur les branches…

Son père déboule, étui de violon à la main. Sur sa chemise blanche de concert, il a enfilé la veste de costume qu'elle préfère, en velours bleu pétrole. Il s'est rasé, remarque-t-elle. Toutes les filles du cours lui lancent des sourires ridicules et pouffent. Alix s'apprête à rouler les yeux vers le plafond, lorsque soudain, grâce aux regards qu'elles portent sur lui, elle comprend «Armandalina». C'est juste un flash, une impression fugitive. Le charme de son père, la beauté énigmatique de sa mère. Ils ont dû être sublimes tous les deux, le couple parfait, irrésistible. Comment l'assemblage de ces deux-là a-t-il pu donner… elle ? Elle et ce ventre qui tend sa robe, elle et ces cuisses comme des troncs, elle et ce visage lunaire que la croissance n'a su ni allonger ni creuser ? Génétique de merde.

Armand pose à côté d'elle l'étui de son violon recouvert d'autocollants, lui sourit dans le miroir.

– Ça va ?

– Hm.

Elle esquive, s'engouffre dans les escaliers qui montent vers les coulisses.

Gabrielle est dans la salle avec le régisseur. Derrière la console, ils discutent avec animation, font défiler des couleurs sur le plateau. Alix s'assied au premier rang, sourit. Elle sait que cet après-midi, il va falloir s'arrêter toutes les deux minutes, prendre sa place sans jouer, attendre beaucoup. Mais c'est un moment qu'elle adore. Les lumières qui soudain caressent le décor, inondent les peaux, embrasent les costumes, allument les regards, sculptent les ombres. Tout prend vie, tout existe sans être là, le dehors au-dedans, le monde entier sur une scène. Magie pure.

La répétition commence. Elle observe les techniciens qui grimpent sur les passerelles pour régler les projecteurs. Armand, son violon à la main, se balade sous les faisceaux comme dans son salon. Et de le voir là plongé dans ses pensées, c'est à peine si Alix se rappelle pourquoi elle lui en veut. Maintenant qu'il y a l'après, maintenant que Paris est certain, elle tolère sa présence à cet endroit de sa vie qui n'était qu'à elle. Tandis qu'il passe à proximité, Alix se penche à son oreille.

– Les parents de Philippine lui ont trouvé un appartement à Paris. Il y a deux chambres. Elle m'a proposé qu'on soit colocs, j'ai dit oui. Ça me coûtera quatre cents euros par mois. Je vais trouver un boulot en plus de l'école.

– Alix… ça fait quinze ans que je mets de l'argent de côté pour tes études.

– Je peux me débrouiller.

– Oh, je sais.

– Mais je veux bien de l'argent pour cet été. Je vais en Turquie.

Il la dévisage, fêlure dans les yeux, virgule plissée entre les sourcils.

– D'accord, dit-il seulement avant de reprendre son errance sur le parquet noir.

ARMAND

Gabrielle n'a pas exagéré en disant à Armand qu'il a signé pour dix jours de répétitions. Entre le conservatoire et le théâtre municipal, elle ne lâche pas ses élèves. Amusé, Armand la regarde les pousser jour après jour le plus loin possible. Admiratif, aussi, de sa ténacité.

Lorsqu'ils sortent de l'auditorium le samedi midi, le premier vrai soleil d'été mord leurs bras nus. Armand attend que les élèves s'éparpillent dans le parc pour s'approcher de Gabrielle.

– Tu veux manger un bout ?

– Breizh Bob ? propose Alix qui discute à deux pas de là avec un garçon en qui Armand reconnaît Diego.

Elle s'est incluse d'elle-même dans le déjeuner. Et Armand est tellement heureux que l'envie – n'importe quelle envie – vienne d'elle qu'il accepte aussitôt et supplie en silence Gabrielle d'approuver.

– Va pour Breizh Bob, tranche-t-elle.

– Je vous rattrape ! lance Alix.

Armand s'éloigne avec Gabrielle. Sans se consulter, ils s'acharnent à éviter le chemin sablonneux, comme un acte de résistance minuscule et joyeux aux règles du lieu. Gabrielle est plongée dans ses pensées. Armand ne l'en distrait pas, fixe le bas de sa longue jupe prune qui frôle les brins d'herbe.

Alix les rejoint en courant au bout du parking.

– Vous parliez de quoi ?

– De toi, évidemment, répond Gabrielle du tac au tac. Tu imagines bien que nous n'avons jamais d'autre sujet de conversation.

Alix grimace, puis sourit avant de créer autour d'eux une bulle de paroles. Armand l'observe à la dérobée. Ces derniers jours, elle s'est comme allégée d'un poids invisible. Même l'air ne circule plus autour d'elle de la même manière. Il ne peut pas s'empêcher de se dire que c'est de lui qu'elle s'est libérée, et ça lui tord un coin de cœur.

Arrivées sur la place de l'église où est installé le camion noir et blanc, les filles saluent Breizh Bob de loin et s'installent à une petite table métallique pendant qu'Armand se poste au bout de la file. Lorsque son tour arrive, Bob jette un coup d'œil vers la table.

– Enfin tous les trois, constate-t-il.

– Pardon ?

– Rien. Je vous vois toujours séparément. C'est bien.

Comme d'habitude, il s'active derrière les biligs en inventant la commande de chacun tandis qu'Armand médite l'énigmatique réponse.

– Pourquoi « C'est bien » ? demande-t-il après quelques secondes.

– Ce n'est pas bien ?

– Si.

– Voilà, on est d'accord.

Avec un clin d'œil, Bob tend à Armand trois galettes enrobées de papier.

– Celle-là pour Gabrielle, celle-là pour ta fille, et celle-là pour toi.

Armand paie, s'éloigne, un peu confus.

– Tu ne trouves pas qu'il ressemble à Bill Murray ? souffle Alix lorsqu'il s'assoit.

– T'as raison, y a un truc… La forme du visage, les cheveux… Drôle de bonhomme.

Alix manipule son téléphone, leur annonce que Mandalina va passer. Et en effet, ils ont à peine fait un sort à leurs galettes que sa voiture se range sur le bas-côté. Alix va à sa rencontre. Armand reste à distance.

– Des nouvelles de ta mère ? demande-t-il à Gabrielle.

– Ça a l'air d'aller. J'ai eu sa voisine et l'infirmier au téléphone. Je vais faire un saut à Rennes cet aprèm pour lui faire des courses.

– Et toi ? Toi, comment tu vas ?

– T'es chiant. (Il fronce les sourcils.) T'es chiant à poser cette question tout le temps.

– Tout le monde pose cette question tout le temps.

– Pas comme toi. Pas vraiment.

Un sourire lointain passe sur les lèvres de Gabrielle et ses yeux dérivent vers Alix qui revient en glissant quelque chose dans la poche de son sweat.

– Qu'est-ce qu'elle voulait ?

– Savoir si je voulais bien qu'elle vienne voir notre pièce.

– Et ?

Alix hausse les épaules.

– J'm'en fous. Elle fait ce qu'elle veut.

Gabrielle et Armand échangent un regard. Il se demande ce qu'Alix a dissimulé dans sa poche, puis sort discrètement son téléphone.

Elle ne s'en fout pas du tout, au fond, envoie-t-il.

C'est bien ce qu'il me semblait. Je serai là.

ALIX

Alix palpe l'enveloppe cachée sous son oreiller. Une semaine qu'elle la retourne sans se décider à l'ouvrir. Elle a même tenté de deviner les mots à travers le papier en le tenant à la lumière. Elle brûle de savoir ce que Mandalina lui a écrit, mais elle a peur. D'être déçue. D'être blessée.

Elle écoute. Aucun bruit ne provient de la chambre où dort Gabrielle. Alix se pelotonne dans le canapé qui est devenu son lit, rallume la petite lampe rouge. Le cœur battant, elle déchire le pli du rabat. À l'intérieur, deux feuilles blanches, traversées d'une écriture familière.

Alix,

Je n'arrive pas à te parler de moi. Je n'arrive pas à te parler de ces quinze années à ne plus comprendre qui j'étais. Alors je vais te l'écrire.

Je suis atteinte de troubles bipolaires. Ça veut dire que j'oscille en permanence entre des phases maniaques et des phases mélancoliques. Les médecins disent que le «terrain» était là avant et que mon accouchement a déclenché la maladie – pas toi; l'accouchement. Ce n'est pas pareil, garde bien ça en tête. Parce que j'ai vécu ma grossesse dans un bonheur intense. J'ai adoré te sentir grandir en moi, j'ai adoré t'attendre, t'imaginer, préparer ta venue avec ton père.

Et puis il y a eu ce moment où tu es arrivée. Trop tôt. Je n'étais pas prête, je croyais avoir deux mois encore, et d'un coup, tu arrivais.

Sur le moment, c'était comme si on m'arrachait un morceau de moi-même. Je ne voulais pas que tu sortes. Ça a été très vite, tu étais minuscule. Je ne voulais pas que tu sortes et l'instant d'après tu étais là. J'étais dans un état second. Je ne comprenais pas. Comme s'il était inconcevable que tu sois née de moi, un non-sens total. C'est difficile à expliquer.

Dans les jours qui ont suivi, j'ai plongé. C'était ma première phase mélancolique mais, bien sûr, je l'ignorais. Tout ce que je sentais, c'était une angoisse profonde, terrifiante, pour moi, et pour cet enfant qu'on disait le mien et dont je me sentais si loin, de plus en plus loin de jour en jour. Dès l'instant où tu n'as plus été en moi, tu m'as été étrangère. Je n'arrivais pas à venir te voir à l'hôpital, dans cette couveuse atroce qui avait remplacé mon ventre. J'ai eu l'impression de me noyer dans mon angoisse. J'ai eu l'impression de mourir. Je ne comprenais pas ce qui m'arrivait. Partir, c'était un ultime réflexe de survie. Me sauver, littéralement. J'ai retrouvé mon père à Marseille, il m'a emmenée voir un médecin qui a aussitôt compris que j'étais un danger pour moi-même et qui m'a convaincue de me faire interner en hôpital psychiatrique.

Je t'ai dit que les quinze ans qui ont suivi sont passés vite. C'est à la fois vrai et faux. Dans mes phases maniaques, tout va à toute allure, je suis emportée dans le tourbillon que je crée autour de moi, j'ai l'impression que rien n'est impossible, que je pourrais conquérir le monde, sauter d'une falaise, courir un marathon sans entraînement. Je ne reconnais plus le danger.

Pendant les phases mélancoliques, en revanche… Je ne me sens à la hauteur de rien. Je m'enfonce. Je me trouve mauvaise, malfaisante, c'est comme si tout ce que je touche allait pourrir. J'ai envie de mourir. J'ai envie que tout meure avec moi, que ce monde trop plein de douleur disparaisse tout entier dans un trou noir.

Mais le pire, c'est entre les deux, quand je passe de l'une à l'autre. C'est le moment où je prends conscience de ma propre folie. Le moment où je me retrouve comme face à un miroir, où je vois vraiment ce que je suis devenue.

Bien sûr, il y a les médicaments. J'en ai testé beaucoup, certains qui fonctionnaient, d'autres non. J'ai cessé de les prendre. J'ai rechuté, encore et encore. Des dizaines de fois, j'ai pensé à te contacter, à te revoir. J'avais tellement peur de te faire du mal. Physiquement. Peur de te blesser, de ne pas me rendre compte que je te mettais toi aussi en danger, de perdre pied avec la réalité. J'ai passé quinze ans à ne pas être moi-même. Quinze ans à être effrayée par ces autres versions de moi qui s'emparaient de mon corps et de mes émotions. C'est passé vite, et c'était interminable. Les deux à la fois.

Je ne suis pas revenue il y a deux ans parce que tu avais l'âge auquel j'ai perdu ma mère, ce n'est pas exact. Mais réaliser que tu approchais de cet âge-là, ça m'a fait un choc. J'étais en pleine phase maniaque. J'avais arrêté toute médication quelques mois plus tôt parce que je haïssais ces pilules que je prenais chaque jour et qui ne me guériraient jamais. Ça me donnait l'impression d'être une droguée. Et là, au volant d'une voiture qui m'emmenait vers Paris, j'ai réalisé que tu allais avoir quinze ans. Je me suis dit : « Je ne veux pas finir comme ma mère. Je ne veux pas qu'Alix vive ça. » Alors j'ai fait demi-tour. Direction l'hôpital, pour la troisième fois.

Quand j'en suis sortie, deux mois plus tard, j'avais un traitement efficace. J'étais stable. Je ne savais pas encore ce que j'allais faire de ma vie – j'avais démissionné de mon travail à Toulouse en entrant à l'hôpital. Et une vieille amie m'a appelée. Elle m'a expliqué qu'elle voulait ouvrir une galerie à Rennes, qu'elle savait ce que je traversais, et que, si l'aventure me tentait, on pouvait s'associer. Rennes. Si près de toi. Toi qui aurais quinze ans une semaine plus tard. J'ai dit oui dans la seconde.

Voilà. Je veux bien essayer à nouveau de parler de tout ça, si tu en ressens le besoin. Je ne suis pas sûre de savoir expliquer plus clairement que je viens de le faire. Je ferai de mon mieux.

Je suis désolée que tu aies dû grandir sans moi. J'aimerais te dire que tu m'as manqué chaque jour de ma vie loin de toi. Ce serait faux. La maladie prenait souvent le dessus, trop violemment pour que l'idée de manque soit possible. En revanche, je peux te dire qu'aujourd'hui tu me manques.

Tu me manques, Alix.

Je t'aime et j'aimerais avoir une place dans cette vie que tu construis.

Manda

Alix replie la lettre, la range dans son enveloppe qu'elle glisse à nouveau sous l'oreiller.

Elle ne pleure pas. Elle ne sourit pas. Elle fixe le cercle jaune et son halo rouge que l'abat-jour de la lampe dessine sur le plafond. Longtemps, elle reste là, les yeux grands ouverts dans la nuit. Elle consulte des tiroirs intimes dans sa tête, inspecte leur contenu, les réarrange. Un ménage intérieur où elle redécouvre tout ce qu'elle avait mis de côté.

À un moment, Gabrielle se lève pour aller aux toilettes.

– Tu ne dors pas ?

– Non.

– Ça va ?

– Oui.

– Tu veux en parler ?

– Pas maintenant.

– D'accord.

LUCE

8:20

Lorsque Luce repousse les draps ce matin-là, elle songe que le spectacle des élèves de Gabrielle a lieu dans la soirée et qu'elle n'y sera pas. Elle n'a pas osé lui demander de venir la chercher, a craint de déranger, s'en veut. Peut-être… peut-être quelqu'un pourrait-il la conduire jusqu'à Saint-Malo ? Mais elle a beau chercher, elle ne voit pas qui. Sa voisine a certainement autre chose à faire, la mère de Titouan aussi, et puis elles protesteraient, lui répéteraient qu'elle a besoin de repos, qu'elle ferait mieux de rester chez elle encore un peu. Non, elle doit se faire à l'idée. Une fois encore, elle ne sera pas là.

11:00

L'infirmier passe, tornade de mots et de rires. Il s'extasie sur sa guérison. Et, en effet, dix jours après sa sortie de l'hôpital, les douleurs sont diffuses. Sa plaie à la tête n'est plus qu'une légère boursouflure qu'elle dissimule d'une mèche de cheveux, et ses ecchymoses, encore bien visibles, ne lui font mal que quand elle appuie dessus. Elle sent une énergie nouvelle parcourir ses veines.

– Vous n'aurez bientôt plus besoin de moi, madame Paradis !

Luce raccompagne l'infirmier à la porte, regarde sa voiture s'éloigner. Il flotte dans l'air des odeurs de vacances, la brise feuillette les arbres et, à l'orée de juillet, les voix d'enfants ont envahi les jardins. Pour la première fois depuis deux ans, Luce sent grandir en elle l'envie d'appartenir à ce doux vacarme.

13:10

Elle vient de finir de déjeuner lorsque le cri strident de la sonnette fracture le calme de sa cuisine. À la porte, elle reconnaît Aurore, la mère de Titouan, et lui, juste derrière, sous la capuche d'un sweat gris qui pourrait contenir trois garçons de son gabarit. Ils s'installent au salon. Aurore entrouvre une fenêtre, s'en va préparer du thé comme si elle était chez elle. Titouan abaisse sa capuche. Quelques doigts émergent des manches, malmènent le tissu. Les creux de son visage s'animent d'un sourire furtif.

– Je vois cette psy, là.

– C'est bien ?

– Je ne sais plus quoi lui dire. J'ai tout lâché le premier jour et, maintenant, je dois me creuser la tête dans la salle d'attente pour trouver un sujet de conversation. Participer à son groupe, là, ce serait plus simple. Qu'on soit plusieurs. Elle ne veut pas, pas tout de suite. Elle dit : « J'ai entendu que tu en as envie. » Les psys, ça ne dit jamais les choses simplement, ça parle en labyrinthe. Ça ne dit pas : « Bientôt » ou « Encore trois séances », ça dit « J'ai entendu que tu en as envie », ce qui est une manière de dire quelque chose en ne disant rien du tout. Ou alors c'est juste elle ?

Il lève les yeux au ciel.

– Je ne suis pas experte en psychothérapeutes. Mais tu es là. Elle ne doit pas être complètement incompétente.

– Ouais, ça va, elle est ok.

Aurore revient avec le thé, interroge Luce sur sa santé. Dans la cuisine, elle a vérifié le contenu du frigo, Luce l'a entendue. Cette sollicitude d'une presque inconnue la touche.

Titouan observe les deux maquettes d'avions qui trônent en haut d'une étagère.

– Quand Lucien ne volait pas, explique-t-elle, il faisait du modélisme. Enfin, au début. Parce que vers quarante ans, il a découvert autre chose.

Elle se lève avec un air de conspiratrice, s'empare d'un album photo, l'ouvre. La double page est recouverte d'images de Lucien au milieu de constructions en Lego. Titouan écarquille les yeux.

– C'est… ici ? demande-t-il.

– Dans la cave, oui. Elle en était pleine. J'ai tout vendu après sa mort.

– Je peux voir ?

– Oh, c'est vide. Enfin si tu veux.

Ils se lèvent, descendent le petit escalier. Luce presse l'interrupteur. Une ampoule nue illumine l'antre de Lucien, qui ne contient plus qu'une table et quelques cartons. Titouan détaille tout, même ce qui n'est plus là, devine Luce. Il se penche, ramasse une figurine oubliée sur le sol.

– Je peux la prendre ?

– Oui, si tu…

La sonnette, encore, la coupe en pleine phrase. Ils remontent. Aurore a déjà ouvert et revient avec Tess.

– Ma jeune voisine, la présente Luce avec un grand sourire. vous vous êtes croisés à l'hôpital, je crois ?

– Tout à fait ! s'exclame Aurore. Viens, Tess, assieds-toi. Tu veux du thé ?

Tess a un plat à la main, qu'elle pose sur la table basse. Elle accepte le thé en retirant le tissu qui recouvre sa création pâtissière du jour.

– Je cherchais une nouvelle recette à faire, et je suis tombée sur cette tarte au chocolat avec du caramel au beurre salé, et je me suis dit : « C'est le meilleur des deux mondes », enfin, des trois, même, alors je m'y suis collée ce matin, j'ai un peu inventé quand la recette me semblait moisie et tout, et voilà. Vous voulez goûter ?

Aurore, enthousiaste, apporte des assiettes à dessert. Titouan a piqué du nez, son visage a viré au rouge coquelicot jusqu'à la racine de ses cheveux et il observe ses genoux comme s'il ne les avait jamais vus. Amusée, Luce le regarde grignoter la pointe de sa tarte.

– T'aimes pas ? s'inquiète Tess.

– Si… Si !

Il enfourne le reste de sa part dans sa bouche, peine à mâcher, tente un sourire plein de miettes qu'il a le bon sens d'interrompre avant de dévoiler ses dents chocolatées.

14:50

Ils sont tous partis. Luce a les pieds qui la démangent. Elle se sent capable de prendre le bus. Elle se sent capable de beaucoup de choses. Les nuages l'appellent.

Lorsqu'elle pénètre deux heures plus tard dans le grand hangar de l'aéroclub, Noël marche à sa rencontre, son éternelle combinaison bleu sombre sur le dos. D'un torchon, il essuie ses mains.

– Luce, souffle-t-il en souriant. Je ne pensais pas te voir avant quelques jours encore.

– Je vais mieux.

– Bien. Bien.

Le regard de Luce dérape vers son Piper. L'hélice levée vers les poutres métalliques, il semble l'attendre. Pour un peu, elle l'entendrait murmurer : « On y va ? » Elle s'approche, flatte le métal.

– Je vais le sortir, annonce-t-elle.

– Es-tu sûre d'être en état ? s'inquiète Noël.

– Juste un petit vol.

– Ok. Allons-y. Vingt minutes maximum.

Luce tique. Noël ne l'a jamais laissée voler seule – elle a beau avoir piloté toute sa vie, son brevet a expiré depuis des années. Sans un mot, elle le regarde sortir le Piper et s'installe derrière les commandes.

– Noël, peux-tu prendre une bouteille d'eau ?

À l'instant où le mécanicien disparaît dans le hangar, Luce s'élance sur le tarmac.

ALIX

Alix est seule sur scène, assise au pied du cerisier. Son regard se perd dans le lointain. Mine de rien, elle observe la salle qui se remplit, le rouge uniforme des sièges peu à peu remplacé par un camaïeu de cheveux, de tee-shirts, de visages. Elle repère un flash bleu vif en plein milieu du cinquième rang. Philippine, qui tente de lui faire perdre son sérieux à grand renfort de grimaces. Alix s'autorise un sourire qu'elle envoie se perdre sous la lumière pâle des projecteurs.

Elle se lève, fait quelques pas vers le fond de la scène encore plongé dans l'ombre, se retourne. Diego. Il descend une allée entre les fauteuils, dérange une dizaine de personnes pour s'asseoir à côté de Philippine. C'est Alix qui a choisi leurs places. Et ils se mettent aussitôt à discuter et rigoler comme s'ils se connaissaient depuis mille vies.

Une dizaine de rangs derrière eux, il y a Matej. Matej et sa copine, aussi blonde que lui. Ils sont si parfaitement assortis que c'en est presque douloureux. Presque. Alix laisse la sensation descendre en elle, imprégner chaque geste, envahir son regard.

Gabrielle fait un signe à Alix depuis les coulisses, ses cinq doigts levés. Plus que cinq minutes avant le début du spectacle. Un rush d'appréhension et de plaisir mêlés fuse dans son corps, frisson électrique qui, au lieu de la faire sauter dans tous les sens comme lorsqu'elle était petite, attise sa concentration. C'est comme si elle faisait un pas de côté. Décalage infime. Décalage intime. Tout lui apparaît avec une acuité nouvelle. Les voix, les sourires, le décor, les autres comédiens qui patientent entre les pendillons de velours noir, l'air frais qui dévale sa gorge jusqu'au fond de son ventre, l'air chaud qui s'échappe de ses narines, l'élasticité de ses muscles. Et puis cette sensation qu'elle n'a que lorsqu'elle est sur scène, comme un nuage scintillant autour de son corps, qu'elle peut étendre à sa guise jusqu'à ce qu'il remplisse la salle entière. Jusqu'à ce qu'il atteigne chaque personne présente.

Un jour, ce sera sa vie. Jouer soir après soir devant des publics différents. Mais en attendant, il y a ce soir. Ce soir dont elle va déguster les instants un par un comme des bonbons.

Les lumières dorées de la salle s'éteignent. Juste avant que le noir tombe sur le public comme un grand manteau, Alix repère sa mère, accoudée au premier rang du balcon. Une bulle tiède explose dans sa poitrine. Ce soir, elle jouera pour elle. Pour eux, Armandalina, réunis par la magie du théâtre dans le même espace-temps. Réunis en elle à chaque seconde.

Armand entre de l'autre côté du plateau, violon coincé sous son menton.

La pièce commence.

Alix a l'impression de voler.

LUCE

Luce survole Saint-Malo. La mer s'ouvre devant elle, immense. Le soleil d'été commence à peine à s'incliner vers l'horizon. L'ombre des nuages glisse à la surface telles de gigantesques bêtes prêtes à surgir des abysses. Elle a envie de pousser plus loin au-dessus de la mer. Juste elle, les vagues et l'horizon. Juste elle et le souvenir de Lucien.

Soudain, un bruit d'explosion retentit devant.

L'avion se met à descendre.

Luce a un instant de flottement avant de réagir. Elle tente de maintenir sa vitesse de plané, repousse à fond la manette de gaz pour remettre de la puissance. Rien n'y fait. À l'avant, l'hélice s'est immobilisée à la verticale. C'est à ce moment qu'elle comprend. Le moteur ne repartira pas. Elle n'évitera pas le crash.

Revenir vers la terre, souffle une voix dans sa tête. Son entraînement la réduit aussitôt au silence. Faire demi-tour pour tenter un atterrissage dans un champ consommerait trop d'altitude, et elle est déjà basse.

L'eau, alors. Seulement, le Piper coulera en quelques minutes. Elle vire légèrement vers Cancale, scrute la surface chahutée des vagues à la recherche d'un bateau où trouver refuge si elle réussit à amerrir. Là, un gros zodiac gris ! Elle s'en approche au maximum. Avec un peu d'habileté, elle peut adoucir l'impact, mais ses bras n'ont plus de force et tout son corps la lance. Elle freine. L'avion descend trop vite. Beaucoup trop vite.

Un calme fataliste s'allonge dans l'esprit de Luce, s'y étire comme un gros chat blanc. Alors elle vire à nouveau vers le large.

Le nez du Piper caresse le cercle éblouissant du soleil, se précipite à sa rencontre.

Droit vers le jour qui tombe.

GABRIELLE

Fin de l'acte III, la Cerisaie a été vendue aux enchères et le nouveau propriétaire annonce qu'il va couper tous les cerisiers du domaine. Les comédiens déboulent en coulisses. Gabrielle tend à chacun un des draps blancs qui doivent recouvrir les meubles pendant la transition.

GABRIELLE. – Allez !
C'est bien, on continue !
Simon, ton drap.
Bravo, Lola ! En piste !

Elle ne peut pas s'empêcher de se demander si elle les reverra. La question passe dans sa tête sans s'attarder. Les élèves s'envolent, c'est dans l'ordre des choses. Certains disparaissent dans la nature. D'autres échangent quelques sms ou repassent au conservatoire de temps en temps. Jusqu'à ce qu'ils arrêtent. C'est ainsi. C'est normal. Et puis ça lui va bien. Tant qu'ils sont là, elle engage toute son énergie à les aider à grandir et à s'approcher de leurs rêves. Puis elle passe aux suivants. Elle a besoin de changement, d'inconnu.

Dissimulée derrière le velours noir, elle regarde Alix et Armand interagir sur le plateau, indifférents au ballet fantomatique des draps. L'évidence de ce que leurs deux présences entremêlées racontent la bouleverse. La fin d'une ère, le début d'une autre. Les déchirures d'une famille et ce qui les aimante pourtant ensemble. Exactement le propos de la pièce. Ou celui de sa propre existence. Elle ne sait plus bien, à cet instant, tout se mélange. C'est ce qu'elle aime dans le théâtre, il se nourrit de la vie et la leur rend en même temps, sublimée d'une compréhension nouvelle.

Le dernier acte se déroule comme dans un rêve, il coule vers la fin, vers la maison vide, vers le claquement de la serrure, vers le vieux valet de chambre oublié là, vers les haches des bûcherons qui abattent la cerisaie, leurs battements réguliers comme un compte à rebours. Le noir final dévore la scène. À peine un silence, et les applaudissements s'élèvent.

GABRIELLE. – Allez, allez !
Les saluts !
Allez-y !

Les élèves courent sur le plateau. Alix revient chercher Gabrielle pour qu'elle salue avec eux. Un énorme bouquet atterrit entre ses bras.

ARMAND, *à son oreille*. – Tu pleures ?

GABRIELLE. – Jamais.

ARMAND

Armand émerge dans la petite cour intérieure devant l'entrée des artistes. Elle grouille de monde. Les parents viennent récupérer leurs ados qui n'en finissent plus de dire au revoir à leurs copains en embrassades humides et rafales de selfies. Au milieu de ce joyeux chaos, Armand aperçoit Mandalina qui discute avec Alix, et Gabrielle qui reçoit les félicitations des parents. Étrange de les voir toutes rassemblées au même endroit. Ça le paralyse presque, cette convergence des femmes de sa vie. Il fait deux pas. Gabrielle l'intercepte, le serre fort contre elle.

– Merci d'avoir été là, souffle-t-elle.

Il lui rend son étreinte, ému. La prolonge.

– Avec plaisir, répond-il avant de la relâcher. On remet ça quand tu veux.

Gabrielle lui sourit, et se tourne vers une élève qui vient lui parler. Mandalina s'approche d'Armand.

– Bravo, dit-elle.

– Merci ! Tu as aimé ?

– Oui. C'est étrange de t'entendre jouer à nouveau. Ça m'a manqué. C'était très beau.

La gorge d'Armand se noue. La voix d'or de Mandalina le retourne jusqu'au fond du ventre.

L'espace de quelques secondes, il n'entend plus les cris stridents des ados ni la rumeur des voitures qui passent dans la rue. Et puis tout revient comme une gifle qui le laisse sonné.

Il s'agace de sa réaction, se détourne. Il aimerait que la présence de Manda ne lui fasse plus rien, être comme anesthésié devant elle, insensible à ce mystère dont elle sait si bien user. Son violon est ce qu'il a de plus intime, elle le sait, alors « Ça m'a manqué », c'est comme « Tu m'as manqué », en plus subtil.

– Tant mieux, lâche-t-il.

Une moue d'incompréhension effleure son visage.

– Tant mieux ?

– PAPA !

La voix d'Alix. Armand la cherche du regard. Elle est avec Gabrielle, qui s'appuie au mur, visage blême, téléphone à l'oreille. Oubliant Mandalina, il fonce vers elles. Gabrielle ouvre la bouche. Des mots en tombent comme des pierres.

– Ma mère est à l'hôpital.

– Encore ?

Gabrielle se reprend. Le rouge revient à ses joues, un rouge furieux.

– Ça commence à bien faire, ses conneries, putain !

– Je t'emmène ? propose-t-il.

– Non, c'est à cinq minutes.

– Elle est à l'hôpital de Saint-Malo ? s'étonne Alix. Elle n'était pas à Rennes ?

– Elle est sortie voler. Elle a eu un accident.

– Grave ?

– Je ne sais pas. Ils m'ont juste dit de venir.

Mais je dois aller remercier le régisseur… Et je n'ai pas dit au revoir à tout le monde… Et…

Armand empoigne ses épaules.

– Gab. Tu descends à l'hôpital, maintenant. Je m'occupe de tes élèves. On te rejoint là-bas.

GABRIELLE

Gabrielle se précipite à l'accueil des urgences. La femme lui demande de patienter un moment dans la salle d'attente, lui précise qu'un médecin va venir la voir. Gabrielle obéit. Ses doigts courent sur ses cuisses en un battement frénétique. Deux fois en deux semaines ! Elle n'arrive pas à y croire. Si c'est la seule manière qu'a trouvée sa mère pour lui signifier qu'elle veut la voir, il va falloir qu'elle change de stratégie très vite !

Un homme en blouse blanche s'approche.

LE MÉDECIN. – Madame Paradis ?

GABRIELLE. – Non, ça, c'est ma mère.

LE MÉDECIN. – Suivez-moi, s'il vous plaît.

GABRIELLE. – Comment va-t-elle ?

LE MÉDECIN. – Vous devriez vous asseoir.

GABRIELLE. – Dites-moi.

LE MÉDECIN. – L'avion de votre mère s'est abîmé en mer, au large de Cancale. Il y a eu plusieurs témoins, les secours sont arrivés très vite. Elle était vivante lorsqu'ils l'ont sortie de l'appareil. Malheureusement, elle est décédée dans l'hélicoptère. Je suis vraiment désolé.

GABRIELLE. – D'accord. D'accord.

LE MÉDECIN, *tendant un sac plastique*. – Tenez.
Elle serrait ce vêtement contre elle,
elle n'a pas voulu l'abandonner.

Gabrielle regarde dans le sac. Il contient un amas de tissu-éponge rayé. Le peignoir de son père, inchangé depuis trente ans, juste plus élimé qu'à l'époque de son adolescence. Gabrielle est incapable de pleurer. Elle n'est pas triste, pourquoi pleurerait-elle ? Elle sent monter une vague de fureur, toute hérissée de glace. Elle voudrait renverser les armoires et les lits à roulettes, briser les flacons de verre, entendre le fracas du métal sur le sol. Est-ce que cet accident était intentionnel ? Est-ce que Luce a choisi cette mort ? Est-ce que Luce a choisi cette mort *maintenant* ? Pourquoi aurait-elle emporté le peignoir de Lucien ? Pourquoi, si elle n'avait pas l'intention de mourir ? Si elle n'avait pas l'intention de le rejoindre ?

Gabrielle devine déjà qu'elle ne saura jamais, et c'est ce doute-là qui la rend furieuse, que Luce la laisse avec ce point d'interrogation immense, dévorant, insupportable. Son poing frappe le mur carrelé. Le médecin se précipite vers elle, l'éloigne de la paroi.

GABRIELLE. – Quelle conne !
Mais quelle conne !

ALIX

– Elle est morte.

Alix fixe Gabrielle, horrifiée. Son visage est raturé de colère. Ce n'est plus Gabrielle, plus celle qu'Alix connaît du moins, et ce qui a pris sa place est effrayant. Là, tout de suite, Gabrielle est atomique. Il suffirait d'un rien pour qu'elle explose. Seuls les bras d'Armand qui se referment autour d'elle semblent capables de la contenir. Philippine et Diego le sentent, eux aussi, qui tirent doucement Alix en arrière. Ils s'enlacent tous les trois, enchevêtrement de bras, de cheveux, de souffles qui peinent à se trouver un chemin dans leurs corps.

– C'est pas le mec des dauphins, là-bas ? lance Diego.

Ils se séparent, à peine. Dans le hall, un grand type en veste rouge de marin fait des allers-retours nerveux, son téléphone à la main.

– Gaël ! s'exclame Alix en courant vers lui.

– Alix ? Qu'est-ce que tu fais là ?

– La mère d'une amie vient de mourir. Accident d'avion. Et toi ?

– Luce ? Luce Paradis ? Elle est morte ?

– Oui.

Gaël passe une main tremblante sur son visage. Et puis il raconte. Il avait déposé une heure plus tôt sur la plage de Port-Mer les derniers adhérents de son association et il était ressorti faire du wake avec des amis quand ils ont vu l'avion descendre droit sur leur zodiac. La pilote a viré au dernier moment, s'est écrasée violemment. Gaël a été le premier sur les lieux. C'est lui qui a sorti Luce de l'appareil avant que celui-ci coule, lui qui a prévenu le sémaphore pour qu'on envoie des secours. Mais les gars du sémaphore avaient vu l'accident eux aussi et l'hélicoptère arrivait déjà.

– Dans le zodiac, elle délirait. Elle m'a appelé Lucien.

– C'était son mari.

Sans se concerter, ils se laissent tomber tous les quatre sur des sièges en plastique libres. Alix attrape la main de Diego. La garde. Une bonne demi-heure s'écoule dans une torpeur étrange, les regards fixés sur le ballet des silhouettes et des portes automatiques. Et peu à peu ils reprennent vie. Philippine, qui ne perd jamais le nord même au milieu du chaos, demande à Gaël si elle pourra lui emprunter les drones avec lesquels il filme les dauphins pour réaliser certaines scènes du film qu'elle a presque fini d'écrire. Le pouce de Diego caresse le poignet d'Alix, et elle se dit que dans ce simple contact, dans ce froissement de peaux d'une intimité folle, elle pourrait oublier le monde entier. Le monde entier, sauf…

– … Titouan ! Quelqu'un a prévenu Titouan ?

TITOUAN

Lorsque son téléphone sonne, Titouan fixe la nuit qui s'étend de l'autre côté de la fenêtre, et il lui semble que la ville entière a été plongée dans une boîte de cirage tant elle est profonde. Il décroche. C'est Alix. Alix qui ne l'a jamais appelé sur ce numéro. Titouan écoute. Raccroche.

Luce est morte. Accident d'avion.

Les mots n'ont aucun sens, il a beau les assembler encore et encore, ils restent extérieurs à lui, enfermés dehors. Il les prononce, pourtant. Il les répète. À ses parents, à Eliott, à Lila. Mais à peine se sont-ils engouffrés dans sa bouche qu'ils ressortent et s'éloignent.

Titouan tente de manger. N'y parvient pas. Rien ne peut entrer. Il a fermé toutes les portes, clos tous les volets, bouché chaque soupirail et jusqu'à la moindre serrure. Il s'est barricadé en dedans. Il regagne sa chambre, s'emmitoufle de sa couette, la remonte par-dessus sa tête.

Seulement, c'est un siège qu'il ne peut pas tenir. Les mots attaquent de toutes parts, fissurent ses défenses, s'infiltrent jusqu'à le noyer. S'il reste là, immobile, il en mourra. Cette certitude empoigne ses tripes, le jette hors du lit. Il tourne sur lui-même. Dans l'ombre, les structures de Lego ont des allures de monstres. Il saisit le sommet de l'arche et l'arrache. Puis c'est l'avatar de Lix et le sien qui se fracassent sur la moquette. La lumière de la chambre s'allume d'un coup. La mère de Titouan se précipite vers lui, tente de l'arrêter. Eliott aussi, qui le ceinture et le maintient en répétant que ça va aller.

– Laissez-le faire, dit leur père depuis la porte. Laissez-le. Il en a besoin.

Titouan se dégage de l'étreinte de son frère, sans colère, sans douceur. Il reprend son œuvre de destruction systématique. Eliott s'en va avec leur mère. Leur père reste, s'assied en travers du couloir.

Titouan, ça lui prend toute la nuit.

Au début, il fait tomber ses créations en grands gestes furieux et puis, lorsque tout est à terre, il s'agenouille, se met à séparer chaque pièce méticuleusement, ses doigts comme des râteaux pour être certain de n'en manquer aucune. Que plus rien ne soit attaché à rien.

Au matin, il ne reste qu'une mer de plastique sur le sol de la chambre, et la réplique de l'avion de Luce au milieu, avec la figurine qu'il a récupérée dans sa cave. La seule construction qu'il n'a pas détruite. Haletant, il découvre d'un œil halluciné ce calme revenu. Son père n'a pas bougé, n'a pas dormi, s'est contenté de l'accompagner du regard.

Titouan ne saurait dire quelle heure il est quand Alix apparaît à la porte. Elle enjambe son père, pousse les Lego, trace un chemin de moquette jusqu'à lui.

– Lève-toi.

Il lui jette un coup d'œil sans comprendre.

– Lève-toi, Titouan. Mets un pull.

Il se retrouve à l'arrière d'une petite voiture entre Alix et une fille aux cheveux bleus. Au volant, un garçon aux grands yeux noisette, un chignon brun sur le haut du crâne. Sur le siège passager, un blond plus âgé au pull rayé, une veste rouge de bateau sur ses genoux. Titouan ne pose pas de questions. Il se laisse faire.

Une heure plus tard, ils longent la côte, descendent vers une grande pointe qui s'enfonce dans la mer, se garent. « Pointe du Grouin », lit Titouan sur un panneau. Il est déjà venu ici en famille. Et tandis qu'il se dit cela, la voiture de ses parents se gare à son tour sur le parking de terre. Ils en sortent tous les deux, avec Eliott et Lila.

– On te suit, Gaël, dit Alix.

Le grand blond zippe la fermeture de sa veste. Il les entraîne le long d'un bâtiment blanc avec une tourelle – le sémaphore explique-t-il. Tous ensemble, ils marchent entre les buissons épineux vers le bout de la pointe. Un couple se joint à eux. Titouan reconnaît le père d'Alix et la fille de Luce. Gaël s'arrête à la limite entre la terre et la roche. Il désigne un point légèrement sur leur droite.

– L'avion est tombé là, dans l'alignement de l'île des Landes, au large du phare.

Personne ne commente. Tous fixent cette zone d'eau sous laquelle repose l'avion de Luce. Tous cherchent à deviner le point exact.

Eliott passe un bras autour du cou de Titouan, poing serré contre sa mâchoire.

– Ça va, petit frère ?

Titouan acquiesce. Le vent lui arrache des larmes qui sèchent aussitôt. *Il fait beau*, se surprend-il à penser. *Il fait beau et cette pointe est sublime.*

Il jette un coup d'œil en arrière. Là-bas, à quelques pas, Alix embrasse le brun à chignon. Titouan se détourne pour ne pas les déranger. Lila oscille d'un pied sur l'autre, ses mèches pâles éclaboussées de soleil. Elle glisse sa main dans celle de Titouan et se met à danser.

– Viens ! dit-elle. Viens !

Sa main le tire en avant avec une force irrésistible. Elle virevolte autour de lui, l'oblige à suivre ses mouvements sur les rochers. Et peu à peu, c'est comme si la musique intérieure de Lila s'infiltrait entre les vagues et les rafales. Tous, ils l'entendent, même les inconnus qui passent près d'eux sans rien savoir de leur drame, de leurs questions sans réponses, de ce lendemain qui pèse trop lourd encore, du reste de leurs vies qu'il faudra vivre avec ces entailles dont on ne guérit pas.

Titouan s'immobilise. Il a la tête qui tourne à force de danser. Lentement, il incline son visage vers le ciel, prend le temps d'apprivoiser la caresse du soleil sur sa peau.

Alors, ouvrant grand les yeux, il accepte l'éblouissement du jour.

AVANT QUE VOUS NE PARTIEZ...

L'enterrement de Luce a eu lieu au matin d'une journée brûlante. J'y étais. On y était tous. À ce moment-là, bien sûr, j'ignorais encore quelle constellation ils formaient dans le grand réseau des hommes, mais à les voir rassemblés dans le cimetière, eux que je croisais séparément depuis des années, j'ai voulu comprendre.

Le lendemain, j'ai conduit jusque chez Titouan, je l'ai appelé pour qu'il descende, et on a parlé longtemps. Ça m'a pris des mois pour reconstituer toute l'histoire. Écouter chacun, combler les blancs dans leurs récits. Ceux de Luce, surtout, qui n'était plus là pour me raconter sa version.

Qu'est-ce que je peux vous dire d'eux?

Alix a fait son voyage en Turquie avec Philippine et Diego, sur les traces de sa grand-mère. Elle n'a pas trouvé de réponses là-bas. En revanche, elle a trouvé une terre et des gens qu'elle aime, et c'est peut-être la seule réponse possible.

Depuis, elle est partie à Paris, elle cumule la fac de théâtre et le conservatoire. Elle est en coloc avec Philippine, et elles ont commencé à tourner un film d'horreur dans leur minuscule appartement ! Elle revient de temps en temps chez son père ou chez sa mère qu'elle n'appelle toujours pas maman. Elle s'accroche à ses rêves. Elle construit sa vie – sa « meilleure vie », comme elle dit, et j'ai fini par comprendre que ça ne signifiait pas « meilleure qu'avant », mais « la meilleure possible », celle qui lui correspondra à cent pour cent. Vous entendrez à nouveau parler d'elle, c'est sûr.

Oh, et sa relation avec Diego, me direz-vous ? Eh bien, il vit à Strasbourg. Disons qu'ils sont ensemble lorsqu'ils se voient, et qu'ils font ce qu'ils veulent lorsqu'ils sont séparés. Ça doit être de famille, l'attrait pour les histoires d'amour non conventionnelles ! Mais l'amour peut prendre mille formes différentes, alors pourquoi reproduire la même encore et encore lorsqu'on peut tout réinventer ?

Gabrielle et Armand, d'ailleurs, sont enfin ensemble. Il était temps. Je doute que ces deux-là emménagent un jour dans la même maison. Ils sont bien comme ça.

Armand n'a pas encore trouvé son rêve à lui. Il le cherche et, après tout, c'est parfois lorsqu'on ne sait pas ce que l'on cherche que l'on découvre ce dont on avait besoin.

Titouan ? Il a fait sa rentrée de première dans un nouveau lycée. Celui de Tess. Bon, avec elle, il rame. C'est comme s'il y avait deux Tess dans sa tête, celle qu'il a imaginée, et la vraie. Il a du mal à faire coïncider ces deux réalités. Mais il persiste. Il persiste parce que l'idée de Tess lui dessine un avenir. Un début d'avenir. Et un début, c'est déjà quelque chose.

Il continue à envoyer des sms à Luce de temps en temps. « On ne sait jamais, dit-il souvent, peut-être qu'un jour son numéro sera réattribué et qu'un inconnu me répondra ? » C'est un rêveur, Titouan.

Quant à moi, rien n'a changé. La semaine à Rennes, le week-end à Saint-Malo. Breizh Bob, au service de vos papilles, sauf en janvier quand je m'envole vers les îles.

Si vous croisez un de ces jours mon camion rayé de noir et blanc, arrêtez-vous. Je vous préparerai les meilleures galettes de votre vie. Et je vous donnerai des nouvelles de nos amis communs…

Noir.

Merci

Ce roman doit beaucoup à mon adolescence bretonne, à cette côte nord qui est et sera toujours « chez moi », au conservatoire de musique de Saint-Malo et à ceux qui le peuplaient – mes profs, M&M aux percussions magiques, et tous les copains qui ont habité ce parc avec moi.

Il est aussi imprégné de cette quinzaine d'années durant laquelle le théâtre a été l'autre centre de ma vie. Merci à ceux qui ont partagé avec moi les cours, les plateaux, les intercoms, les échelles et les coulisses. Un clin d'œil spécial aux Uburikiens et aux Furiosos (avec qui j'ai carrément partagé les granges, les projecteurs sanglés aux poutres, les pâtés aux patates, et deux trois trucs moins avouables) !

Un grand merci à l'équipe de l'aéroclub de Rennes, en particulier Daniel, Christian, Michel et Yves-Noël, pour avoir répondu à mes questions et m'avoir raconté « leur » aéroclub.

Merci à Gaël de m'avoir autorisée à le mettre (presque) tout entier dans ce roman !

Merci à Balmino pour la bande-son.

Merci à ma mère, première lectrice au regard si précieux ; et merci à Sandrine, Estelle et Julie d'avoir plongé leurs mains entre mes lignes pour m'aider à avancer.

Merci à Alain, qui ne sait toujours pas pourquoi mais moi si.

Merci au CNL de son soutien, notamment à Kathleen Feret, dont la disponibilité et la gentillesse sont légendaires (si si!).

Merci à Thierry, Jean-Philippe, Christine et toute l'équipe de Gallimard Jeunesse qui me fait me sentir à la maison depuis deux ans. L'aventure continue…

Si vous voulez vous renseigner
sur les associations citées dans ce roman :

Association française des femmes pilotes :
http://www.femmes-pilotes.com

Association Al Lark :
http://www.al-lark.org

Table

Lever de rideau *11*

Acte I *13*
Acte II *101*
Acte III *197*
Acte IV *289*
Acte V *363*

Avant que vous ne partiez *421*

MANON FARGETTON n'aime pas les biographies. Elle s'y sent à l'étroit.
Ce que l'on sait d'elle : elle est née en 1987, a grandi à Saint-Malo et vit à Paris. Elle publie son premier roman à dix-huit ans, enchaîne avec une vingtaine de livres et de nombreux prix littéraires. Aujourd'hui romancière à plein temps, elle a exercé durant dix ans le métier de régisseuse lumière au théâtre. Elle aime la musique, la mer, le surf, les coquelicots, les chaussettes colorées, lire dans son lit l'hiver, lire dans son hamac l'été, voyager seule, rencontrer des compagnons en chemin, revenir, et aborder, lorsqu'elle écrit, des univers chaque fois différents.

De la même autrice :

Les Tisseurs de rêves
vol. 1. *Manel et les mélodies secrètes*
vol. 2. *Anouk et les liens invisibles*
Rageot, 2021 et 2022

Tout ce que dit Manon est vrai, Héloïse d'Ormesson, 2021

Dix jours avant la fin du monde, Gallimard Jeunesse, 2018